Une scandaleuse affaire

Anita Shreve

Une scandaleuse affaire

Traduit de l'américain par Michèle Lévy-Bram

ÉDITIONS FRANCE LOISIRS

Titre original : *TESTIMONY*
publié par Little, Brown and Company, une division de Hachette Book Group USA Inc.

Les événements et les personnages de ce roman sont fictifs. Toute ressemblance avec des personnes réelles, vivantes ou mortes, serait pure coïncidence et involontaire.

Édition du Club France Loisirs,
avec l'autorisation des Éditions Belfond.

Éditions France Loisirs,
123, boulevard de Grenelle, Paris.
www.franceloisirs.com

ISBN : 978-2-298-04702-8

Pour Michael Pietsch

Mike

La cassette tenait dans la paume. Ce petit morceau de plastique de six centimètres sur huit était d'une indécence et d'un danger tels que Michael avait l'impression de tenir un objet radioactif. Ses effets sur une école entière allaient d'ailleurs se révéler tout aussi néfastes : dévalorisation de la réputation d'excellence d'Avery School, deux mariages brisés, avenir de trois étudiants saccagé, et – le plus terrible – mort de l'un d'entre eux. Après que Kasia lui eut apporté la cassette glissée dans une enveloppe blanche (comme si Mike comptait l'envoyer à quelqu'un !), il rentra à pied chez lui pour la visionner – un processus pénible impliquant de retrouver tout d'abord sa propre caméra, de vérifier qu'elle fonctionnait avec des cassettes semblables, puis de comprendre comment brancher tous ces fils pour projeter les images sur l'écran de télé. Parfois, Mike regrettait de ne pas avoir noyé l'objet dans la bouilloire, de ne pas l'avoir enseveli au milieu des ordures dans un sac-poubelle blanc soigneusement ficelé, ou de ne pas l'avoir débobiné avec un crayon pour le rendre inutilisable. Il doutait, certes, de pouvoir éviter le scandale potentiel, mais peut-être aurait-il pu l'orchestrer autrement pour en limiter les dégâts.

Il semblait s'être passé beaucoup de choses avant que l'objectif, tenu par une main invisible, ne se fixe sur le quatuor. On voyait la fille (Mike ne trouvait pas d'autre mot pour la désigner : elle était et resterait la « fille ») se détourner du garçon grand et mince encore vêtu de son jean pour virevolter avec la grâce d'une danseuse en direction d'un jeune homme nu, plus petit et plus trapu, qui attrapa la fille et se baissa pour lui sucer le sein droit. On ne distinguait encore aucun visage, une omission sans doute volontaire de la part de la personne derrière la caméra. Mike Bordwin, le directeur de l'école privée d'Avery, n'identifia pas d'emblée les lieux – un dortoir, comme il le verrait par la suite. Le plus petit des deux garçons regarda le grand, qui déboucla sa ceinture et dont le jean glissa d'un coup, comme ceux de ces personnages de bande dessinée, affublés de frocs bien trop vastes pour leurs hanches étroites. La caméra tenta ensuite un panoramique, saccadé à donner le tournis, vers un lit à une place où un troisième garçon, entièrement nu, un peu plus âgé que les deux autres, se caressait. Mike se rappela plus tard, entre autres images qu'il aurait voulu pouvoir effacer de son esprit, la taille vraiment impressionnante de ce pénis, mais aussi la tension intense des muscles de la poitrine et des bras du garçon. La caméra glissa vers le centre de la pièce, provoquant chez Mike une nouvelle impression de montagnes russes, puis se fixa sur les deux garçons debout et la fille maintenant agenouillée.

Mike perçut alors la bande-son : des grognements exagérés issus du coin de la pièce où était situé le lit, et le martèlement monotone d'une musique bizarrement assourdie. Pendant ce temps, le garçon grand aux épaules minces, debout, maintenait la tête blonde de la fille entre ses cuisses. Elle semblait à son affaire, comme si elle avait répété cet acte auparavant. Mike notait une aisance certaine dans sa façon de tirer à elle le pénis avant de fondre gentiment sur lui pour l'engloutir dans sa bouche. Le garçon mince jouit avec une exagération tout adolescente, une nuance de surprise dans la voix. Le cameraman (difficile d'imaginer une camerawoman) remonta l'objectif vers le visage du garçon, que Mike Bordwin reconnut avec un sursaut. Quand Kasia, une heure auparavant, lui avait solennellement tendu l'enveloppe en lui disant d'un ton neutre : « Je crois que vous devriez jeter un coup d'œil là-dessus », il avait espéré que la cassette vidéo n'était qu'un film pornographique du commerce – une transgression que le *Dorm Parent* [1] aurait pu contrôler seul, en le confisquant. Penser que des élèves qu'il côtoyait dans les salles de cours, à la cafétéria ou sur le terrain de basket figuraient sur cette vidéo ne lui était venu à l'idée que lorsqu'il avait vu le visage du garçon, déformé par un paroxysme de plaisir quelque peu clownesque vu du dehors. Il se dit alors : Rob. Puis : Non, c'est impossible. Le Rob qu'il connaissait était un garçon poli,

1. Sorte de parent de substitution chargé de surveiller les dortoirs et de veiller au bien-être des internes. *(Toutes les notes sont de la traductrice.)*

un élève assidu et un ailier exceptionnel dans l'équipe de basket. Mike, confronté à ce spectacle inimaginable qu'était la jouissance de Rob, se demanda s'il continuerait à coller sur ses étudiants des étiquettes du genre : élève hors pair ; acteur prometteur ; lèche-cul prétentieux, « bon bras » au base-ball, etc. À l'évidence, ces clichés étaient inadéquats. Le Rob qu'il connaissait n'était qu'un embryon de l'être hypersexué qui s'exhibait sur la bande. Le directeur frisait la crise cardiaque devant ces bribes d'information inquiétantes qui parasitaient son cerveau comme deux points lumineux, voués à se percuter, qu'un contrôleur aérien observerait sur son écran de radar. La fille ne semblait même pas avoir besoin de reprendre sa respiration quand elle se tourna vers l'autre garçon, debout, dont la caméra, jusqu'alors discrète, dévoila soudain le visage. Mike tressaillit. Silas. Il émit un grognement qui n'avait rien de sexuel. Silas et la fille tombèrent par terre pour se livrer à un missionnaire énergique, sinon original. Le corps de la fille tapait avec un bruit sourd ce qu'on reconnaissait maintenant comme le sol d'un dortoir jonché de canettes de bière. Mike ferma les yeux, ne tenant pas à être le témoin d'un second paroxysme orgasmique – en tout cas, pas celui de ce garçon en particulier. Quand il les rouvrit, la caméra faisait un gros plan sur le visage de la fille, dont l'extase était réelle, ou drôlement bien feinte. À cet instant, Mike se rendit compte de son extrême jeunesse – le chiffre quatorze lui traversa l'esprit. Qui elle était, il n'en savait rien. Un directeur ne connaît pas forcément le nom de tous ses élèves, particulièrement les troisièmes et les secondes, qui ne s'étaient pas encore distingués (du moins pas de la sorte). Mike était presque sûr qu'elle n'avait pas encore fait ses preuves. Il se demanda soudain, pris de panique, combien d'autres personnes, professeurs ou étudiants, avaient regardé cette vidéo. Ce qu'il vivait là était le cauchemar de sa vie. En tâtonnant, il finit par trouver la touche *pause*. Agenouillé dans sa maison déserte, il se sentait tellement mal qu'il pressa sa main sur son cœur. La pensée taraudante qu'un nombre indéterminé de personnes avaient déjà vu la vidéo provoquait chez lui non pas l'arrêt cardiaque qu'il craignait mais une sorte de sidération mentale. Son système neuronal était amorphe, toute connexion devenue impossible. Son cortex ne pouvait plus traiter d'autre information que la précédente, avec son cortège d'images auquel succédaient les mots police, viol, alcool et presse. Ces mots, le directeur les refusait : il n'était pas question de les voir figurer dans une phrase, dans quelque ordre que ce soit. L'important, en l'occurrence, c'était de se concentrer sur la fille pour essayer de déterminer dans quelle mesure elle était consentante. Peu désireux de rembobiner la cassette, ce qui l'aurait obligé à revoir le début, il appuya sur *play* tout en souhaitant pouvoir ralentir l'action – non pour en jouir, mais pour s'accorder le temps dont il avait besoin pour s'habituer à l'idée que les lendemains allaient être difficiles. Ce qu'il lui fallait, en somme, c'était tomber dans cette fosse à purin en douceur.

La vidéo redémarra, avec un craquement bizarre, par un nouveau zoom sur le visage de la fille. Mike, consterné, se répéta qu'elle n'était pas novice en matière sexuelle, et surtout qu'elle était d'une jeunesse terrifiante. C'était sans aucun doute une troisième. Il lui sembla tout d'un coup presque possible de la reconnaître s'il la dotait d'un maillot de sport – hockey sur gazon, football, équipe de basket cinq majeur[1], troisième cinq ? Il était sûr qu'elle était pensionnaire, contrairement à Silas, maintenant avachi sur elle d'une façon qu'elle semblait trouver hilarante. Oui, elle se marrait. C'est bon signe ou c'est grave ? se demandait Mike, éperdu.

Ce qui se passa ensuite fut plutôt chaotique. La main inconnue s'était peut-être fatiguée de tenir la caméra, qui se mit à tournoyer sur elle-même. Mike ferma à demi les yeux pour combattre la nausée tandis que l'objectif baladeur s'attardait sur un pied de bureau auprès duquel traînait, anodine, une tennis blanche délacée et crasseuse. Cette image de l'innocence avant la chute serra la gorge de Mike. Il crut entendre en arrière-plan, et pas forcément dans cet ordre, Allez, vas-y, c'est ton tour, puis l'objectif, comme repris de folie, remonta pour se fixer sur le corps du troisième garçon. Garçon n'est pas le mot qui convient, se dit Mike. Il y a un moment subtil où les garçons deviennent des hommes, et cela n'a rien à voir avec l'âge, la pilosité ou le timbre de voix. Pour avoir travaillé presque vingt ans dans le secondaire, où il avait observé le phénomène des centaines de fois, il avait fini par décider que c'était plutôt une question de musculature, de virilité de la

1. Le cinq majeur = les cinq joueurs qui commencent un match de basket-ball.

mâchoire, ou de façon de se tenir. Là, le jeune homme se tenait au sens littéral du terme : il se masturbait sur le corps étendu de la fille ravissante (l'admettre était déchirant pour Mike) qui l'encourageait avec des mouvements rythmiques et même diverses contorsions sans doute apprises en regardant des films porno. L'inconnu(e) derrière la caméra avait changé son angle d'observation et on ne voyait maintenant que trop clairement la profonde détermination qui animait le visage du jeune homme, que Mike reconnut. C'était un P.G. [1] recruté pour mener l'équipe de basket de l'école à la victoire lors des éliminatoires. Calculant à toute allure, Mike arriva au chiffre de dix-neuf ans, tout juste avant que le P.G., que les autres étudiants nommaient J. Dot, James Robles de son vrai nom, jouisse sur la poitrine, le cou et le menton de cette fille qui avait au minimum quatre ans de moins que lui. Mike se jeta en avant pour appuyer sur *stop*, espérant qu'interrompre ce flot d'images lui laisserait le temps de décider que faire de cette dynamite.

Il s'adossa contre le canapé de la salle de télévision. Au début de leur installation dans cette impressionnante maison géorgienne, il avait tenté de baptiser cette pièce « bibliothèque », ce qui correspondait mieux à son statut social, mais, de fait, Meg et lui passaient plus de temps à y regarder la télévision ou des DVD qu'à lire ; en fin de compte, ils lui avaient donc donné le nom qui collait à sa fonction véritable. Mike respirait fort, la bouche sèche. Qu'il y

1. *Postgraduate*, élève qui effectue au sein d'un lycée une année préparatoire à l'université.

eût davantage à voir sur la bande lui semblait improbable. (Après tout, les trois garçons n'avaient-ils pas joui à quelques minutes d'intervalle ? Mais les adolescents étant ce qu'ils sont...) La vérité, c'est qu'il doutait pouvoir en supporter davantage. Il était à la fois soulagé et contrit de l'absence de Meg. Soulagé car il avait besoin de réfléchir à ce qu'il allait faire, et contrit car elle l'aurait peut-être réconforté, une hypothèse à peine concevable – improbable, de fait. Aurait-elle été aussi choquée que lui ? Était-elle plus proche de ces jeunes que lui-même ? Les comprenait-elle mieux ?

Les vraies questions étaient quand cette scène s'était-elle produite, et dans quel dortoir ? Probablement suite à une beuverie, à en juger par le nombre de canettes de bière. Peut-être trouverait-on un indice sur le bureau, ou un calendrier au mur. Presque certainement un samedi soir car, en semaine, le vendredi compris quand il y avait un cours de rattrapage le lendemain, les internes devaient transiter par leurs dortoirs à vingt heures pile avant d'aller en salle d'étude. Le week-end précédent, il y avait eu une soirée dansante. Geoff Coggeshall, le doyen chargé des rapports avec les étudiants, avait mentionné le nombre habituel de jeunes surpris en train de boire, ou soupçonnés de l'avoir fait. L'abus d'alcool était impossible à juguler. Souci majeur de quasiment tous les directeurs ou proviseurs d'établissements secondaires du pays, l'alcool faisait l'objet de nombreux séminaires et réunions. Mike pensait que le problème s'aggravait. Il se demandait parfois si toutes les études pour en dénoncer les dangers ne créaient pas un effet pervers en lui donnant trop d'importance. Chaque génération d'étudiants avait connu les beuveries mais, d'après les données dont il disposait, il était clair que les jeunes commençaient de plus en plus tôt, qu'ils buvaient de plus en plus et plus régulièrement qu'au cours de la décennie précédente.

Il appuya sa tête contre l'assise du canapé et ferma les yeux. La maison vide était silencieuse. Il n'entendait que le vent glisser sur les vitres et, dans la cuisine, les glaçons dégringoler dans le distributeur du réfrigérateur Viking récemment installé. Maintenant, il lui fallait bouger, convoquer les étudiants, le conseil de discipline, tout cela sous les radars de la presse qui, si elle avait vent de l'histoire, en ferait des gorges chaudes. Mike trouvait injuste le traitement réservé aux écoles privées. Une semblable cassette n'aurait pas eu le moindre intérêt médiatique si, par exemple, elle était provenue du lycée local (qui était aussi le lycée régional). Elle aurait circulé sous le manteau, les élèves auraient été renvoyés, on aurait cédé à la réunionnite, mais il était probable que l'incident aurait été accueilli avec indifférence non seulement par le journal local, *The Avery Crier* (son rédacteur en chef, Walter Myers, se laissait aisément convaincre de renoncer à tout ce qui pourrait mettre les populations locales dans l'embarras), mais aussi par la presse régionale et nationale. Dans l'enseignement public, le sexe lié à l'alcool, même chez les adolescents de quatorze ans, était d'une banalité affligeante. Dans le privé, c'était une autre affaire ; si le même incident parvenait sur l'écran d'un journaliste du *Rutland Herald* ou du *Boston Globe*, on pouvait parier que son rédacteur en chef enverrait ledit journaliste à Avery pour découvrir ce qui s'y passait. Enfin un fait divers intéressant, avec de la sève et du sang ! Et si des copies de la bande vidéo circulaient, il y aurait alors, pour des gens malveillants, des séquences à exploiter. Était-ce parce que le niveau de l'enseignement privé, dont les critères sont censément meilleurs, rendait, dans le principe, un pareil incident impensable ? Ou parce que les gens adoraient ridiculiser l'élite (même si Avery comptait un fils de paysan boursier), la voir dans la panade ? Un peu des deux, songeait Mike, privilégiant la seconde hypothèse.

Le plus troublant, c'était le rôle potentiel de la police. Malgré son dégoût envers les Silas et Rob dont il venait d'observer la prestation (des garçons pour qui il avait jusque-là le plus grand respect, et même, s'agissant de Silas, de l'affection), il était horrifié à l'idée qu'on puisse les emmener menottés. (La police menottait-elle systématiquement les adolescents soupçonnés d'agression sexuelle, puisque telle était la qualification légale de ce délit dans l'État du Vermont ?) La police, en l'occurrence Gary Quinney ou Bernie Herrmann, ne trouverait pas la moindre satisfaction dans l'arrestation – Gary était l'oncle de Silas. Les garçons, quelques mois plus tard, paraîtraient-ils devant la Cour, un bâtiment suintant la vertu présidé par une assemblée de douairières pharisaïques et situé juste en face des grilles d'Avery ? Mike risquait de perdre son poste, comme un certain nombre d'adultes responsables censés superviser ce soir-là la soirée dansante ou le dortoir incriminé, car on ne pouvait espérer que les administrateurs de l'école prendraient à la légère l'incident et les ennuis légaux qui en découleraient. Les garçons iraient-ils purger leur peine à Windsor, la prison d'État du Vermont, au risque d'y être presque certainement violés tour à tour ?

Mike se reprit : ses pensées le menaient trop loin. Ce n'était pas le moment de se laisser emporter. Non. Il lui fallait agir, et vite. Trois garçons étaient en difficulté. La fille… eh bien, la fille, s'il s'avérait qu'elle avait subi des violences sexuelles, les dommages, elle les avait déjà subis même si, pour elle, les retombées risquaient d'être sans fin.

Il se leva du tapis pour s'asseoir sur le canapé. Il desserra son nœud de cravate et défit le premier bouton de sa chemise, comme si faciliter la circulation du sang vers le cerveau pouvait l'aider à résoudre le problème. C'est alors que lui vint à l'esprit le verbe *endiguer*, qui indiquait un choix moral et stratégique. Il n'en mesurerait les implications que plus tard, quand il se demanderait pourquoi il n'avait pas choisi *dévoiler*, ou *appeler à l'aide*.

Ellen

Vous vous attendiez à un appel au milieu de la nuit. Vous l'avez attendu pendant des années. Vous avez imaginé la voix à l'autre bout, zélée et masculine, toujours masculine. Vous entendez les mots sans pouvoir les organiser en phrases – ça porte malheur de faire des phrases. Il vaut mieux ignorer cette séquence et en venir tout de suite au moment où, debout près du téléphone qui vous a délivré la nouvelle, vous vous dites : Bon, maintenant, qu'est-ce que je fais ?

Crier ? Pas votre genre. Vous ne vous rappelez même pas quand vous l'avez fait la dernière fois. Vous évanouir, les genoux se dérobant, les mains glissant sur le mur où vous vous appuyez ? Peu probable. Vous allez plutôt vous figer, rester paralysée pendant des heures parce que bouger, c'est devoir continuer à vivre après le coup de fil, et vous n'imaginez même pas en avoir la force.

Sauf que l'appel n'a pas eu lieu la nuit, mais à dix heure et demie du matin, un mercredi. Vous étiez sur le point de sortir pour aller passer une visite de routine chez votre dermatologue. Vous aviez pris une journée sur votre travail pour caler tous vos rendez-vous médicaux. Vous avez déjà vu le dentiste et il vous restera la gynécologue. Il faut trente-cinq minutes pour aller chez la dermato, le rendez-vous est fixé à onze heures, et le Dr Carmichael est d'une ponctualité rare. Votre fils, en ce moment même, est à mille lieues de vos pensées, il est en sécurité dans une école du Vermont, dorloté par des gens que vous respectez énormément – des gens à qui vous l'avez confié avec joie. Vous avez déjà enfilé votre manteau, vous avez vos clés à la main, et vous notez que le plan de travail de la cuisine est en désordre. Peu importe. En rentrant, vous aurez le temps de ranger. Pourquoi ne pas laisser le téléphone sonner ? Le répondeur prendra le message. Vous écartez cette tentation. Si c'était le cabinet du Dr Carmichael qui annulait le rendez-vous, vous vous déplaceriez pour rien... Alors, vous décrochez.

Tout d'abord, en entendant la voix (masculine : oui, zélée : oui), vous vous dites que vous l'avez échappé belle, que votre enfant n'est pas mort sur la route, et votre ton exprime... un certain soulagement. Un silence gêné succède à votre euphorie, et vous entendez enfin les mots qui ont été prononcés, des mots qui ne font pas partie de votre univers – jusque-là, vous y aviez veillé. « Votre fils est impliqué dans une affaire grave : une violation de la loi à caractère sexuel. » Vous balbutiez : « Quoi ?... », puis : « Ce n'est pas possible... », et encore : « ... Je ne comprends pas. »

À l'autre bout, la voix est patiente. Elle a peut-être anticipé votre confusion, et presque certainement votre détresse. Elle répète l'horrible nouvelle. Vous

vous laissez tomber sur le banc dur placé près du téléphone, un siège fait pour ça, parler au téléphone, mais pas pour y avoir ce genre de conversation. Vous avez envie de demander : Vous êtes sûr ? Et : C'est une erreur, non ? Et encore : Ce n'est pas possible ! Mais vous savez déjà que vos questions sont inutiles car il faudrait être fou pour se tromper de mère. Vous vous dites que vous êtes probablement la dernière avertie, que les autres savent tout, qu'il y a eu mille conversations, déjà digérées et concluantes. Vous pourriez demander des détails, mais vous comprenez que le sujet est trop sensible pour être débattu au téléphone. Puis vous comprenez que cet appel, destiné à vous informer du regrettable incident, est aussi un ordre : sautez dans votre voiture et venez. Vous restez quelques minutes assise, vos clés toujours à la main, en proie à une paralysie totale. Vous fixez des yeux les placards de la cuisine en pensant : Rob. Une suite d'images émerge : un visage de bébé levé vers vous, les joues bien astiquées, deux dents de lait visibles sous la lèvre rose et humide ; un petit enfant nu et mouillé, à peine sorti du bain, coincé sous votre bras comme un ballon de foot, qui glousse. Un visage délicat, auréolé par la fausse fourrure d'un capuchon d'anorak, debout devant un château de neige qui fond déjà. Un instant, votre amour pour votre fils vous accable. Puis vous savez pourquoi ces images innocentes vous sont venues, car d'innocence il n'y a plus. Plus après ce coup de téléphone.

Appeler Arthur au bureau ? Certes. Mais vous repoussez finalement cette idée parce que vous savez qu'il lui faudra presque une heure pour arriver. Trop long. Le trajet jusqu'à l'école va vous prendre près de quatre heures, ce qui est déjà une sorte d'enfer en soi. Vous savez aussi que si vous appelez Arthur, il appellera Tommy, votre avocat, et vous comprenez instinctivement que c'est la chose à ne pas faire. Dans un premier temps, vous devez voir votre fils seule à seul.

Se lever ? Oui. De quoi avez-vous besoin ? Pas grand-chose. Votre manteau et votre sac, que vous avez déjà sur vous. Rien ne vous retient, sauf une visite aux toilettes. Vous remarquez que vos mains tremblent.

Le temps que vous mettiez le cap au nord-ouest, où sera Rob ? L'aura-t-on fait attendre toutes ces heures dans le bureau du directeur ? Aura-t-il été assigné à résidence dans sa chambre ? Aura-t-on mêlé la police à l'affaire ? Voilà les questions que vous auriez dû poser au téléphone. Malheureusement, vous aviez perdu votre présence d'esprit, en supposant même que vous l'ayez maintenant recouvrée.

Vous montez en voiture et sortez de l'allée à reculons. À peine avez-vous tourné le coin de la rue que vous êtes assaillie par un nouveau contingent d'images. Elles fusent devant vos yeux comme des gosses qui s'élanceraient à bicyclette. Rob, casqué, sur un skate-board, ses manches comiquement coupées aux ciseaux au-dessus du coude. Un visage à peine visible au milieu d'un nid d'animaux en peluche. Un gamin à la coupe de cheveux aberrante, foulard jaune de travers, brandissant son carnet de louveteau avec une fierté qui vous arracherait des larmes. En temps normal, vous accueilleriez ces images avec joie, car vous les aviez oubliées – aucune mère ne se souvient de tout et il vous arrive de vous dire, consternée, que sans votre album de photos, il ne vous resterait rien. Pis encore : dans combien de temps ne saurez-vous plus à quel moment le cliché a été pris ?

Dans la situation où vous êtes, cette profusion de souvenirs vous trouble car elle vous empêche de réfléchir. Vous avez oublié de décommander le rendez-vous avec la dermatologue. Vous fera-t-elle ou non payer la consultation ? Votre portable est dans votre sac, vous pourriez l'appeler tout de suite, mais l'idée de fouiller pour le trouver, puis de chercher le numéro vous décourage. D'ailleurs, quelle excuse donneriez-vous au cabinet médical : Désolée, mon fils est en train de vivre une des pires épreuves de sa vie ?

La voiture, la route. Un scénario : vous n'allez pas voir votre fils, vous partez, c'est tout. Conduire, s'arrêter. Un motel. Une ville autre. Anonymat. Liberté. Un fantasme familier puisqu'il vous travaille depuis vos dix-sept ans. Vous n'y avez jamais cédé, vous n'avez jamais pris une auto seulement pour voir où la route pourrait vous mener, sans but défini, sans contrainte de temps. À certains moments de votre vie, vous auriez pu, mais vous ne l'avez pas fait.

Vous vous souvenez que vous n'avez que trente dollars dans votre portefeuille. Arrêt impératif à un distributeur, donc. Vous vous demandez si on en trouve facilement dans l'ouest du Vermont. Vous vous demandez si votre fils pleure, s'il a pleuré à un moment ou un autre. Vous faites un point rapide sur votre apparence : vous êtes correctement habillée, propre comme un sou neuf en vue de la visite chez la dermato. Quant au petit grain de beauté sur votre ventre, vous ne pourrez pas le lui montrer ; chanceuse comme vous l'êtes, il se révélera cancéreux. Votre genou droit vous fait mal. Vous essayez de le bouger pour alléger la pression, mais vous êtes bien obligée de garder le pied sur l'accélérateur. Vous pensez qu'il vous faudra trouver une chambre pour la nuit, la rencontre avec le directeur risquant de durer trop longtemps pour envisager un retour le soir même. Puis vous vous demandez si votre fils passera cette nuit avec vous, s'il a déjà été renvoyé de l'école. Le mot explose dans votre tête et votre cœur : renvoyé.

S'il l'a été, il faudra appeler Brown University. Vous vous rappelez ce jour, au début des vacances de Noël, quand la grosse enveloppe est arrivée par la poste. Vous avez appelé Rob, qui était dans sa chambre. Vous la lui avez tendue sur une marche, et il a explosé de joie en lisant son contenu ; vous ne l'aviez jamais vu si soulagé ni si fier tout à la fois. Vous avez attrapé l'appareil posé sur une étagère de la cuisine et pris une photo dont vous saviez qu'elle vous serait chère à jamais. Rob, la tête renversée en arrière, éclatant d'un rire triomphal. C'était gagné.

Vous quittez la nationale pour la route 30. Vous conduisez trop vite, vous le savez. Cet internat privé était votre idée et Arthur ne manquera pas de vous le rappeler. Vous aviez entendu parler de l'alcoolisme, généralisé, quasi épidémique dans les lycées et universités publics, et vous en aviez peur. Vous vous rappelez un dîner chez Julie, votre amie. Une conversation. Quelqu'un se penchant vers vous et vous disant : « Vous n'avez jamais songé à protéger votre fils de ce fléau ? Au moins pour le deuxième cycle du secondaire ? » L'idée a pris forme, elle a mûri en vous. Arthur était réticent, Rob, perplexe. Vous deviez sauver votre fils, c'était l'évidence même.

Vous avez pris un jour de congé pour aller visiter cette institution libre située dans l'ouest du Vermont. Le paysage était magnifique, l'école séduisante. Vous vous seriez bien imaginée dans ce lieu sur lequel vous avez commencé à fantasmer, et votre fils aussi, vous sembla-t-il par la suite. Un enseignement de qualité destiné à faciliter l'accès à une grande université, le retour à la maison le week-end, des stations de ski fabuleuses non loin. Certains moments de la visite vous sont restés à l'esprit : Rob intéressé par une affiche annonçant la visite prochaine d'un écrivain connu ; puis par une fille aux longues jambes fines perchée sur un mur ; par le gymnase, avec ses deux terrains de basket-ball ; et par les chambres à deux ou trois, semblables à celles des *colleges* [1] de Nouvelle-Angleterre. Arthur, lui, semblait impressionné, quoique déconcerté par votre détermination.

Vous vouliez mettre votre fils à l'abri du danger, lui répétiez-vous. C'était aussi simple que cela, même si le prix à payer était de devoir vous séparer de lui.

1. Établissements d'enseignement supérieur, parfois intégrés au sein d'une université.

Était-ce aussi simple ? N'étiez-vous pas victime d'une vision pessimiste de l'avenir que vous imaginiez fait d'incessantes négociations, de vigilance constante, de craintes répétées concernant Rob ? Ne l'avez-vous pas imaginé rentrant la nuit à la maison ivre mort, s'endormant dans son vomi, ou commettant l'erreur de croire qu'il pouvait conduire après avoir bu ? Il y avait chez lui quelque chose que vous aviez noté, mais que lui ne voyait pas : une curiosité presque trop aigue, et le goût du risque.

Kilomètres et heures se confondent. Comme il vous faut aller aux toilettes, vous vous arrêtez dans une auberge. Vous avez faim, mais ne voulez pas perdre du temps à déjeuner. Vous remontez aussitôt en voiture.

Vous grimpez, puis descendez une montagne. Le paysage vous rappelle le chalet que vous aviez loué au ski, l'année précédente ; Rob y amenait ses amis. Vous avez le souvenir de ce que vous mangiez tous ensemble, de la chambre où ils dormaient. Cette année-là, vous pensiez que lorsque votre fils serait à l'université, vous loueriez tout de même le chalet pour que lui et ses nouveaux camarades de Brown, le *college* qui a accepté votre fils, y viennent le week-end.

Quand vous voyez AVERY écrit sur le panneau de signalisation, la peur vous noue l'estomac. Vous traversez le bourg, avec son bazar, son église, son palais de justice, puis vous franchissez les grilles du parc. Vous passez les terrains de jeu, vides et détrempés en cette saison, puis le gymnase. Vous vous souvenez de tous les matchs de basket auxquels vous avez assisté. Et si le dernier en date était l'ultime pour Rob ?

Vous garez votre voiture sur le parking. Vos mains tremblent tellement que vous avez du mal à glisser vos clés dans la poche zippée de votre manteau. Vous marchez cependant d'un pas ferme vers le bâtiment de granit qui abrite le bureau du directeur. Instinctivement, vous levez les yeux vers l'une des fenêtres, pensant voir votre fils derrière la vitre, comme il le faisait, enfant, ses petits yeux fixés sur vous quand vous le laissiez à la baby-sitter et qu'il vous adressait des reproches muets.

Vous entrez dans un vestibule élégant, plus proche d'un salon privé que d'un hall de bâtiment administratif. Vous vous approchez de la réceptionniste qui vous connaît. Elle vous dit, avant même que vous ayez ouvert la bouche : « Votre fils est dans la salle de conférence. Il vous attend. » Elle vous indique le chemin.

En essayant de ne pas courir, vous traversez la pièce couverte d'un épais tapis persan. Au passage, vous notez les lambris, les portraits aux murs, les élégantes fenêtres qui donnent sur la montagne. Tous les bureaux doivent être occupés car vous entendez des chuchotements qui, nerveuse comme vous l'êtes, vous semblent anormaux.

Vous arrivez à la porte. Elle est ouverte. Un garçon est assis dans un coin de la pièce. Il lève les yeux vers vous. Vous ne le reconnaissez pas. De toute façon, vous ne le reconnaissez jamais. Il vous semble chaque fois plus âgé que dans votre souvenir. Mais cette fois, c'est différent.

Il est assis les bras sur les genoux, la tête baissée. Il vous regarde par en dessous, sans bouger de sa chaise, sans traverser la salle pour vous accueillir, vous prendre dans ses bras, vous sourire. Son polo est sorti de son pantalon. Son visage est un paysage passablement accidenté de boutons et de poils mal répartis. Ses sourcils sont plus fournis que vous ne le pensiez. Ses yeux sont fatigués et rougis. Aurait-il pleuré ?

Vous lui parlez. Vous prononcez son nom.

Owen

Owen vendait la ferme. Mais pas question de la céder à Avery School. En fait d'acheteurs, il aurait souhaité un jeune couple, comme Anna et lui au début. Mais aucun ne voulait d'une charge pareille. Une exploitation agricole, tout le monde sait que cela ne rapporte rien.

Jadis, ils possédaient quarante moutons Romney, des bêtes primées, certifiées par la société d'élevage anglaise qui les produit dans le Kent. Pas la moindre lésion de grattage sur leur toison, résistants à la tremblante. Anna donnait la laine à filer à l'extérieur puis la teignait elle-même et vendait les écheveaux, au moelleux sans égal, sur divers marchés paysans.

Chaque printemps, à Pâques, on sacrifiait un agneau pour la table. Toujours un mâle. Owen et Anna gagnaient leur vie en vendant les autres bêtes pour la reproduction. Non seulement les moutons, mais aussi les cochons. Chaque créature de la ferme avait sa place et sa fonction, même les chiens.

La région est splendide. La ferme, elle, est désormais un peu négligée.

C'était l'idée d'Anna d'envoyer Silas dans une école libre. Owen pensait… mais quelle importance ce qu'il pensait ? Bref, il pensait que le lycée local aurait largement fait l'affaire. Sauf qu'on y avait supprimé les cours d'art et de musique. Même en payant, ce n'était pas possible. Il n'y avait même plus de professeurs. Le sport, en revanche, figurait au programme, mais rien qu'en prononçant le mot « basket-ball », Owen se faisait du mal.

Jadis, la ferme avait belle allure ; elle s'inscrivait parfaitement dans le paysage : les Green Mountains (« Verts Monts ») d'un côté, les Adirondacks de l'autre. Une terre aussi belle, Owen n'en avait vu nulle part. Silas y était passionnément attaché. Anna aussi, dont la famille était originaire du comté de Burlington, un peu plus au nord.

Owen se faisait des reproches. Si seulement il avait donné son avis quand Anna avait parlé d'Avery School. Mais il chassa cette idée, aussi pénible que la précédente.

Un jour prochain, Anna et lui devraient quitter ce lieu, et ce serait un arrachement, pour lui surtout. Ici, on en était resté aux années cinquante, et même avant. En traversant le bourg, ou en empruntant les routes du coin, on avait l'impression que le temps s'était arrêté. On voyait parfois une antenne parabolique, ou un camion pick-up neuf, mais, loin de faire partie des lieux, ces choses semblaient tombées d'une autre planète. En ville, il y avait le bazar épicerie Peet, la bibliothèque, le palais de justice, l'église. Il y avait aussi une station service jumelée avec le Qwik Stop, où l'on pouvait satisfaire rapidement une petite faim grâce aux beignets de sa sœur

Sally, les meilleurs de l'ouest du Vermont. Il n'y avait pas de banque, pas de distributeur automatique, pas de drugstore. Pour ces commodités, il fallait franchir la frontière de l'État de New York, mais on ne le faisait qu'en cas de nécessité absolue.

Parfois, les touristes venaient voir les érables, les increvables vêtements de travail Carhartt, et la fabrique artisanale de tapis. Mais, en général, ils venaient surtout récupérer des catalogues d'agents immobiliers proposant des fermes de cent hectares pour le prix de leurs deux-pièces exigus de Manhattan. Ils caressaient un rêve bucolique, oublié sitôt franchie la frontière de l'État. De temps à autre, un jeune couple, désireux de vivre son rêve jusqu'au bout, achetait et rénovait une ferme en ruines sur les collines pour découvrir, une fois les enfants scolarisés, que dix heures de route pour passer un week-end dans leur résidence secondaire ne correspondait pas à leur idée du bonheur. Cinq ans plus tard, une photo de la taille d'un timbre-poste de ladite ferme, nettement plus pimpante qu'à l'origine, venait enrichir le catalogue de Greason, le seul vrai agent immobilier de la ville.

Le prêtre vivait dans le presbytère situé à côté de l'église. Il y avait quelques rangées de maisons identiques et contiguës occupées par certains professeurs, mais aussi par le petit personnel de l'école. Ces logements ouvriers étaient un vestige de l'époque où Avery était une ville industrielle. On y fabriquait des chaises avec le bois des hectares de forêts qui constituaient l'essentiel du paysage. Ces chaises, sièges à bascule, sont devenues des antiquités prisées.

Greason avait installé son agence dans une petite maison en bois du style Cape Code. Bobby Peet vivait au-dessus de son magasin. Aaron Davidson, un greffier du tribunal, vivait avec Gerry Burton, dactylo au même endroit, à la limite de la ville, dans une vieille maison victorienne. Vicky Thornton, une mère de trois enfants qui faisait le ménage à l'école, et Eric Hunt, un jardinier paysagiste, vivaient dans une des anciennes maisons d'ouvriers. Demandez à n'importe lequel d'entre eux : ils vous diront tous que Silas Quinney a été élevé comme il faut.

Owen en était venu à détester l'école, ce qui n'était pas le cas de la plupart des habitants d'Avery. Si l'institution privée n'était pas venue à point nommé remplacer la fabrique de chaises, le bourg aurait disparu.

Pour Owen et Anna, cependant, Avery n'avait jamais été un bourg, mais la terre sur laquelle celui-ci avait été bâti. Dans quel autre lieu pouvait-on voir, non une, mais deux montagnes, séparées par une vallée où coulait une rivière ? Le sol n'était pas rocheux comme dans le New Hampshire ; il n'était pas, comme dans le Maine, recouvert de forêts denses et sombres. La plupart des arbres autour d'Avery étaient des érables jaunes et rouges qui n'absorbaient pas les rayons du soleil en été et devenaient rose et or en automne. Bobby Peet avait un jour permis à Owen de réaliser la moitié de son chiffre d'affaires de l'année en lui envoyant les cars de touristes venus admirer les incroyables couleurs automnales des feuilles d'érables qui tapissaient le sol. Owen les avait baladés sur les chemins derrière sa ferme, où les rayons du couchant déployaient un éventail aveuglant à travers les arbres. Ces jours-là, quand l'air était vif et tonifiant, il se sentait en bonne santé rien qu'en respirant. L'odeur du feu de bois se mêlait aux débris végétaux, avec une composante supplémentaire : la cire peut-être, ou la soupe de potiron.

Silas, c'était un travailleur. Une fois, quand Owen et Anna étaient partis au Canada voir une brebis reproductrice, Silas, resté seul à la ferme, avait dû se charger de la mise bas de quatorze porcelets. Ses parents ne seraient jamais partis s'ils avaient su que la truie était si près du terme. La température, glaciale, était accompagnée de neige fondue. Silas avait appelé son père : Papa, qu'est-ce que je fais ? Owen lui avait recommandé de sortir les porcelets un à un et de veiller à ce que la truie ne les écrase pas en roulant sur le côté. Owen s'imaginait son fils en train d'essayer de tirer ces petits trublions gluants arrivés trop tôt, avec la truie essayant de le mordre. Le garçon n'avait que seize ans à l'époque, et la bête avait mauvais caractère – encore plus quand elle était pleine. Silas, cette nuit-là, était arrivé à sauver douze porcelets sur quatorze, une prouesse en l'occurrence. À leur retour, Owen et Anna avaient trouvé leur fils dans la grange, couvert de déjections et de sang, un sourire jusqu'aux oreilles – un sourire un peu idiot. Mais Owen savait exactement ce que son fils ressentait.

Silas, c'était le portrait craché de son père, mais, sur lui, le résultat était différent. L'éducation, sans doute. Demandez à n'importe qui en ville : tout le monde vous dira la même chose. Leur fils était éduqué.

Owen ne savait pas exactement ce qui s'était passé, mais il avait sa petite idée. Il ignorait s'il pouvait, en toute honnêteté, faire peser le blâme sur la fille, mais, parfois, il en était tenté.

Cela, Owen l'avait dit à la jeune chercheuse de l'université du Vermont. Discrète, elle ne l'avait pas forcé. Elle l'avait laissé parler à sa guise. Il se demandait pourquoi il avait accepté de la rencontrer. Il sentait qu'il avait quelque chose à exprimer, mais qu'Anna, sa femme, ne l'écoutait plus.

Sienna

Je vous le dis, si quelqu'un me touche, je le tue. J'ai plus un radis. Vous auriez pas un dollar ? J'ai besoin de… il y a plus rien dans mon porte-monnaie, que des pièces de cinq et de dix cents. J'ai changé de prénom. C'est moi qui y ai pensé toute seule. J'en avais un autre, mais j'aime mieux « Sienna ». J'ai été traumatisée, qu'ils disent. J'ai dû passer plein de temps en thérapie. Mais on peut laisser sa vie derrière et prendre un nouveau départ. J'ai plus pensé à ce qui s'est passé dans le Vermont depuis… je sais pas moi… longtemps. C'est moi la victime. Je crois qu'un jour j'écrirai un livre là-dessus. J'avais quatorze ans, presque quinze. Vous avez un crayon ? Je dois finir cet exercice de maths avant le cours. Un crayon avec gomme ? Vous voulez qu'on fasse ça en ville ? Je connais un endroit. Il faut que je prenne une année de vacances. Je déteste ce chemisier. Je déteste le rouge. C'est juste, je sais pas… que je vais bien maintenant. Ma mère m'a dit d'oublier ce qui s'est passé. De faire comme si c'était jamais arrivé. Pourquoi c'est arrivé ? C'est pas à moi qu'il faut le demander, c'est à eux. Starbucks, ça vous plaît ? On pourrait y aller. Ici, je me sens mal à l'aise grave. Si ma compagne de chambre arrive, elle va me tanner pour savoir ce que vous me voulez. À mon avis, j'ai pas à répondre aux questions. Qu'est-ce que vous en pensez ? Cette école où je suis, ils l'appellent l'école de la deuxième chance. Elle est pleine de jeunes qui essaient d'oublier ce qu'ils ont fait. Genre drogue et autres trucs. Mais, sérieusement, j'ai pas déjeuné. Je prends pas de petit déjeuner, et si je saute le repas de midi, ou mange juste un yaourt, le soir, je peux dîner normalement. Je suis tellement contente d'avoir quitté le Vermont... Quand on a survolé Houston la première fois, j'ai vu les stries sur les montagnes. Elles ressemblaient à une étoffe de velours vert pliée. J'ai aussi vu les rues, les terrains de jeux, les diamants de base-ball et les nuages qui flottaient au-dessus. Les cours d'eau au milieu étaient d'un vert laiteux. Je me suis dit : Je commence une nouvelle vie. Je pourrais m'appeler genre « Sienna ». Je peux devenir qui je veux. Et j'ai vu aussi des lotissements de luxe, des maisons immenses avec piscines et voies d'accès de ciment blanc en forme de « S ». J'essayais de repérer mon école : je crois y être arrivée car j'ai vu quelque chose qui ressemblait à une église avec du vert autour alors qu'ailleurs la terre est surtout brune. Ici, tout le monde est drôlement religieux. À Avery, on devait tous se retrouver pour prier à la chapelle une fois par semaine, le mardi matin. Ici, c'est chants et prières tous les jours, et c'est obligatoire. J'ai dû manquer l'école cinq semaines, et quand je suis revenue, tout le monde m'a regardée de travers pendant deux jours. En plus, j'ai reçu des menaces. Moi. Comme si je méritais ça… Cette école est sans doute la plus chère du pays. Une école de la deuxième chance, ça se paie. Un de nos travaux d'intérêt général consiste à transformer un vieux ranch en un camp pour enfants défavorisés. Les gosses rescapés de Katrina sont censés finir leur vie ici. Il y a des gangs à Houston, maintenant. Mes parents sont toujours ensemble. Mes malheurs les ont soudés. Loufoque, non ? Ma compagne de chambre est complètement givrée. Elle se prend pour… Son réveil sonne une heure avant l'heure – tutut tutut tutut tutut – pour qu'elle puisse prier. Vous avez déjà essayé de dormir dans une pièce avec quelqu'un qui prie tout haut ? Le football bouffe tout notre temps ici. Moi, ce que je veux, c'est une de ces maisons que j'ai vues d'avion. Ça ou devenir chanteuse comme J-Lo. Je me disais que juste « Sienna », c'est bien comme nom pour réussir.

Mike

Le scandale survenu en janvier 2006 a détruit un certain nombre de vies, dont la sienne – si l'on admet qu'un incident isolé puisse détruire une vie, ce qu'il pensait improbable auparavant. Le hasard d'une lettre – une lettre qu'il comptait ignorer –, écrite par une chercheuse de l'université du Vermont, qui souhaitait l'interviewer sur les faits dans le cadre d'une étude intitulée : « Alcool et comportement des adolescents mâles dans l'enseignement secondaire », éveilla le besoin de mettre sa propre histoire sur le papier. Il voulait clarifier l'incident couvert par les médias avec une profusion et un manque de rigueur extravagants. S'il avait d'autres motivations, elles lui restaient obscures.

Après un exil de vingt-deux mois, Mike venait de rentrer dans le Vermont, non à Avery mais dans un village plus au sud, à soixante-cinq kilomètres de là. L'endroit, charmant mais dépourvu de caractère, était une Mecque touristique, dotée d'auberges pittoresques et de bons restaurants, d'une librairie florissante, et, discrètement dissimulé en dehors de la ville, d'un centre commercial haut de gamme avec des magasins d'usine générant un afflux de visiteurs qui procuraient à Mike un anonymat qu'il plaçait désormais au-dessus de tout. S'il s'était installé dans un village plus authentique, il aurait été immédiatement identifié comme étranger, et il aurait été aussi visible que s'il avait arpenté les rues avec une pancarte. Dans ce lieu de passage, il pouvait être n'importe qui : un « mateur de feuilles d'automne » de Baltimore, un retraité de Providence, un fou de mode new-yorkais en quête d'une bonne affaire Armani. Ici, il pouvait flâner sur les fameux trottoirs de marbre (abondamment salés l'hiver), admirer quand il y pensait les demeures XIXe qui bordaient la place, sûr que personne ne lui prêterait la moindre attention. Restait malgré tout la possibilité d'être reconnu : on l'avait plusieurs fois interviewé à la télévision après le scandale. Cheveux châtain clair (jadis blonds), taille moyenne, myope, avec des yeux bleus très enfoncés. Selon sa façon de s'habiller, il pouvait passer pour un agent immobilier malchanceux ou un directeur d'école privée, ce qu'il avait été pendant près de douze ans.

Il avait pris une chambre dans la plus vaste auberge du village, un bâtiment classique de trois étages datant de la période fédérale. Peinte en blanc, avec des volets verts, elle évoquait un des bâtiments « coloniaux [1] » du Dartmouth College. Au dernier étage, il y avait deux chiens-assis entièrement vitrés. Les chambres ressemblaient à des boîtes posées en équilibre sur le toit d'ardoise. Pur hasard, Mike était arrivé un lundi. Comme il y avait de la place, on lui

1. D'avant la révolution américaine.

avait donné l'un de ces nids d'aigle très convoités. Il n'aurait jamais cru qu'écrire sa version de l'affaire serait aussi difficile. La première phrase lui avait donné un mal fou ; une première phrase, cela dicte non seulement le ton du récit, mais aussi sa distribution. Ses nombreux faux départs l'avaient inhibé. Il avait fini par pencher en faveur d'un ton factuel suggérant un avant et un après, et il décida de s'y tenir.

Mike avait rencontré Silas Quinney et sa famille quatre ans avant le scandale, dans des circonstances peu communes. Il était allé à Middlebury College assister à un congrès de directeurs d'école. Rétrospectivement, il comprit qu'il aurait dû rentrer directement chez lui car on annonçait de la pluie verglaçante et de la neige dans la soirée. Mais une fois la dernière conférence expédiée, la perspective de flâner dans les rues de Middlebury, avec ses cafés, ses bars à vin et ses bons restaurants, l'emporta sur la prudence. Au lieu de monter dans sa Volvo marron et de mettre le cap au sud, il partit à pied en ville, où il se promena en éprouvant un sentiment de liberté rare. La vie d'un directeur d'école privée n'a rien de privé. De plus, il enseignait l'histoire – la Résistance en France durant la Seconde Guerre mondiale, et l'histoire du mouvement des droits civiques en Amérique. Il était obligé d'animer un nombre infini de réunions et de paraître à tous les jeux auxquels participait l'école, même les équipes les plus modestes. De temps à autre, il devait prendre un repas à la cafétéria avec les élèves, et sa maison était située à peu près au milieu du campus, de sorte que ses allées et venues étaient une affaire publique. Dès son arrivée en Nouvelle-Angleterre, Mike avait compris qu'on était moralement obligé d'y laisser ses rideaux ouverts – surtout ceux de sa chambre ! – pour que tout le monde puisse vous voir dès que vous allumiez. Il ne savait pas au juste pourquoi cette coutume avait perduré – elle était sans doute un résidu de la rectitude calviniste du XVIIe siècle –, mais elle semblait endémique à cet État, et non, par exemple, à celui de New York. Le bon côté, c'était que, lorsque l'on sortait de chez soi, on était au spectacle. Pour Mike, rien n'était plus passionnant que de se promener dans un bourg en regardant chez les gens, de s'imaginer qui ils étaient, ce qu'ils faisaient. Une maison était invariablement plus plaisante du dehors que du dedans. Il lui arrivait d'avoir très envie que les heureux possesseurs d'un manoir l'invitent à boire un verre de vin devant leur cheminée.

Ce soir-là, Mike, après s'être baladé, avait dîné, bu un verre de bière locale, puis il avait repris sa voiture pour rentrer à Avery, situé à une heure au sud de Middlebury. Contrairement aux prévisions météo, les routes donnaient l'impression d'être sûres. Il y avait de temps à autre une rafale de neige, mais les flocons semblaient disparaître aussitôt tombés. Le sol paraissait simplement mouillé. Il ne lui arriverait rien s'il ne freinait pas et roulait en sous-régime. Cela dit, le mot « verglas » prononcé dans une soirée la vidait aussitôt de ses invités ; et, dans la journée, les parents allaient chercher leurs gosses à l'école une heure plus tôt.

Une année, Meg et lui avaient loué pour le week-end un appartement au ski, à flanc de montagne ; il avait vu sa femme, qui sortait en marche arrière du garage, dévaler toute l'allée, Volvo en travers, jusqu'au bas de la pente. Elle avait dû l'abandonner là et remonter où la neige était croûteuse, pour prendre pied. Malheureusement, elle avait choisi le mauvais côté et il lui fallait traverser la route pour rejoindre l'immeuble. Or c'était impossible de le faire sans glisser de nouveau jusqu'en bas. Elle tenta de ramper, mais elle redescendit cent mètres de pente en tournoyant sur elle-même comme une toupie. Mike monta à l'appartement pour chercher une corde ; dans l'intervalle, elle était redescendue à pied jusqu'en bas, dans la neige solide, pour remonter de l'autre côté. Il leur fallut vingt-quatre heures avant de pouvoir faire remorquer la Volvo jusque dans l'allée.

Mike n'était pas loin d'Avery. Il aborda la descente beaucoup trop vite, à soixante-dix à l'heure, et vit soudain une voiture arrêtée devant lui. De fait, elle était garée. Il freina à mort. La Volvo se mit à déraper, traversa la route, capota et glissa sur le toit plusieurs mètres d'affilée, avec son conducteur prisonnier à l'intérieur. C'est dans cette position – la tête en bas – qu'il fit la connaissance des Quinney.

Il avait perdu connaissance. Quand il revint à lui, il vit tout d'abord un visage avenant, celui d'une femme couchée sur le ventre, le bras passé à l'intérieur de l'habitacle, qui tenait le sien en lui disant avec douceur que les secours arrivaient. Il tremblait violemment, et, même s'il savait qu'il n'avait qu'à déboucler sa ceinture pour libérer cette terrible pression qu'exerçait le poids de son corps sur sa tête, il n'arrivait pas à effectuer la manœuvre. La Volvo, un ancien modèle, était dépourvue d'airbag mais les arceaux de sécurité conjugués au port de la ceinture l'avaient sauvé. Les secours, sous la forme de deux jeunes EMT[1], finirent par arriver. Ils libérèrent Mike de son carcan, l'étendirent sur un brancard et le conduisirent au Western Vermont Regional Hospital, où Meg le retrouva. Par miracle, il s'en était sorti avec de simples contusions. Encore plus miraculeux fut le fait que la Volvo, une fois remise sur ses roues, n'avait subi aucun dommage mécanique. Elle roula sans problème jusque chez le carrossier qui s'occupa des bosselures et autres éraflures.

Quelques jours après l'accident, quand il fut suffisamment remis d'une ankylose générale, Mike emprunta la voiture de Meg et retourna sur le lieu de l'accident. Il avait remarqué la ferme chaque fois qu'il quittait la ville par le nord. Le corps du bâtiment avait un toit pointu et un porche en façade très proche de la route, un garage séparé qui semblait dater d'avant l'invention du 4 × 4, une vaste grange et, derrière, des hectares de pâturage qui descendaient en pente douce jusqu'à la lisière des arbres. La ferme et le garage étaient entourés d'une clôture en rondins dont Mike avait défoncé l'entrée. Une fois dans l'allée, il nota un dénivelé profond dans le sol, là où sa voiture avait capoté. Près de la clôture endommagée, un poteau déchiqueté formait avec le

1. *Emergency Medical Technicians* : l'équivalent du SAMU.

sol un angle presque aigu. Mike avait décapité la boîte aux lettres de la famille Quinney.

Il était venu présenter ses excuses – même si ce dérapage sur le verglas n'était pas sa faute –, et proposer de rembourser les dégâts. Ce n'était pas un geste vide de sens – il était très possible qu'on accepte sa proposition. Les fermiers du coin étaient constamment au bord de la faillite.

Son arrivée déclencha un concert d'aboiements, et deux chiens de berger déboulèrent de derrière le garage. Mike hésitait à sortir car les bêtes avaient l'air très contrariées. Il se dit qu'elles ne pouvaient pas être aussi féroces qu'elles le semblaient, car, dans ce cas, les Quinney n'auraient jamais pu recevoir de visiteurs. Son hypothèse était juste. Dès qu'il ouvrit la portière, elles se turent. Il tenta de gagner leur faveur en leur roucoulant des idioties telles que « gentils chiens », « oh les beaux chiens-chiens », puis il se coula dans l'allée, remarquant un panier de basket fixé au-dessus de la porte du garage, un skateboard rangé dans un coin du porche, et, près de la maison, un véhicule tout-terrain. Ils devaient avoir un fils adolescent. Mike ne rencontra pas Silas ce jour-là, mais il rencontra Anna, sa mère, qui parut à la porte. Mike reconnut tout de suite la femme qui avait tenu son bras quand il avait la tête en bas. Il se présenta et entra.

« Je suis venu vous remercier et vous proposer de payer les dégâts causés à votre clôture et votre boîte aux lettres. »

Elle vérifia que son cardigan jaune pâle était boutonné ; Mike suivit la main du regard. Elle désigna la table de la cuisine. « Voulez-vous vous asseoir ? » Sans attendre, elle ouvrit le robinet de l'évier et emplit la bouilloire, tant pour s'occuper que par politesse envers son hôte. « Merci », dit-il.

Il ôta ses gants qu'il posa à côté d'un set de table tissé, puis déboutonna son pardessus. Il se doutait qu'il venait de déranger Anna Quinney au moment où elle allait prendre sa douche. Elle semblait avoir enfilé en vitesse un jean et un sweater, et ses cheveux étaient en bataille. Elle avait des hanches larges, de longues jambes – une silhouette harmonieuse – et, apparemment, de très jolis seins. Elle ne portait aucun maquillage – du moins, rien de visible. Il lui donna la quarantaine.

« Café ou thé ? » demanda-t-elle.

La bouilloire indiquant que le café serait en poudre, il choisit le thé. Elle s'appuya contre le plan de travail, les bras croisés sur la poitrine, un geste qui semblait à la fois défensif et habituel.

« Comment vous sentez-vous ? finit-elle par demander.

— Étonnamment bien. Rien de cassé, par chance. Un peu moulu, mais bien », insista-t-il comme s'il avait quelque chose à prouver.

Elle sourit, l'air soulagé.

« Nous avons appelé Gary », dit-elle.

Gary Quinney était le frère d'Owen Quinney, et aussi le commissaire de police d'Avery.

« Il a conclu que vous n'étiez pas trop amoché. Nous étions dans la cuisine quand c'est arrivé. Le choc a été tel que nous avons cru qu'un avion venait de s'écraser. »

Mike n'avait rien entendu lorsque la voiture s'était retournée. Mais puisqu'il avait perdu conscience, il était fort possible que l'accident leur ait semblé aussi affreux qu'elle le disait.

« Silas a cru à un tremblement de terre, ajouta-t-elle. Silas est notre fils.

— En quelle classe ? Quatrième ? Troisième ?

— En quatrième, dit-elle en nommant le collège local. Owen, mon mari, est dans la grange. Il va arriver. »

Parfait, se dit Mike, qui préférait parler argent avec un homme.

La cuisine était petite. Au centre, une table ronde entourée de quatre chaises cannées. Mike en occupait une. La cheminée était si proche qu'il aurait pu la toucher en tendant la main, mais le panier de fleurs séchées posé dans le foyer indiquait qu'elle n'était pas en usage. Sur son manteau étaient disposés un certain nombre d'objets d'art populaire : un sapin de Noël en bois sculpté, un tableau naïf représentant un paysage, dont il apprendrait plus tard qu'il était l'œuvre d'Anna, et une lanterne en fer-blanc. Le réfrigérateur, également à portée de main, mais de l'autre côté, affichait une mosaïque de photos, de coupures de journaux, de bons de réduction, d'aimants distribués à titre publicitaire par diverses entreprises locales. Il y avait aussi un calendrier avec des dates soulignées au fluo. La table n'avait pas été entièrement débarrassée : dans une assiette blanche, il y avait une croûte de toast avec une traînée de confiture rouge au bord. Malgré, ou peut-être à cause de ce désordre, la pièce était accueillante.

Quand la bouilloire se mit à siffler, Owen Quinney entra, comme s'il répondait à un signal. Mike se leva pour se présenter.

« Oh, je sais qui vous êtes », déclara posément Owen en allant accrocher sa grosse veste à carreaux au portemanteau de l'entrée. Il se frotta les mains comme quelqu'un qui anticipe joyeusement son petit déjeuner.

Il était bâti comme le sont les paysans, avec des bras et des jambes solides, et aussi une bedaine naissante. La peau de son visage et de ses mains était rouge et craquelée, mais sous ses dehors recuits, c'était un bel homme. Son abondante chevelure brun foncé aurait fait bien des envieux chez les déplumés, et ses yeux d'un brun piqueté, entourés de rides d'expression, plurent d'emblée à Mike. Voilà quelqu'un qui regarde la vie en face, peut-être avec un soupçon d'ironie, se dit-il.

Owen Quinney tira une chaise de la table et s'y assit à califourchon, les bras posés sur le dossier. Anna versa une cuillère de cacao dans la tasse de son mari.

« Pour nous, vous étiez foutu », dit-il, son sourire révélant un espace entre les dents de devant.

Apparemment du même âge que sa femme, il sentait l'animal et le grand air. « Silas et moi, on s'est précipités, et vous étiez là-dedans, la tête en bas, mort ou tout comme. J'ai dit à Silas : "Cours à la maison appeler le 911", et Gary, que Dieu le bénisse, est arrivé comme l'éclair pour vous sortir de là. (Il siffla doucement.) Fallait voir l'auto sur le toit ! (Une pause.) Il y a pas pire que le verglas, ça non. Maintenant que vous êtes tiré d'affaire, je peux vous dire que c'était une bonne leçon pour Silas. Ça lui a vraiment foutu les foies. Dans un an ou deux, il passera son permis en conduite accompagnée, et il faut leur faire une peur bleue à ces gosses pour que, mal préparés comme ils sont, ils n'aillent pas se tuer.

— Heureux d'avoir pu servir à quelque chose », dit Mike.

Il se demandait si la leçon n'aurait pas été encore plus profitable s'il était mort mais, grosso modo, il était d'accord avec Owen Quinney. À Avery, les profs s'inquiétaient constamment pour les externes – seuls élèves autorisés à avoir une voiture.

Mike revint au but de sa visite.

« J'aimerais vous rembourser les dégâts occasionnés sur la clôture et la boîte aux lettres.

— C'est pas votre faute, marmonna Owen.

— Oui et non. Il n'y a pas "faute" au sens courant du terme, mais j'ai fait des dégâts.

— Silas réparera ça, dit Owen, d'un ton irrévocable. Je lui donnerai un peu d'argent de poche pour faire le boulot. Il ne renâclera pas.

— C'est très gentil de votre part, mais si vous changez d'avis, voici mon numéro de téléphone. »

Mike lui glissa par-dessus la table une petite carte de visite blanche. Owen la prit et la lut à bout de bras.

« Ouais, Gary m'a dit que vous êtes le dirlo de l'école. »

Il n'y avait ni respect ni dédain dans cet énoncé. Il aurait aussi bien pu dire « laitier ». Il posa la carte à plat, en la faisant claquer, avant de boire une gorgée du cacao dans lequel Anna avait mis une cuillerée de crème fouettée. Mike, prenant son propre mug, but une gorgée de thé qui lui brûla aussitôt la langue.

Flottait dans la pièce une odeur qu'il tentait d'identifier depuis son arrivée et qui le faisait saliver – de la noisette mêlée à un soupçon de cannelle ? Anna Quinney se pencha vers le four et, tirant la plaque la cuisson, examina quelque chose qui ressemblait à du muesli. Un délice qu'il n'avait pas goûté depuis longtemps.

Anna se releva.

« J'essaie de persuader Silas de visiter votre école, risqua-t-elle.

— Vraiment ? (Mike était surpris.)

— Il est doué pour les arts.

— Il est doué pour le basket-ball, corrigea Owen dans un grognement.

— Ils ont supprimé toutes les disciplines artistiques au collège », expliqua Anna.

Elle semblait nerveuse, et Mike se demanda pourquoi. Parce qu'il était directeur d'une école privée ? Parce qu'Owen ne l'aimait pas ?

« Et aussi la musique, ajouta-t-elle. Pour tout cela, il n'y a plus de profs.

— Je suis désolé de l'apprendre, dit Mike.

— Je sais que vous avez un département artistique et des ateliers formidables à Avery. Parmi les meilleurs de Nouvelle-Angleterre. »

Regardant Owen à la dérobée, elle se tut.

« L'année prochaine, il rentre au lycée où il jouera dans l'équipe du cinq majeur en tant que troisième, dit Owen comme s'il n'avait pas entendu. Le coach nous a déjà appelés pour nous le dire. Silas n'est pas très grand, mais il est rapide. Il peut dribbler vers le panier comme personne.

— J'aimerais le voir jouer, dit Mike.

— Quand ils rencontreront de nouveau l'équipe d'Avery, suggéra Anna.

— Ils les massacreront, comme chaque année, gloussa Owen.

— Je veux bien le croire, dit Mike.

— De toute façon, votre école est trop chic. C'est pas pour Silas, ça. »

Il y eut un long silence qu'Anna finit par rompre :

« À titre personnel, j'ai toujours eu envie de la visiter, dit-elle.

— Vous pouvez venir quand vous voulez.

— Vous attribuez des bourses ? demanda-t-elle.

— Trente-huit pour cent de nos élèves en ont obtenu une, par concours ou autre », dit Mike.

Ses statistiques n'étaient pas tout à fait honnêtes : dans ce nombre, il avait inclus des étudiants à qui on avait trouvé un petit boulot sur le campus. Leur modeste rémunération appelée pension était plutôt de l'argent de poche pour s'offrir non une éducation, mais des pizzas et des cigarettes.

« On peut conduire un cheval vers l'abreuvoir, mais on ne peut pas l'obliger à boire », déclara Owen.

Mike n'était pas si désintéressé qu'il le semblait. Si le fils d'Owen était aussi bon basketteur que son père le disait, Mike devait en parler avec Vince Blount, l'entraîneur de l'équipe d'Avery, qui, d'ailleurs, avait peut-être déjà repéré Silas. Sans compter qu'admettre davantage d'étudiants du cru pouvait être payant, politiquement parlant. Plus il y aurait d'habitants d'Avery liés à l'école privée, plus celle-ci aurait de marge de manœuvre vis-à-vis des services d'urbanisme pour acheter des terres, ou se les faire attribuer par zonage. En ce moment précis, le comité directeur se proposait d'annexer une portion de parc abandonné pour en faire un second diamant de base-ball. Avoir à l'école le neveu de Gary Quinney, le commissaire de police, n'était pas une mauvaise tactique.

« Silas est-il bon élève ? » demanda-t-il, l'air de rien, en se risquant à boire une deuxième gorgée de thé. (Il soufflait dessus depuis qu'il s'était brûlé la langue.)

Anna hésita et lança un coup d'œil à son mari, occupé à fixer le plancher.

« Oui, murmura-t-elle.

— Voilà ce que nous allons faire, dit Mike. Parlez à Silas, voyez si cela l'intéresse de visiter l'école. Je vous appellerai dans deux jours pour avoir la réponse. Ce sont des élèves qui l'escorteront et lui expliqueront tout. Le jeune visiteur, moins intimidé, se sent libre de poser des questions. Bien sûr, vous viendrez aussi, ajouta-t-il. Il est essentiel que les parents soient là. »

Il avait déjà en tête l'élève qu'il chargerait de la visite, et l'itinéraire. Le jeune guide commencerait par les ateliers d'art, où Mike veillerait à ce qu'on montre les œuvres des élèves. Silas et ses parents se dirigeraient ensuite vers le complexe sportif, où ils parleraient avec Vince Blount, puis ils se rendraient à Orpin Hall, le plus joli des bâtiments scolaires. Mike ferait rencontrer aux Quinney non seulement Sarah Grace, la responsable des admissions, mais aussi Coggeshall, le doyen chargé des rapports avec les étudiants. La visite se terminerait par un déjeuner au réfectoire, la cerise sur le gâteau pour séduire un garçon de quatorze ans. Le réfectoire d'Avery ressemblait à une cafétéria d'université, avec la possibilité de se regrouper par affinités et de choisir son menu. Les élèves pouvaient se resservir deux, trois et même quatre fois, selon leur appétit. Avec la promesse de travers de porc caramélisés, de tacos, de cheeseburgers avec six verres de lait et de quatre morceaux de brownie, l'affaire était dans le sac.

Owen regarda furtivement sa femme avant de fixer de nouveau le plancher. Mike subodora un léger antagonisme entre ces deux-là, un conflit qui durait peut-être depuis plusieurs mois ; ce petit incident, au lieu d'être isolé, pouvait s'inscrire dans une guerre conjugale plus générale – peut-être même *la* guerre conjugale, celle que se livrent tous les couples, à quelques détails près. Si on adoptait le point de vue d'Anna Quinney, le saccage accidentel de leur cour de ferme par un directeur d'école privée était une chance inouïe.

Silas

Non, je ne voulais pas. Mais si, je voulais, c'est vrai. Je veux dire que, pendant ces quelques minutes, j'ai voulu. J'étais soûl. La pièce tournait autour de moi, j'entendais la musique, et je... oh, comment, comment j'ai pu faire ça ? Tu es partie, ou tu vas partir, et j'ai tout gâché. On était d'abord six, puis deux d'entre nous se sont tirés : pourquoi pas moi ? Pourquoi je n'ai pas prononcé ton nom, tout fort ou tout bas ? Au lieu de ça, j'ai écouté la musique, et ma colère. Il y avait toi, il y avait toujours toi, comment j'ai pu trahir ce qu'on était, nous deux ? Je ne m'étais jamais senti aussi bien qu'avec toi. Tu es la seule qui compte. On aurait dû s'enfuir ensemble. Ils ont enregistré la scène, tu vas voir la cassette et tu vas souffrir, et ça, je peux pas le supporter. Non, c'est pas possible que tu la voies. Il faut que je te parle, que tu me promettes de ne pas la regarder, mais pourquoi tu me le promettrais ? Je suis coupable. J'étais là. Je voulais. Et maintenant, que faire, que dire ? Rien. Tu vas être trop triste. Et ça, pour moi, c'est insupportable.

J. Dot

Je ne suis pas très au clair là-dessus. Pas au clair du tout même. Je n'y comprends rien. Ça arrive tout le temps, non ? Je veux dire, ce genre d'incidents arrive tout le temps. Des jeunes se soûlent et font des bêtises. En faire un plat pareil, c'est juste… c'est juste dégueulasse.

Le merdier, c'est que, maintenant, je ne peux pas entrer au *college*. J'ai pris une année sabbatique et maintenant, je suis obligé de refaire une année de prépa ici. Toujours postgraduate à mon âge : j'ai l'impression d'être un vieillard parmi les mômes. En fait, je devais entrer à Gonzaga College, dans l'État de Washington. Section basket-ball.

Vous savez quoi ? Mon renoncement, c'est un crime contre le basket. J'en suis malade.

Longtemps, je n'ai pas pu parler de ça.

Vous trouvez normal de voir une vie foutue pour une seule connerie, une fois, une petite fois ? Ils ont dit dans la presse que j'étais le meneur. C'est n'importe quoi ! Le « meneur », c'était elle. Ça a l'air fou de dire ça, je sais, et mon avocat me clouerait le bec s'il était ici, mais c'était son idée à elle. Bien sûr, comme on était plus vieux, on aurait dû être plus raisonnables, mais on était bourrés et… merde… pourquoi je réponds à vos putains de questions ? Pour sauver un autre mec ? Aux dernières nouvelles, personne ne sera sauvé.

Avoir renvoyé notre entraîneur, c'est de la folie pure. Rien n'était de sa faute. Ils l'ont fait parce que nous faisions partie du cinq majeur de basket-ball. Comme si les membres de l'équipe avaient des tendances perverses dont l'entraîneur aurait été responsable. Bon Dieu, foutez-moi la paix.

Je ne comprends tout simplement pas. Prenez les autres jours de l'année – trois cent soixante-quatre, ça fait en tout. Cette pression dingue qu'on a subie pour viser les meilleures universités ; les trois heures de devoirs à faire le soir, plus les heures d'entraînement sportif, plus les matchs, plus les cours de rattrapage intensif du samedi… Vous prenez tout ce temps et vous le mettez en balance avec la malheureuse heure où, dans les vapes, on se conduit comme un branleur, et cette malheureuse petite heure déterminerait toute votre vie ? À jamais ?

Ma photo était partout, dans les journaux, à CNN, au journal télévisé local. Je ne peux aller nulle part sans qu'on se retourne sur moi. Il arrive que les hommes secouent la tête, comme si je leur faisais de la peine. Un jour, il y en a un qui est venu vers moi et m'a dit : « Eh, mon gars, désolé pour toi. » Mais les femmes ? Les femmes me regardent comme si j'étais un tas de merde.

Vous trouvez ça juste ?

Je ne la connaissais même pas. C'est ça, le plus con.

Je comprends que tout se paye. Ça, je pige. Ma question est : combien de temps ?

Matthew

Toute cette affaire rendait Matthew furieux. Une comédie qui avait détruit la vie de son fils. Et pour quel bénéfice ? L'école s'en trouvait-elle mieux ? D'après la rumeur, elle allait sombrer. Et qu'on ne dise pas que c'était pour le bien des jeunes participants : il faudrait être fou pour penser ça. L'un d'entre eux ne bougeait plus du canapé du salon. Un autre, son propre fils, était englué dans un bourbier entre la fin du secondaire et la fac.

James avait déjà vingt et un ans. Avant ce fiasco, il était sur le point d'aller jouer au basket-ball à Gonzaga College, dans l'État de Washington, célèbre pour son département d'athlétisme. Un certain nombre d'autres universités avaient également cherché à le recruter. Il fallait voir les aides mirobolantes qu'on leur avait fait miroiter ! Matthew et sa femme travaillaient pour Middlebury College – lui était employé à la gestion des promotions, et Michelle était prof de maths –, et, naturellement, ils ne roulaient pas sur l'or. La perspective de ce brillant avenir pour leur fils ressemblait à la réalisation d'un rêve, sauf que, maintenant, il n'y avait plus de rêve.

La chance avait tourné. Il n'arriverait plus jamais rien d'extraordinaire à James.

Matthew pensait que l'affaire aurait dû se régler discrètement entre l'école et les trois garçons. Ce n'était pas la peine de l'étaler en public. Il était sûr que c'était la faute de la fille. On disait qu'elle avait changé de nom pour poursuivre sa scolarité dans une école de Houston. Quand il pensait à elle, il avait envie de l'étrangler.

Matthew et Michelle avaient décidé d'envoyer James faire sa première année d'études supérieures – une prépa, en somme – dans le privé, à Avery, qui était à une heure seulement de Middlebury où ils travaillaient. Auparavant, James était à Easton College, où il avait du mal à suivre malgré ses bons résultats en athlétisme. Les parents savaient bien que leur fils serait encore interne, même à Avery, si proche de chez eux, mais ils pourraient le voir tous les week-ends. Ce qu'ils ont fait. Et, bon sang, Matthew avait chamboulé tout son emploi du temps pour être libre les mercredi et samedi après-midi afin d'assister aux matchs de basket-ball. Il n'en avait manqué pratiquement aucun. Le scandale avait été très pénible à vivre, socialement, pour Michelle et lui. Il avait terni leur réputation. Personne ne leur avait jamais rien dit entre quatre yeux, mais Matthew savait qu'ils n'avaient plus la cote. Certains collègues ne voulaient plus les recevoir chez eux. Michelle avait accusé le coup plus durement que lui. On blâme les mères en cas de pépin, comme si elles n'avaient pas su inculquer à leurs fils les valeurs essentielles. Matthew savait pourtant qu'il n'y avait pas de meilleure mère que sa femme.

Tout cela était la faute de la fille, une manipulatrice, une baiseuse de stars. Elle voulait sans doute se prouver et prouver aux autres qu'elle pouvait le faire. Pourquoi, autrement, la scène aurait-elle été filmée ? À Avery School, James était déjà une star, le fameux J. Dot. Stars, les trois garçons impliqués dans le scandale l'étaient d'ailleurs tous.

C'est à elle, cette petite, qu'il aurait fallu demander des comptes. Matthew ne savait pas qui tenait la caméra. James n'avait jamais voulu le dire, et son père le respectait pour n'avoir pas cafté.

En repensant aux insanités écrites dans la presse, comparant ce bazar à une tragédie shakespearienne, il avait envie de gerber. En quoi ce qui s'était produit à Avery était-il shakespearien ? On est au sommet, puis paf, faille fatale, déchéance et autre bla-bla, on se retrouve en bas, sur le cul ?

Matthew et Michèle savaient que James, à Easton, avait essayé l'alcool et les drogues. Ça s'était mal passé et il avait été renvoyé pour vente de marijuana. Ses parents l'avaient voulu près d'eux, et Avery semblait un choix parfait. On leur avait dit qu'une année de prépa, en tant que postgraduate, le préparerait mieux pour Gonzaga, un plan qui aurait été excellent s'il n'avait pas foiré.

D'après Matthew, les jeunes hommes de dix-neuf ans devaient se défouler. Dommage, bien sûr, qu'ils ne l'aient pas fait sur le terrain de basket, mais la pression exercée sur ces gosses était telle qu'on pouvait bien pardonner un unique écart de conduite. En comparaison de ce que Matthew avait vu dans le secondaire public, l'incident semblait une broutille. C'est sûr, ces trois gars n'étaient pas des petits saints, mais de là à les jeter en pâture au monde entier… L'avocat de James, à la décharge de son client, a argué que celui-ci ignorait qu'on les filmait. Selon lui, c'était un coup monté. Matthew le croyait-il vraiment ? Il n'en savait rien.

Selon les critères de Matthew, la fille ne ressemblait en rien à une fille de quatorze ans. Le mot qu'il était tenté de lui appliquer était petite salope.

Son fils et ses amis n'avaient rien à prouver. Ils avaient largement fait leurs preuves sur le terrain de basket-ball, et ailleurs.

James, malheureusement, ne touchait plus au ballon depuis le scandale. C'était un crève-cœur pour son père car ce garçon ne vivait que pour le sport.

Michelle avait montré à son mari la lettre que lui avait envoyée la chercheuse de l'université du Vermont. Au début, ils se demandaient s'ils devaient ou non lui parler. Mais Matthew avait besoin de s'exprimer, et les avocats lui sortaient par les trous de nez.

Michelle

Si ce que j'ai à dire peut aider une autre mère, alors tant mieux. Ces moments terribles que nous vivons serviront à quelque chose.

Je savais depuis des années que James aurait des ennuis. Je n'imaginais pas ce scandale – qui l'aurait pu ? – mais, après coup, je me suis rendu compte que j'avais toujours eu peur.

Parfois, je me dis que j'aurais pu empêcher ce qui s'est passé, et parfois non. Il m'est arrivé de me demander ce qui ne tournait pas rond chez James.

Le fait est qu'il ment. À treize ans à peine, il mentait déjà, brillamment. Il était gentil, charmant et drôle, mais il pouvait mentir de façon si convaincante que, même moi, je ne m'en apercevais qu'après. Je n'avais de soupçons que lorsque la logique de ses affirmations était boiteuse. La logique, ce n'est pas le fort des adolescents. Mais, question mensonges, il était si parfait que j'en venais à douter de ma sensibilité, de mon intelligence. Mon fils me regardait droit dans les yeux et m'affirmait quelque chose qui infirmait tout ce que je savais être vrai. Résultat : je perdais mes repères et, fatalement, je lâchais du lest.

Aujourd'hui, je m'interroge : aurais-je dû être plus stricte, aurais-je dû l'être moins ? Rétrospectivement, c'est difficile à dire. Aurais-je dû être plus présente quand il était tout petit ? Aurais-je dû renoncer à mon travail ? Cela m'obsède.

Il a commencé à mentir en quatrième. Peut-être plus tôt, mais je ne m'en suis pas aperçue. Je me souviens d'un épisode qui m'a marquée : notre fille aînée se mariait, et il nous fallait louer un smoking pour James. Nous sommes allées le chercher à l'école en voiture, et, durant tout le trajet, il n'a cessé de parler. Je me souviens m'être dit : C'est un bon jour. Pour une fois, il communique normalement, juste au moment où nous avons le bonheur de préparer le mariage de Julie. Mais une fois au magasin, j'ai vu ma fille regarder son frère avec curiosité, puis prendre un air entendu. Se détournant, il est parti errer dans un autre rayon. On l'a rejoint et Julie lui a demandé : « Qu'est-ce que tu as fumé ? Ton regard est bizarre. »

J'ai scruté à mon tour mon fils. Il avait les yeux rouges et un peu exorbités, comme mouillés de larmes. Comment ne l'avais-je pas remarqué ? Je me suis dit qu'il avait de la conjonctivite, ou qu'il avait passé trop de temps devant l'écran de l'ordinateur. Au retour, me ravisant, je lui ai demandé sans ambages ce qu'insinuait sa sœur. « Aucune idée », m'a-t-il dit. J'ai arrêté la voiture et l'ai sommé de me regarder. Ce qu'il a fait. Puis, d'un air exaspéré, il m'a dit en gesticulant : « En classe, on a regardé un film qui a duré des heures. C'est peut-être pour ça que j'ai les yeux qui pleurent. »

J'ai laissé tomber le sujet, et ne l'ai plus jamais abordé.

Après cet épisode, cependant, je suis devenue plus vigilante.

Tout d'abord, il y avait ce que racontaient les autres mères d'élèves du secondaire. Ceux de cinquième buvaient, disait l'une. Ceux de quatrième fumaient du hasch, disait l'autre. J'essayais de me convaincre que ce n'était pas vrai. Il est inhabituel, quand on vit dans une petite ville, d'avoir un collège d'enseignement général, un paradoxe qui rend sans doute l'alcool et le hasch facilement accessibles, même aux élèves de premier cycle. Je notais pourtant qu'aucune mère ne croyait son propre fils impliqué dans ces horreurs. Comme moi.

En famille, nous avions édicté des règles. Lorsque James sortait, couvre-feu à vingt-trois heures, et il devait m'appeler avec son portable s'il changeait de programme. Mais j'ai vite compris qu'en définitive je ne savais jamais où il était. J'ai commencé à l'épier, à appeler les parents de ses copains. Une fois, une mère m'a dit ne pas l'avoir vu de la soirée. J'ai perçu dans sa voix une surprise mêlée d'un peu de pitié, et j'ai su exactement ce qu'elle pensait : Michelle ne peut pas faire confiance à son fils.

Quand James est rentré, je lui ai demandé où il était. « Là où je t'ai dit, m'a-t-il répondu d'un ton exaspéré. Impossible : j'ai eu la mère de ton copain au téléphone. » Il m'a alors affirmé qu'il était au sous-sol, devant l'ordinateur et les jeux vidéo, qu'ils étaient huit ou neuf, et que la mère du copain ne l'avait sans doute pas remarqué. Je savais que c'était impossible. Quelle mère ignorerait ce qui se passe chez elle ? Mais entendre les affirmations de James, c'était le croire. Voyant mon hésitation, il a joué l'indignation. Les autres mères n'appelaient pas les parents, affirmait-il. Que je l'aie fait prouvait mon manque de confiance en lui.

Par la suite, je pense que James a menti de plus en plus. Oui, il avait lu le livre pour le cours d'anglais ; je savais bien que non. Oui, il avait fait ses devoirs ; je me demandais quand. Je ne pouvais plus exiger de lui qu'il les fasse à la cuisine alors qu'il insistait pour travailler dans sa chambre. Il m'obligeait à frapper avant d'entrer. Je frappais donc mais j'entrais simultanément, le surprenant à envoyer des mails à ses copains. Il me regardait en face et mentait : il faisait des recherches sur Internet. Mais il n'y avait aucun livre ouvert sur son bureau.

Il m'arrivait d'essayer l'humour. À d'autres moments, j'étais sévère. J'étais tour à tour l'alliée de James et celle qui faisait la loi. Je changeais les règles ou m'adaptais aux siennes. En permanence, je devais réviser la stratégie de mes batailles.

J'essayais de discuter avec mon mari pour lui dire ce que j'avais sur le cœur : notre fils mentait, il buvait. C'est une phase normale, me répétait Matthew. Les fils doivent s'émanciper de leurs mères. Selon lui, je le surprotégeais, je le harcelais. « Lâche le fardeau de ses responsabilités : il le ramassera. »

Une proposition raisonnable, à l'évidence.

Notre fils est un bon gosse, ajoutait-il. Un de ses professeurs avait-il téléphoné à la maison pour se plaindre ? Ou le proviseur ? Non ? Alors...

Au printemps, on décida, Matthew et moi, d'envoyer James dans une école privée. On choisit Easton, dans le nord-est du Connecticut. Cela faisait un certain temps qu'on voulait qu'il accomplisse ailleurs le second cycle du secondaire car le lycée de notre ville n'était pas terrible. Quand on exposa cette idée à notre fils, il se rebella. Il n'irait pas, déclara-t-il. Comment des parents pouvaient-ils expédier leurs enfants aussi loin ?

J'étais à deux doigts de me laisser fléchir. Je n'avais pas envie de le voir partir. Je l'aimais, je voulais le garder. Mais à Easton, il serait soumis à des règles plus strictes qui lui seraient bénéfiques. J'avais, moi, sa mère, perdu toute autorité sur lui.

James est parti pour Easton à contrecœur et s'est aussitôt employé à nous prouver que nous avions eu tort : ses notes ont dégringolé. Les bulletins que nous recevions soulignaient son intelligence sous-employée et son manque d'organisation. Nous sommes allés à Easton. Nous avons discuté avec ses professeurs et son conseiller d'orientation. Notre fils avait accumulé les blâmes pour école buissonnière, violation des codes vestimentaires et tabagisme. Chez nous, il n'avait jamais fumé une seule cigarette. Il a alors affirmé que c'était sa première expérience du tabac. Je voulais bien le croire.

Il nous a dit que l'école ne lui plaisait pas, qu'il n'aimait pas les professeurs.

La seule bonne appréciation dans son bulletin scolaire provenait de son entraîneur.

James a grandi de quinze centimètre en seconde, et de cinq centimètres en première. Il était exceptionnel au basket-ball. Des joueurs comme lui, il n'y en avait qu'un sur cent, ou plutôt, un sur mille, affirmait l'entraîneur. Il était l'un des meilleurs qu'Easton eût jamais connu. Nous savions qu'il jouait de nombreux matchs de championnats municipaux, mais nous n'avions pas perçu qu'il était aussi doué. Je me disais : Voilà, c'est ça qui va changer notre fils. C'est ça qui le sauvera.

Il rentrait à la maison les week-ends ou pour les vacances et, durant quelques heures, il semblait une autre personne : un gentil fils, un bon garçon. Plus mûr, moins versatile. Il nous parlait, partageait avec nous ses idées et ses projets. Nous discutions de basket, décidions des matchs auxquels nous pourrions assister. J'étais si heureuse en ces moments-là… Je me disais : On a pris la bonne décision en envoyant James dans une école privée. Il grandit, il se responsabilise. Le basket l'a changé. Il croit en lui, maintenant.

Mais ça n'a pas duré. Il s'est enfermé de nouveau dans sa chambre, ne descendant que pour les repas ou pour sortir avec ses copains. Il a recommencé à mentir. J'ai enfin compris que mon fils était un pro en la matière. Il maîtrisait désormais la logique, et je ne savais jamais si je pouvais ou non le croire. Je n'arrivais pas non plus à le prendre en faute. Je passais discrètement quelques coups de fil, sous un prétexte ou un autre, et il se rebiffait. Pourquoi tu appelles les parents ? Il a exigé un couvre-feu plus tardif, puis un autre encore. Je lui demandais en vain ce qu'il pouvait bien trafiquer en ville à minuit passé.

Je m'inquiétais sans arrêt pour lui. Je sentais que mon fils, en m'arrachant concession sur concession, même minime, grignotait mon autorité.

Une année (il était alors en première), aux vacances de Noël, il est rentré soûl à la maison. Je l'avais attendu, assise en peignoir dans la cuisine. Je l'ai pris sur le fait. Il avait du mal à articuler et puait l'alcool, mais il est devenu agressif, me soutenant qu'il n'était pas ivre.

J'ai réveillé mon mari, à qui j'ai demandé de descendre pour vérifier l'état de son fils. Matthew l'a envoyé se coucher. Nous parlerions le lendemain.

Le lendemain matin, James avait une terrible gueule de bois. Nous lui avons déclaré que nous le privions de sortie. Il nous a déclaré qu'il était malheureux, que nous avions gâché sa vie. Il haïssait Easton, c'était pour lui un cauchemar.

Je comprends maintenant que nous accuser d'avoir gâché sa vie était une tactique brillante.

Peu après, un dénicheur de talent de Gonzaga College est venu de l'État de Washington jusqu'à Easton pour voir jouer James. Cette année-là, l'équipe gagnait tous ses matchs. Mon fils marquait vingt, trente points chaque fois. C'était un phénomène, nous assurait-on.

Le retirer d'Easton n'était même plus envisageable. S'il pouvait, en tant que boursier, entrer à Gonzaga, ses notes médiocres à Easton étaient-elles si importantes ?

Les bulletins scolaires étaient toujours mauvais. James était d'une vive intelligence mais il ne travaillait pas. J'ai pensé alors qu'il avait peut-être, depuis l'enfance, un problème d'organisation que j'avais eu le tort de n'avoir pas fait diagnostiquer.

Je me reprochais de n'avoir pas fait davantage pour lui, de ne pas l'avoir aidé.

L'automne de son année de terminale, il a été recruté pour Gonzaga College. On lui faisait des propositions précises et très alléchantes. Mon mari et moi avons bu le champagne pour célébrer la nouvelle. Matthew en a même offert une coupe à James.

En avril, notre fils a été renvoyé d'Easton pour avoir vendu de la marijuana. Il n'a pas nié l'accusation. Il m'a dit que c'était la première fois qu'il le faisait, pour un ami qui avait désespérément besoin d'argent. Je lui ai répondu que je ne le croyais pas. J'étais furieuse, et mon mari en était malade. James avait fichu son avenir en l'air.

« Peut-être pas », nous a rassurés le recruteur de Gonzaga qui nous a téléphoné après avoir appris le renvoi. Si James pouvait compléter ses unités de valeur manquantes durant l'été, il pourrait obtenir son diplôme. Puis, en tant que postgraduate, faire une année de prépa d'enseignement supérieur ailleurs, et le *college* maintiendrait alors son offre. Nous avons fait des pieds et des mains pour trouver une institution privée assurant la prépa. L'année était trop avancée pour remplir le formulaire habituel. Et nous le voulions près de chez nous, pour pouvoir garder un œil sur lui.

Nous avons visité Avery. Ils ont admis James dans la semaine. Ils nous ont fait un peu de cinéma s'agissant du renvoi d'Easton, parlant même d'un examen d'entrée, mais on voyait bien qu'ils étaient ravis d'avoir un joueur de basket de son calibre.

Nous avons insisté auprès de notre fils pour qu'il voie un thérapeute. Il l'a fait, mais il a décrété être plus malin que lui. Il ne croyait pas à la psychothérapie, et s'il n'y croyait pas, ça ne marcherait pas, nous a-t-il déclaré avec cynisme. Dès juillet, il a commencé à manquer des séances.

« Laisse tomber, me disait mon mari. On ne peut pas obliger un garçon de dix-huit ans à faire ce qu'il ne veut pas. »

James a passé tout l'été à s'entraîner intensivement dans divers stages de basket-ball pour se préparer à ce qui, nous l'espérions, serait une année excellente et rédemptrice.

À la fin de l'été, nous sommes allés le chercher. Je n'ai pas reconnu mon fils. Il s'était étoffé, musclé et il s'était laissé pousser la barbe. Il me dominait tellement par la taille que je ne me faisais plus aucune illusion sur mon influence sur lui. Il arborait un petit sourire en coin, et j'avais l'impression qu'il se fichait de moi quand je l'assommais de mes conseils tout en l'assurant de mon amour.

L'automne venu, nous avons conduit James à Avery, et je l'ai perdu.

Ce que j'ai envie de dire aux mères qui ont des fils ? Quelque chose les dévore, ces garçons, et j'ignore quoi. Éloignez-les de l'alcool. Si vous soupçonnez un problème, c'est qu'il y a un problème. Ne les laissez jamais proférer ne serait-ce que le premier mensonge. Soyez vigilantes.

Natalie

Faut les voir entrer au réfectoire, ces grosses baraques – en courant, comme s'ils avaient le feu au derrière. Quelque chose se libère en eux quand ils arrivent. C'est des bêtes qui attendent leur pâtée. Ils prennent quatre, cinq hamburgers, des suppléments de frites, et après ça ils engloutissent une dizaine de gâteaux. À Avery, on peut manger autant qu'on veut. J'ai vu des garçons descendre six ou sept verres de lait. Mais j'en connais pas un qui demande des légumes verts, je ne sais d'ailleurs pas pourquoi on se donne la peine d'en mettre au menu. Ici, on mange bien. On a le bar à salades, la machine à glacer les yaourts, la plaque à grillades. On peut avoir tous les sandwichs qu'on veut. On organise des « soirées italiennes », des « soirées mexicaines ». Ils sont capables d'enfourner sept, huit tacos d'un coup. Je connais tous ces garçons depuis la troisième, sauf J. Dot. Il était P.G. à son arrivée.

Elle, je la connaissais peu. Les filles ne mangent pas, ou, si elles mangent, elles le font en secret. Elles vont droit vers le bar à salades. Moi, je suis au comptoir à entrées. Faut que je vous dise, on a un code vestimentaire, ici, mais ces filles, elles s'habillent comme des tapineuses, avec leurs petits hauts minuscules et leurs jupettes au ras des fesses. Je me demande comment les garçons – et les professeurs, d'ailleurs – peuvent garder leur truc dans le froc. C'est *Newport Beach* [1], ici : elles se croient à la plage.

Je connaissais très bien Silas et sa famille. On fréquentait la même église. C'était une famille de bons catholiques. Les Quinney étaient à Avery depuis… oh, au moins trois générations. Anna était une mère formidable. Je savais que si j'envoyais mes gosses jouer chez elle, elle s'en occuperait bien. J'avais pas à m'en faire : pas comme avec d'autres qui picolent. Il y en a.

J'aimais bien Rob, aussi. Il disait merci. Plus personne ne sait dire merci. J. Dot, lui, aimait faire le clown, il voulait être le centre du monde. Quand on entendait des rires gras, on levait la tête : on voyait que c'était à la table de J. Dot.

Faites toute l'école : vous ne trouverez pas un seul garçon qui a été élevé comme Silas, dans les bons principes.

Je n'ai rien contre la fille, mais j'en veux aux journalistes. Certains, je pourrais les tuer pour ce qu'ils ont fait à ces garçons.

1. Série télévisée à succès sur un groupe d'adolescents délurés.

Mike

En avril, Silas Quinney fut accepté à Avery School. Il devait commencer à la rentrée de septembre. Depuis, Mike avait progressé, passant de la cuisine des Quinney à leur salle à manger. Il avait pris sur lui d'accélérer le processus d'inscription et de demande de bourse en remplissant tous les formulaires et en les apportant à Anna et Owen pour qu'ils les signent. Dans l'intervalle, il en était venu à connaître assez bien Silas pour l'avoir rencontré plusieurs fois et avoir assisté à un de ses matchs de basket. Comme il s'y attendait, Blount, l'entraîneur, était enthousiaste à l'idée de récupérer un si bon joueur, et Mike commençait à se dire qu'il avait rendu à l'école, autant qu'aux Quinney, un sacré service. Plus que s'il avait payé les dégâts causés par la Volvo.

Mike trouvait Silas calme et réfléchi. Un garçon avec du caractère. Cela tenait peut-être à son éducation – les Quinney étaient des catholiques fervents. Il ressemblait à son père physiquement, sans toutefois la malice qui lui plissait les yeux. Ces rides-là, celles du sourire, il ne les aurait sans doute jamais. Il prenait la vie, sinon lui-même, au sérieux.

Cela en faisait l'élève idéal, en plus de ses dons pour le basket (il jouait dans l'équipe du cinq majeur ; seuls deux élèves de troisième avaient ce privilège).

L'un des avantages des écoles privées sur l'enseignement public, c'est qu'elles gardent leurs élèves occupés. Les cours commençaient le matin à huit heures et finissaient à quatorze heures, déjeuner compris. Ensuite, sport obligatoire pour tous. Obligatoires aussi les deux heures d'étude du soir pour les internes. Silas n'était pas pensionnaire (contrairement à Rob, J. Dot, et la fille), mais il était pris presque tous les jours jusqu'à dix-huit heures trente, puis il avait trois heures de devoirs, sinon plus, à faire à la maison. Les professeurs tendaient à charger les élèves des classes de troisième pour les préparer à ce qu'ils vivraient plus tard, à la fac. Souvent, entre huit heures et dix heures du soir, en visitant le dortoir des troisièmes, Mike passait devant des salles de classe ouvertes où des petits nouveaux, la tête penchée sur leur pupitre, planchaient... ou pleuraient de fatigue. Mike aimait à penser que les élèves d'Avery étaient exceptionnellement bien préparés pour l'université. Des anciens de l'école rapportaient fréquemment que leur formation à Avery avait été si rigoureuse que la fac leur avait semblé facile en comparaison.

Jouer dans l'équipe principale obligeait Silas à voyager, au moins pour la moitié des matchs. En sus, les cours de rattrapage du samedi étaient obligatoires une semaine sur deux. Ces règles, nées du besoin de laisser aux pensionnaires peu de temps pour faire des bêtises, s'appliquaient également aux externes. Anna, pour rire, se plaignait de ne plus voir son fils, mais en réalité, le savoir à Avery était un bonheur pour elle. Un peu réticente au début, elle était devenue une volontaire infatigable de la PTA [1]. Owen, peu rancunier, mais que Mike sentait tout de même prêt à retirer son fils au moindre incident, était fier de ses succès au basket et essayait de ne pas manquer un seul match. Chaque fois qu'il entrait dans le gymnase et se dirigeait vers les gradins, Mike se débrouillait pour s'asseoir au moins un instant près de lui. Il lui demandait des nouvelles d'Anna puis, si Owen avait manqué un quart, ou une demi-finale, Mike le mettait au courant des progrès de l'équipe, ceux de Silas en particulier. Owen ne se vantait jamais, et quand on louait son fils il accueillait le compliment d'un hochement de tête modeste. On voyait pourtant ses yeux briller d'une fierté toute paternelle. Mike l'enviait car, même s'il applaudissait et faisait la fête quand l'équipe d'Avery gagnait, ou si elle arrivait jusqu'en championnat, il n'éprouvait jamais cette joie intime qu'Owen Quinney avait le bonheur de ressentir.

Owen venait en salopette usée et épaisse veste à carreaux qui sentait la laine de mouton. Il ne montrait pas la moindre gêne à s'afficher en plouc local. Au contraire. Si on le lui avait demandé, il aurait probablement admis un sentiment de supériorité sur les autres parents. Typique des gens du Vermont, cette fierté. Parfois, les Quinney invitaient Meg et Mike à dîner mais, étrangement, Meg n'y était

1. *Parent Teacher Association.* Parents et professeurs unissent leurs forces pour lever des fonds ou parfaire le fonctionnement de l'institution.

jamais allée. Une question de circonstances, en général : sa femme avait souvent des réunions à l'heure du dîner. Mais aussi le sentiment, de la part de Meg, que les Quinney faisaient en quelque sorte partie du « boulot » de Mike, et non du sien, et elle ne voulait pas mélanger. Leurs sphères d'influence étaient séparées, de même que leurs fardeaux de responsabilités.

Anna Quinney était une remarquable cuisinière. Ses biscuits beurrés, en particulier, étaient un délice, ses meringues au citron, un rêve de légèreté ; quant à ses poulets, ils étaient rôtis à la perfection, tendres, juteux et savoureux. Leur salle à manger était petite, mais comme ils n'avaient qu'un fils il y avait toujours une ou deux chaises en plus pour les invités. La nappe était très simple, en coton tissé bleu, comme les sets de table de la cuisine, et les serviettes, d'une blancheur immaculée. La pièce et le linge de table rappelaient à Mike les déjeuners chez sa grand-mère, quand il était enfant. Chez les Quinney, il avait souvent l'impression de remonter le temps. Plus que des dîners, c'étaient des soupers, au sens campagnard du mot : il n'y avait jamais de vin, la chère, bien qu'exquise, était simple, et on ne s'habillait pas. Owen s'asseyait à un bout et Anna à l'autre. Leur fils et Mike étaient assis l'un en face de l'autre, Silas avec des joues encore empourprées par l'exercice.

Mike était rarement invité au printemps et en automne, qui n'étaient pas la saison des matchs, mais l'hiver, où il croisait souvent Owen, il dînait là-bas environ deux fois par mois. La pièce n'avait qu'une seule fenêtre, une grosse horloge qui tintait tous les quarts d'heure, et une étagère de babioles qui devaient avoir une certaine importance pour Anna. Sur une autre étagère, il y avait des photos en couleurs, dont beaucoup de Silas bébé, puis enfant. Owen avait un talent de conteur et il pouvait disserter sur nombre de sujets. Certains le faisaient démarrer au quart de tour : l'occupant de la Maison-Blanche le rendait éloquent de rage, la guerre d'Irak, apoplectique. Il se déclarait pacifiste et il aiderait son fils, s'il était un jour mobilisé, à s'enfuir au Canada. Les touristes le faisaient glousser de rire et il avait une réserve inépuisable d'anecdotes sur les crétins des autres États. Il lui arrivait aussi de se répéter. Cette prolixité encourageait Mike à parler de ses visites à sa famille ou aux familles d'étudiants à recruter – pas très diplomate pour un directeur d'école privée mais, dans ce lieu, il se sentait en sécurité, alors qu'ailleurs un tel espace confiné l'aurait rendu claustrophobe.

Mike trouvait Silas, bien que fils unique, chanceux d'être né dans cette famille.

Owen ne s'était pas vanté quand il avait dit que personne ne perçait en dribble avec autant d'aisance que son fils. Il compensait sa petite taille par une rapidité phénoménale. Son jeu de jambes était fabuleux ; c'était un plaisir de le voir contrer des adversaires deux fois plus grands. Quand il manquait un tir, en particulier une tentative de tir à trois points, ou si son équipe perdait, Silas le prenait très mal. Il s'éloignait, la tête penchée sur le côté, comme s'il allait au bûcher. Mike ne croyait pas qu'Anna ou Owen aient jamais levé la main sur lui, mais, par moments, on avait l'impression qu'il avait, enfouie sous sa sociabilité, une honte profonde. Il n'acceptait pas l'échec, qu'il semblait incapable de chasser de ses pensées d'un haussement d'épaules, comme le faisaient ses copains.

Quand lui et Mike se rencontraient sur le campus, ils bavardaient un moment. Ou plutôt, Mike posait les questions, Silas faisait les réponses. Ce fut ainsi pendant deux ans. Quand Silas fut en seconde, les Quinney organisèrent chez eux le dîner annuel de l'équipe ; Mike fut également invité et, à cette occasion, il passa de la salle à manger au salon. Quand Silas arriva en première, ils eurent leur première vraie conversation, dont le prétexte, de façon étrangement prémonitoire, fut de caractère sexuel.

Deux juniors avaient été surpris à fumer de la marijuana dans une Honda Civic grise garée sur le parking, tandis qu'une élève de seconde faisait une fellation à l'un d'eux. Le trio avait eu la malchance d'être découvert par un prof, resté travailler tard, qui revenait prendre sa voiture. Il les amena dans le bureau du directeur. Mike parla d'abord avec les deux garçons, dont l'un lui était antipathique et l'autre indifférent : il n'eut aucune peine à les exclure temporairement en attendant la décision du conseil de discipline. Quant à la fille, dont Mike a aujourd'hui oublié le nom, il la fit asseoir en face de lui et lui parla gentiment, pour ne pas la stresser davantage. Il avait cru à tort que les garçons avaient abusé d'elle, qu'un quelconque marché avait été conclu entre eux. Il eut donc un choc (il aurait pourtant dû être blindé après presque deux décennies de travail avec les adolescents) quand elle admit tout naturellement avoir suivi de son plein gré les deux garçons sur le parking et demandé à faire un tour en voiture avec eux. Une fois à bord, elle avait insisté pour que l'un d'eux accepte de se laisser sucer. Que les garçons aient fumé des joints était hors de ses préoccupations car la drogue ne l'intéressait pas. Mike, agacé qu'elle puisse pratiquer un acte aussi intime avec cette désinvolture avilissante, lui demanda alors s'il lui arrivait souvent de suivre les garçons dans des voitures pour avoir des rapports sexuels. Elle répondit, avec quelque regret dans le ton : « Pas très souvent. » Il lui demanda alors quels garçons elle avait suivis : elle en nomma une demi-douzaine, dont Silas Quinney. Mike, ahuri, lui fit répéter le nom. « Mais avec lui, ça n'a pas marché, avoua-t-elle sans le moindre orgueil féminin, il n'en avait pas vraiment envie. »

L'élève fut exclue quatre jours, puis réadmise. (Plus tard, elle entrerait à Bowdoin.) Mike convoqua Silas dans son bureau et c'est là, pour la première fois, qu'ils eurent une vraie conversation.

Mike observa le garçon qui traversait la pièce, son sac de livres jeté sur l'épaule, pour venir s'asseoir en face de lui sur la chaise que la fille avait précédemment occupée. Il semblait troublé et un peu sur ses gardes. Il ne savait pas pourquoi on l'avait fait venir, mais, en règle générale, une convocation dans le bureau du directeur n'était pas bon signe. Il avait grandi et s'était considérablement étoffé. Il avait hérité des cheveux épais de son père, et de son système pileux en général car un soupçon de barbe sombre ombrait son menton, alors qu'il avait dû se raser ce matin même, ou la veille au soir. Il portait un pull shetland bleu que Mike lui avait souvent vu, du genre de ceux qu'on achète en grande surface. Comme la plupart des jeunes, il était en jean, mais (Mike fut heureux de le constater) pas un de ceux descendus à la pointe des hanches pour exhiber la bande élastique du slip.

« Comment vont tes parents ? demanda-t-il.

— Bien. »

Cherchant à être poli, il lâcha une phrase de plus, comme le font les gosses dans les mots de remerciements qu'on les oblige à pondre.

« Ma mère parle de reprendre ses études.

— Formidable. Où ? »

Silas nomma un établissement technique.

« Elle veut passer un diplôme commercial pour ouvrir une boulangerie-pâtisserie.

— C'est la personne idéale pour ça. Au moins, quand on ira au bourg, on se régalera. »

Silas opina, à court d'autres nouvelles.

« Tu dois te demander pourquoi tu es ici. Voilà : il y a eu un incident. »

Mike nomma la fille de seconde en expliquant pourquoi il l'avait convoquée. Silas devint livide.

Le silence dura si longtemps que Mike put enregistrer les bruits alentour (la voix de Kasia dans l'antichambre, le tintement de la pluie sur les vitres – ennuyeux, ça : il devait assister plus tard à un match de soccer important) ; il sentit aussi une odeur de café émanant du hall.

« Ce que je souhaite, c'est vérifier si les affirmations de la jeune fille sont vraies », reprit Mike.

Il changea de position dans son fauteuil, se demandant à quoi pensait le garçon, qui fixait le bord du bureau. À la réaction de sa mère ? À la fille qui le tripotait ? À son probable renvoi ?

Pas de réponse.

« Silas, regarde-moi », dit-il.

L'autre, avec un effort évident, leva les yeux pour rencontrer ceux de Mike, qui enregistra les tressautements furieux d'une jambe contre son bureau.

« Tu ne seras pas inquiété, dit Mike. On ne t'accuse de rien. De fait, c'est toi qui pourrais accuser cette fille de... (le terme de harcèlement lui sembla extrême)... de t'avoir importuné. Elle a admis t'avoir demandé de la faire monter en voiture et elle... (il hésita encore) elle t'a tripoté. Je pense que c'est le mot, non ? »

Silas secoua la tête. Dénégation véhémente.

« Je me trompe ? demanda Mike.

— Non, c'est ça. Enfin, vaguement...

— Eh bien, j'en suis désolé, mais elle a été exclue quatre jours. »

Le garçon secoua de nouveau la tête, violemment cette fois.

« Elle n'aurait pas dû l'être, protesta-t-il.

— C'est moi qui décide, non ?

— Ce n'était rien... »

Mike se renfonça dans son fauteuil en tapant son crayon sur la table.

« Parfois, dit-il, un élève a besoin, disons, d'une pause. Un rappel à l'ordre, tu vois ? Il y a eu d'autres incidents. On ne peut pas laisser ce genre de comportements se renouveler.

— C'est juste que... fit Silas, les paumes ouvertes.

— J'ai une idée assez nette de ce qui s'est passé », dit Mike.

Il regrettait d'avoir convoqué le garçon, toujours livide.

« Écoute », dit-il en se penchant sur son bureau.

Il crevait d'envie d'une tasse de café.

« Il n'y a aucun problème. J'avais juste besoin de vérifier. C'est fait. Si cette élève avait menti en donnant ton nom, on aurait été obligés de procéder autrement. De l'aider d'une façon ou d'une autre. Elle n'a pas menti, mais je pense qu'elle a tout de même besoin d'une aide psychologique. »

Silas secoua de nouveau la tête. Sa jambe tremblait toujours.

« Je n'en parlerai pas à tes parents. C'est inutile. »

Silas releva brusquement la tête.

« Vous croyez que c'est ça qui me travaille ? » demanda-t-il.

Mike fut surpris par la charge d'émotion cachée derrière la question.

« Ce que mes parents vont penser ? ajouta-t-il, au cas où Mike n'aurait pas entendu.

— Euh... non.

— J'ai laissé ce truc se produire. Elle a tapé à la vitre de ma voiture. Comme je ne la connaissais pas, j'étais un peu surpris qu'elle demande à faire un tour avec moi. Avant même qu'on ait quitté le parking, elle avait la main sur ma braguette. Je me suis arrêté et, pendant un moment, je l'ai laissée faire.

— Silas, tu n'es qu'un garçon de seize ans.

— Dix-sept.

— Tu étais abasourdi. Un peu paralysé. Tout autre garçon l'aurait été à ta place.

— J'aurais pu...

— Pu quoi ? Reprendre tes esprits une fraction de seconde plus tôt ?

— Je trouve que vous devriez, moi aussi, m'exclure temporairement. (Le ton était sincère.)

— Je ne peux pas, Silas. Il n'y a pas de raison.

— Ça ne me semble pas juste. Elle ne savait pas ce qu'elle faisait.

— Je ne suis pas d'accord. Elle le savait, répliqua calmement Mike. J'en suis convaincu. Ce qu'elle ignorait peut-être, c'est pourquoi elle le faisait. J'espère que l'exclusion temporaire lui permettra de réfléchir, et qu'elle ne recommencera pas. »

Le garçon poussa un soupir de soulagement. Mike, lui aussi grandement soulagé, nota qu'il avait repris des couleurs.

« Je ne suis pas maso, ou ce genre de trucs, je n'essaie pas du tout de me saborder… (Un silence.) Si j'étais temporairement exclu, mon père me tuerait. Et je ne pourrais plus jouer au basket. (Un autre silence.) Le problème, c'est que j'ai trop hésité. J'aurais dû l'arrêter, lui dire tout de suite de descendre. Mais j'étais figé.

— Tu n'y es pour rien », dit Mike avec plus de sévérité qu'il ne le voulait, car il craignait que Silas ne fasse une fixation là-dessus.

Et, plus que tout, il voulait qu'il continue à être ce qu'il était, un garçon bien, un bon élève, et un joueur de basket sensationnel.

Surpris par ce soudain changement de ton, Silas se redressa et posa la main sur son sac de livres.

« Quel cours as-tu maintenant ?

— Chimie.

— Tu as besoin d'un mot d'excuse ?

— Non, c'est bon.

— Merci d'être venu », dit Mike comme s'ils venaient de discuter d'un simple problème scolaire. Silas lui fit un signe de tête. « Et dis bonjour de ma part à tes parents. »

Il le regarda traverser la pièce. Comme son père, il marchait curieusement déhanché. Le seuil de la porte atteint, il se retourna comme s'il allait dire quelque chose, puis se ravisa avec un haussement d'épaules. Une minute plus tard, Mike sortit aussi. Dans le hall, il se versa une tasse de café très corsé.

Les jours suivants, il se demanda pourquoi il avait convoqué Silas, et si c'était vraiment nécessaire. Était-ce pour vérifier que la fille avait dit vrai, ou y avait-il une autre raison, par exemple un besoin paternel de convaincre un ado qu'il savait tout et voyait tout ? Il était pourtant parfaitement conscient que Silas n'était pas son fils.

Après leur « conversation », Silas changea d'attitude. Avant, quand Mike était invité chez eux, le garçon, allongé devant la télévision, se levait pour l'accueillir et lui serrer la main. Depuis, la poignée de main n'était plus aussi franche, et le regard, plus fuyant. Chaque fois qu'ils se voyaient, c'était comme s'ils se rappelaient tous deux leur conversation dans le bureau. Les images qu'elle évoquait en eux devenaient un mince rideau qui les séparait. Mike avait donc quelque réticence à retourner chez les Quinney. Il savait, en revanche que, depuis le printemps de sa scolarité en première, Silas avait une petite amie, une délicieuse violoniste prénommée Noelle que Mike comptait bien voir entrer un jour à la très prestigieuse Juilliard School of Music de New

York. Avery avait rarement des talents pareils dans ses murs (des « étudiants trophées », les appelait-on dans les services administratifs, ceux qu'on pouvait exhiber comme une preuve de succès de l'école, ce qui permettait de recruter de nouveaux élèves et de récolter des dons de la part des anciens). Ces étudiants valaient de l'or au sens propre du terme. Mike suivait ses progrès avec un enthousiasme grandissant. En septembre, elle avait donné dans la chapelle un concert qui lui avait valu, de la part des professeurs et des élèves, des applaudissements debout.

Noelle était mince, avec une grâce de danseuse, de longs cheveux bruns et un sourire engageant. Si Mike avait eu l'âge de Silas, lui aussi serait sans doute tombé amoureux d'elle. Quand il les voyait, épaule contre épaule, traverser le campus, sérieux ou rieurs, il avait le sentiment de la justesse des choses. Parfois, ça marche, se disait-il. Certains adolescents travaillaient dur, ils avaient du caractère, ne buvaient pas, ne se droguaient pas, et se montraient extrêmement prometteurs dans le domaine qu'ils avaient choisi. L'école avait canalisé leur énergie et les avait mis sur le bon chemin.

Noelle

On est assis sur le lit de Silas. La maison est silencieuse. Sa chambre est exiguë, perchée sous les toits, avec une lucarne qui donne sur les bois. Les arbres viennent de bourgeonner et des grappes d'un rouge incandescent tuent le beau vert vivant. On dirait un tableau naïf. On est assis côte à côte, à un frôlement de distance. Ses parents ont franchi la frontière canadienne pour aller voir un mouton. J'essaie de me demander ce que cela signifie d'aller jusqu'au Canada pour « voir » un mouton. Silas ne me l'a pas dit, bien sûr, mais j'imagine que ses parents ne seraient pas enchantés de me trouver chez eux en plein milieu de la journée. Nous faisons l'école buissonnière.

Silas a des choses à me montrer. Sa collection de cartes de base-ball et ses CD. Ses trains miniatures, rangés sous son lit, qu'il définit comme des « locomotives appartenant à la série N ». Je ne sais pas ce que cela veut dire, mais j'aime l'idée qu'il ait toujours aimé les trains. Il y a une photo de lui tondant un mouton, et une autre mettant au monde un agneau. La seconde, je l'étudie longuement car je n'ai jamais assisté à ça. Il m'explique. Son père et lui doivent porter en permanence leur bip sur eux au cas où une brebis commencerait à avoir des contractions. Une personne seule ne peut pas aider à mettre bas. Sa mère, qui ne quitte jamais la maison durant l'agnelage, ne peut l'assurer seule. Quelqu'un doit tenir la bête pendant que l'autre met ses mains dedans. La brebis pourrait mettre bas seule, m'explique Silas, mais les animaux d'élevage sont trop précieux pour risquer un accident. C'est ainsi que ses parents gagnent leur vie – en produisant des agneaux de premier choix, exempts de souffrance néo-natale. Son père l'a bipé en cours de maths, quand il était en train de jouer au Wiffle Ball [1] avec des copains, en plein milieu d'une interrogation écrite. Les profs ont compris, m'a dit Silas, que certaines choses sont belles, et bien plus importantes que les cours. Il adore l'agnelage mais ne veut pas reprendre la ferme. Son père et lui n'ont jamais abordé directement le sujet, mais il sait que son père voudrait qu'il lui succède. Sa mère et lui ont d'autres projets : que Silas fasse une demande d'inscription à l'université du Vermont ou au très élitiste Middlebury College. « Middlebury est à proximité », ajoute-t-il.

Je lui dis que je voudrais entrer à Juilliard, mais que je serai probablement admise dans d'autres conservatoires de la région.

Silas me montre un classeur plein de dessins d'animaux sur lesquels il travaille depuis trois ans, dans le cadre des cours d'art plastique. Je les trouve

1. Jeu vidéo inspiré du base-ball.

extraordinaires. Des moutons, des chiens, des hérissons, des cerfs, des chevaux : on a l'impression de les entendre, de les sentir. Je dis à Silas qu'il devrait s'orienter vers des études artistiques, il hausse les épaules.

Je sens sa nervosité contre mon flanc. Le lit vibre chaque fois qu'il bouge pour me montrer quelque chose. Quand un de leurs chiens aboie, il se lève et va dans le couloir pour regarder par la fenêtre. De dos, je le vois se détendre. « Ce n'est que le laitier », dit-il en revenant. J'entends les voitures descendre la côte en direction d'Avery, un glissement de pneus ininterrompu. Même à la campagne, on n'échappe pas à la circulation.

Silas n'est pas grand pour un basketteur, mais il a des épaules larges et de la force. On le voit quand il joue. Il dribble comme s'il pétrissait le ballon. Depuis deux semaines, nous nous retrouvons ensemble dans des lieux où nous n'avions jamais fait attention à l'autre auparavant. Dans un couloir après un cours. Sur le seuil du réfectoire. En réunion, ou de loin, quand il marche avec ses amis, quelque chose me dit qu'il a remarqué ma présence bien qu'il n'en laisse rien paraître. Je le vois dans son corps, dans sa posture : une sorte de qui-vive.

Silas a des yeux bruns à l'iris piqueté et des cheveux indomptables. Il porte une casquette de base-ball, sauf en cours, ce qui est la règle. Quand il l'enlève, ses cheveux ne sont même pas aplatis comme ceux de la plupart des garçons. Ils se dressent, comme dotés d'une vie propre ; c'est d'ailleurs ainsi que je pense à Silas : quelqu'un doté d'une vie propre.

Il me regarde, puis détourne les yeux. Question implicite : qu'allons-nous faire, avec cette demi-heure de liberté que nous avons, ici, dans sa chambre ?

Je veux et je ne veux pas.

Il veut et ne veut pas.

Il me demande, à ma grande surprise, si je sais jouer au Boggle, un jeu de lettres.

Je ris. Nous ne nous sommes même pas embrassés.

Je suis à l'école, dans la salle de musique. L'acoustique est si mauvaise que je me demande pourquoi on a choisi cette pièce. Les plafonds sont hauts, les fenêtres, trop grandes, et les murs lambrissés comme si la pièce était autrefois une bibliothèque. On entend tout du hall, mais ça m'est égal. Quand je travaille le violon, je suis ailleurs, dans un monde différent. Rien à voir avec un cours de maths, par exemple. Quand je m'exerce, je ne pense à rien d'autre que la musique.

Je range mon instrument dans son étui et ouvre la porte. Silas est dans le couloir, appuyé au mur opposé. Il fait semblant de s'intéresser aux toiles peintes par les élèves et il ne me regarde pas.

« Salut ! lui dis-je.

— Salut ! », me répond-il.

Il s'avance et prend mon étui. Je mets mon cartable en bandoulière. Le réfectoire n'est pas loin, je n'ai pas pris ma veste. Je relève mes cheveux à deux mains et les laisse retomber sur les épaules. Nous savons tous les deux que ce geste est un signe de nervosité. Silas est trop costaud pour porter ce petit étui. Il marche avec un curieux déhanchement, les jambes légèrement écartées. Sous sa barbe de plusieurs jours, quelques imperfections cutanées. Ses cheveux sentent le shampoing Neutrogena.

Quand on arrive au réfectoire, il reste à côté de moi dans la queue. On s'assied ensemble à une petite table et, sans même les regarder, je sais que ses copains nous observent en faisant des commentaires. Cela ne me dérange pas vraiment, mais, tout de même, je n'arrive pas à manger. Dans la queue devant le comptoir, je me suis laissé mettre dans l'assiette un steak Salisbury, du bœuf haché avec une sauce à l'oignon, accompagné de purée. D'habitude, je ne mange pas ça – je n'aime même pas la viande. Quand je me lève pour aller chercher du lait, mes mains tremblent. Je respire à fond, les yeux fermés, pour me calmer.

Je sens que ce qui se passe là sort de l'ordinaire, et cette idée me stimule.

Nous sommes appuyés, dehors, contre le mur de briques du gymnase. Je suis venue chercher Silas. Il ne s'y attendait pas et me fait un grand sourire. Il est encore mouillé de sa douche. Nous nous embrassons pour la première fois.

Nous longeons le mur dont nous contournons l'angle pour être à l'abri des regards. Cela fait une éternité que j'attends ce moment. Il prend mon visage entre ses mains et je sens son shampoing et son savon. Son haleine sent le pop-corn. Nos pieds s'embrouillent et je ne sais pas trop de quel côté me pencher. Silas est plus grand que moi, mais pas tellement. Il passe ses bras autour de moi et je suis surprise par sa force. Puis il se recule, et rit. Nous sommes tous les deux nerveux maintenant.

Silas rit et m'embrasse de nouveau, plus fort cette fois, car nous devons nous séparer et il veut que je me rappelle ce baiser.

Nous marchons vers le parking. Je me tiens près de lui tandis qu'il joue avec ses clés. Sa voiture est vieille, rouillée et assez cabossée. L'intérieur sent le chien. Nous ne faisons aucun projet car nous savons que nous aurons le lendemain, et le jour d'après.

« À demain, lui dis-je.

— À demain », me répond-il.

Au lieu de s'éloigner, il descend de voiture. Il s'avance vers moi et m'embrasse de nouveau. Des étudiants démarrent, des parents attendent leurs enfants. Un entraîneur dont je ne connais pas le nom passe devant nous et nous regarde. Il marche vite, penché en avant, les mains dans les poches, mais je le vois sourire dans sa barbe. Je me recule pour reprendre mon souffle. Silas s'appuie contre son auto. Il veut dire quelque chose mais ne sait pas comment s'y prendre. Je devine le sens de la question non posée : Non, ce n'est pas trop tôt, ai-je envie de lui dire.

« Noelle… »

J'attends.

Il rit de lui-même et se détourne en donnant des petits coups de poing sur la carrosserie.

Je souris. C'est tellement simple… Où est le problème ?

Il me fait face, m'enlace et m'attire à lui. Son corps est brûlant. Cette fois, il ne m'embrasse pas ; il se contente de me serrer.

« À demain », dit-il.

Il monte en voiture et reste un instant là, sans démarrer. Puis je le vois reculer, tourner sur place et quitter le parking. J'attends qu'il me fasse signe. Il se penche pour me voir par la vitre du passager. Je souris en lui faisant un signe de la main.

Je cours vers le réfectoire en me demandant si je vais parler de ce qui m'arrive à mes amies, ou si je vais le garder pour moi encore un peu, juste pour savourer le moment.

Je n'ai pas encore atteint le haut de l'allée que Silas m'appelle. Fébrilement, je sors mon portable de ma poche.

« Salut », me dit-il.

Daryl

Alors, qui vous a dit que c'était moi ? Pas les putains de journaux, en tout cas. Je suis heureux qu'ils l'aient bouclée à mon sujet. Mais puisque vous me dites que vous n'êtes pas journaliste, je suis bien obligé de vous croire. D'ailleurs cette histoire n'intéresse plus tellement les gens, non ?

Ouais, je vends de l'alcool aux jeunes. Et alors ? Je connais huit mecs qui voudraient mon boulot. Certains garçons ont une carte d'identité bidouillée indiquant qu'ils ont vingt et un ans. Ceux-là, ils ont pas besoin de moi. Ils ont un faussaire en ville, vous n'avez pas besoin de savoir son nom. Il leur vend le bout de papier cent dollars pièce. Ces gosses, le fric leur sort par tous les orifices. Ils disent à leurs parents qu'ils ont besoin de deux cents dollars pour s'acheter des chaussures de foot et ils ont l'argent le jour même. Moi ? Il me faut une semaine pour gagner ça.

Ils viennent plastronner autour de mon camion comme s'ils n'étaient pas juste des petits merdeux. Tout le monde sait qui je suis et ce que je fais, et ces gosses jouent les gamins de rues blasés, comme si c'était rien d'acheter une caisse, et quand je la leur tends, il y a sur leur visage, je ne sais pas, un air de fierté, comme s'ils venaient de tirer leur première fille, ou quelque chose comme ça. Alors, ouais, ça me plaît.

Je ne connaissais aucun de ces jeunes. Je ne demande jamais les noms. Pourquoi je le ferais ? Pour foutre mon commerce en l'air ? Qui ils sont, je m'en tamponne. Ce pourrait aussi bien être la fille du foutu président des États-Unis que ce serait pareil. Je vends un produit en gonflant la note. Ces gosses sont si impatients d'arriver à leurs fins qu'ils paient le double de ce qu'ils paieraient dans un magasin de spiritueux.

Un rite de passage, l'achat de leur première caisse.

Les filles, j'en vois pas beaucoup m'acheter de l'alcool, c'est surtout les gars. Mais je sais qu'elles en boivent car je les vois quand ils organisent des sauteries dans les bois. Complètement soûles, elles sont. Rien de pire qu'une gamine soûle. Un gars, lui, ça peut être drôle. Mais il n'y a rien de drôle à voir une fille tomber à plat ventre et dégueuler ses tripes en se collant du vomi sur les cheveux. Ça, quand elles en ont sur la tête, c'est le pire : franchement repoussant.

Je fais aussi un petit commerce de cigarettes. La drogue, j'y touche pas. Il y en a d'autres que moi pour ça. Dans cette ville, si vous êtes pris en train de vendre de l'alcool, vous vous faites taper sur les doigts. Par contre, si vous vendez de la drogue, ça ne regarde plus la ville, mais le comté. C'est illico le tribunal de grande instance. Vous êtes foutu.

Je fais ça depuis cinq ou six ans. Je vis avec mon père, par économie. Pour mettre du pognon à la banque, du vrai pognon. J'ai des copains en Floride, qui veulent qu'on s'associe pour s'acheter un studio à Miami. J'ai besoin de huit mille dollars pour le premier versement, plus huit mille autres pour vivre les six premiers mois. Je veux m'établir là-bas.

Je ne trouve pas ce que je fais immoral. Qu'est-ce que la morale vient faire là-dedans ? Si ce n'était pas moi le vendeur, ce serait quelqu'un d'autre.

Silas

Ton sourire est adorable. Je me rappelle la première fois qu'on s'est rencontrés. Tu as oublié, mais moi non. Je t'ai vue traverser le campus. On était au printemps, les arbres étaient pleins de bourgeons rouges et plus personne ne portait de manteau. Je te voyais venir dans ma direction, traversant l'esplanade en diagonale. Tu ne te doutais pas que quelqu'un te regardait. Je t'ai vue lever lentement les bras sur le côté, comme une danseuse qui s'échauffe. Je crois que j'étais déjà amoureux de toi à cause de cette façon légère que tu avais de bouger les bras. Après, c'est de ta bouche, ton sourire, ton petit rire amusé, si naturel, que je suis tombé amoureux. Il n'y a rien de fabriqué en toi. Tu ne fais jamais semblant.

Si je pouvais revenir en arrière, j'effacerais cette journée, cette soirée-là. Je resterais enfermé dans ma chambre jusqu'à ce que la colère me quitte et que je puisse sortir. Tu aurais été inquiète, je sais que tu étais déjà inquiète parce que je ne t'avais pas appelée, je n'avais pas répondu à tes messages (excuse-moi, veux-tu ?), et ma mère aurait frappé à ma porte, et mon entraîneur se serait demandé où j'étais, mais tout cela aurait été préférable à ce que j'ai fait, c'est-à-dire commencer à boire avant même la partie de basket. Elle était au frigo, la bière, et je l'ai bue au petit déjeuner avant d'aller jouer. J'ai envoyé la balle dans les tribunes. Elle a frappé une femme. Je me suis retiré de la partie, ne pensant qu'à une chose : me soûler le plus possible. Rien de tout ceci m'excuse, je n'ai pas d'excuse, et je me désole d'autant plus de ne pas m'être enfermé dans ma chambre. Parce que tu ne comprendras jamais, parce que, même moi, je ne comprends pas ce que je faisais là. Pourtant j'y étais. Je l'ai fait. Mais je ne veux pas m'en souvenir. Non. Je voudrais extraire au scalpel cette chose de ma cervelle. Je voudrais revenir à « avant », arrêter le temps, effacer ce jour, effacer cette soirée. Si seulement il n'y avait pas la cassette, si seulement j'étais parti, si seulement je n'avais pas été soûl. Si seulement je n'avais pas été en colère…

Tu vas souffrir, et ça, ça m'est insupportable. Ça plus que tout. Je ne pourrai plus jamais te regarder en face. Je ne verrai plus jamais ton visage.

Tu as écarté très légèrement tes bras, comme si tu voulais danser, ou tournoyer pour enfermer le printemps à l'intérieur de toi, et moi aussi je sentais ce que tu ressentais ; je suis tombé amoureux de toi ce jour-là, et tu ne l'as même pas su.

Mike

Mike avait découvert Avery School un après-midi d'hiver. Une tempête de neige avait délicatement saupoudré les pelouses gelées et les branches dénudées des arbres qui bordaient l'allée conduisant au campus. Les nuages commençaient à se disperser et l'institution baignait dans cette clarté miraculeuse qui accompagne une soudaine percée de soleil après la grisaille d'un jour morose. Il aurait fallu être complètement insensible pour ne pas admirer le scintillement de la lumière sur le granit, et il était difficile de ne pas considérer ce spectacle comme un heureux présage. Comme en réplique à ces pensées de Mike, les portes de plusieurs de ces bâtiments à quatre étages s'ouvrirent et une horde d'élèves, enroulant leurs écharpes autour de leurs cous sans fermer leurs vestes, envahirent la pelouse, ravis de laisser l'empreinte de leurs pieds sur la fine couche blanche. Certains tentèrent une bataille de boules de neige, avec poursuites et cris aigus. Cette occasion – la première d'une longue série – rappellerait constamment à Mike que les élèves du secondaire étaient autant des enfants que des adultes, et c'était bien là que résidait le dilemme : il leur fallait simultanément la fermeté de l'éducateur et la bienveillance du père. L'exubérance générale et l'homogénéité architecturale réjouissaient Mike. Une douzaine d'édifices imposants, régulièrement espacés, étaient disposés autour d'une vaste esplanade où s'entrecroisaient, selon des angles impeccables, des allées pavées. On accédait aux bâtisses les plus élégantes par des marches, et leurs portes étaient entourées de colonnades blanches ; les autres – les dortoirs sans doute – avaient des volets, comme nombre de demeures de Nouvelle-Angleterre. Au-delà de l'esplanade, des pelouses plantées d'arbres s'éloignaient en pente douce du centre du campus. À travers le maigre feuillage, Mike apercevait d'autres belles maisons dont il espérait que l'une lui serait attribuée.

Il gara sa voiture devant le bâtiment principal et entra d'un pas décidé, désireux de faire bonne impression sur les membres du conseil d'administration réunis au pied levé pour cet entretien d'embauche. Le directeur de l'école, un homme de cinquante-cinq ans très apprécié, souffrait d'un cancer du pancréas tardivement diagnostiqué. Ne pouvant plus assumer ses fonctions, il était parti s'installer chez sa sœur, à Boston. Ce ne fut qu'après son départ que fut abordé au grand jour le sujet de son homosexualité. Le corps enseignant, aussi libéral que son directeur, n'y avait jamais trouvé à redire, mais les administrateurs, eux, risquaient de juger d'autant plus favorablement la candidature de Mike qu'il était marié depuis une demi-décennie (ce terme de demi-décennie, avec sa suggestion de stabilité et d'harmonie, ne rendait absolument pas compte des relations orageuses que Meg et lui entretenaient, de la fragilité de leur union, mais, cela, les autres l'ignoraient). Si le comité agréait Mike, il serait nommé directeur par intérim en attendant les résultats de l'enquête officielle qu'on menait sur lui. Ce n'était un secret pour personne qu'un certain nombre de doyens, dont Geoff Coggeshall, voulaient le poste (on l'avait déjà expliqué à Mike au téléphone), mais il espérait rester au-dessus de la mêlée, faire simplement ce qu'il fallait pour tenir jusqu'en juin un campus un peu éprouvé et mener le maximum d'étudiants de terminale à l'obtention du diplôme. En sus, il devait récolter des fonds pour construire deux nouveaux complexes : sportif et artistique.

Mike avait été sélectionné pour l'entrevue car il était doyen en charge des relations avec les étudiants à Hartford, une institution moins prestigieuse du Connecticut. Ses pairs savaient que son travail ne lui plaisait pas ; il consistait principalement à maintenir l'ordre au sein d'un corps estudiantin extrêmement disparate (la plupart étaient externes), dans une ville où le taux de criminalité était l'un des plus élevés des États-Unis. On verrouillait les grilles et les étudiants devaient passer sous des portiques de détection avant d'entrer. Il y avait déjà eu une agression au couteau lors d'un match plein de rancœur contre une autre institution locale. Mike faisait un boulot sous haute tension dans une école sous haute tension qui avait plus en commun avec les écoles publiques new-yorkaises qu'avec l'ambiance feutrée et studieuse des écoles privées auxquelles il aspirait.

Les salaires des professeurs et des directeurs d'études étaient pitoyables, et sa femme et lui devaient vivre dans un voisinage qui ajoutait encore au stress. (Cependant, Meg, employée dans la même école que lui, réussissait très bien ; elle était un des professeurs les plus populaires car elle arrivait à rendre limpides les maths les plus abstruses non seulement aux élèves de bonne volonté, mais aussi, grâce à son habileté sans pareille, aux perturbateurs.) C'est d'un pas allègre qui trahissait donc quelque égoïsme que Mike franchit la porte d'Avery, cet après-midi fugacement radieux.

Les premières impressions sont tenaces, mais Mike découvrit que la réalité d'un lieu ou des gens qui le peuplent finit par les démentir. Il fut par exemple très séduit par l'immense réception qui servait de plaque tournante pour les nombreux bureaux – ceux des doyens, des financiers du comité directeur, des chargés d'admission et du directeur et son assistante. Ce hall ressemblait à un grand salon, avec un parquet à chevrons, des murs fraîchement peints en blanc décorés de nombreux portraits. Des tapis persans garnissaient le sol, et était aménagé un plaisant coin café où le visiteur pouvait se faire un espresso et manger un biscuit ou une pomme. C'était calculé pour séduire les parents et les donateurs potentiels, mais cela avait aussi eu son effet sur Mike ; dans l'école qu'il venait de quitter pour l'après-midi en se faisant porter pâle, les fenêtres étaient grillagées contre les vandales.

Pourtant, même à Avery, ce lieu où, au début, il s'était senti choyé, il découvrit avec le temps que les tapis n'étaient pas persans mais des copies bon marché, qu'ils étaient tachés de café ou, bizarrement, de ce qui ressemblait à de la graisse à essieu, que les petits gâteaux restaient parfois si longtemps sur leurs plats de service qu'il se demandait s'il ne fallait pas les faire dépoussiérer, que les portraits sur les murs étaient ceux de membres bienfaiteurs, et non de directeurs. (Dans les années à venir, il développera une vive et tenace antipathie pour un homme sans menton dont le portrait déparait un mur : un financier, membre du conseil d'administration de l'école, qui parlait à Mike comme s'il était l'un de ses nombreux sous-fifres de Wall Street. « Faites-le tout de suite », lui répétait-il à tout propos, comme si c'était sa devise.)

La première impression qu'il eut de Mme Gorzynski (qui devint vite Kasia pour lui) fut également trompeuse. Elle le regardait traverser le grand hall pour venir jusqu'à elle et, en même temps qu'il essayait de lui faire bonne impression, il se disait : lunettes, taille épaisse, cheveux permanentés. Une vieille fille. Or rien n'était plus faux : Mme Gorzynski, mariée à trois reprises, était dotée d'un humour caustique et d'un rire de gorge suggérant une vie sexuelle riche et variée. Sarah Grace, la collègue de Mike responsable des admissions, fut par la suite intarissable sur l'aspect trompeur des premières impressions : l'étudiant prometteur, au regard bleu si franc, était celui qui procurait de l'alcool aux élèves plus jeunes ; la fille la plus timide et la plus charmante était celle qui téléchargeait sur Internet les dissertations trimestrielles et se faisait une fortune en les revendant.

Mme Gorzynski demanda à Mike de s'asseoir un instant ; elle lui offrit un café et un petit gâteau, mais il déclina les deux car comment serrer la main à un membre du conseil d'administration tout en grignotant un gâteau sec ? Il se sentait nerveux, mais, en fataliste, il se disait que, même s'il n'obtenait pas le poste, il aurait fait une agréable balade dans une partie particulièrement splendide du Vermont et, qu'au moins, il aurait échappé une journée à un travail qu'il redoutait et détestait. De plus, toutes ces premières impressions conjuguées nourriraient son imagination, mettraient un nouveau lustre sur de vieux fantasmes, ce qui, dans le meilleur des cas, le pousserait à chercher activement un autre poste.

Geoff Coggeshall vint à sa rencontre. L'espace d'un instant, ils se mesurèrent du regard, comme deux acteurs auditionnant pour le même rôle. Coggeshall mena Mike dans la salle de conférence. Les cinq membres du conseil d'administration réunis à la hâte étaient assis autour d'une table en noyer ovale. Ils le saluèrent d'un signe de tête, sans se lever.

On lui décrivit tous les aspects de la fonction avant de lui faire subir un interrogatoire serré. On lui répéta au moins trois fois (deux fois de trop pour tout candidat normalement intelligent, se dit-il) que le poste était exclusivement réservé à un candidat intérimaire. Il écouta attentivement, répondit à toutes les questions, alerte à toutes les nuances. Il sourit, rit, fit des promesses. Il inclina poliment la tête, posa quelques questions pertinentes et personnelles, et, avant de rentrer ce soir-là à Hartford, il avait le boulot. Il devait commencer au plus vite, à en croire le message qu'il trouva sur son répondeur en entrant chez lui. Meg, à proximité du téléphone, avait l'air intrigué et furieux tout à la fois.

Il ne lui avait pas parlé de l'entretien d'embauche, car elle aurait argué qu'on ne pouvait la déraciner en plein milieu de l'année scolaire, qu'elle n'avait d'ailleurs jamais songé à quitter une institution qui lui convenait tout à fait, et, le plus important, qu'elle le jugeait irresponsable d'abandonner une école qui avait plus besoin de lui qu'une institution privée élitiste. Si Mike avait su qu'Avery allait se prononcer si vite en sa faveur (et surtout, par téléphone), il aurait communiqué à Mme Gorzynski son seul numéro professionnel, pour se donner une chance de convaincre Meg qu'elle aussi avait tout à gagner à ce qu'il décroche ce nouveau poste.

Après trois jours d'acrimonie de la part de Meg, ils décidèrent qu'il accepterait l'intérim dans le Vermont, mais qu'elle finirait l'année à Hartford. En juin, si on offrait une prolongation à Mike, tous deux réexamineraient la situation. Il viendrait à Hartford un week-end sur deux. Mike pensait alors que cette séparation leur ferait du bien. Meg devrait, bien sûr, essuyer les plâtres, le départ de son directeur ne pouvant qu'être mal accueilli par l'école, mais elle rentrerait le soir dans un appartement dépourvu de tensions. Mike, de son côté, pourrait retrouver goût au travail.

Meg et lui s'étaient rencontrés à Hanover, dans le New Hampshire, à un dîner pré-Thanksgiving donné par un de leurs camarades diplômés qui suivait comme eux un Master of Arts in Liberal Studies [1] à Dartmouth College. Ceux inscrits à ce programme formaient une clique disparate : nombre de profs de lycée (dont Meg) désireux d'améliorer leur statut... et leur salaire ; d'autres, comme Mike, dans l'incapacité matérielle de se consacrer à un doctorat. En résultait une grande fluidité dans le choix des cours : on pouvait suivre des séminaires de psychologie du développement tout en participant à des ateliers d'écriture. Mike, qui à l'époque ne savait pas cuisiner, avait apporté du vin ; Meg, un flan au potiron, un plat dont la consistance et la couleur bizarres laissèrent les invités perplexes, puis qui les enthousiasma quand ils l'eurent goûté. Elle tenait la recette de sa grand-mère d'Ohio, une recette qui avait toujours du succès malgré les proportions létales de crème aigre qu'elle contenait. Elle était assise en face de Mike à une table de fortune (un panneau de contreplaqué posé sur des tréteaux), trop loin pour lui parler ou entendre ce qu'il disait au milieu de cette bruyante convivialité, mais elle nota qu'il ne la quittait pas des yeux. Il y avait chez elle quelque chose d'à la fois bagarreur et chaleureux qui suggérait un appétit sexuel susceptible de ménager des surprises. À un certain moment, Meg le regarda à son tour, les yeux écarquillés comme pour lui dire : Bon, et maintenant ? Après le dîner, il vint la rejoindre. Il apprit qui elle était, quels cours elle suivait, quel était son hobby (le volley-ball), son métier (trois ans

1. Un programme interdisciplinaire, ouvert aux gens déjà diplômés, où sont largement représentées la littérature et les sciences sociales.

d'enseignement dans un lycée à Lewiston, dans le Maine). Il sut aussi, en posant sa main sur son bras pour lui éviter d'être brûlée par le café, qu'elle était musclée. De ce premier contact, il garda l'impression, jamais contredite, qu'elle était chroniquement tendue, très nerveuse.

Plus tard ce soir-là, avant et après leurs ébats, il sut que son instinct concernant la sexualité de Meg ne l'avait pas trompé. Il sut également qu'elle était d'un je-m'en-foutisme incroyable. De fait, c'était un miracle qu'elle fût si présentable en public, si soignée même – ses cheveux châtains étaient coupés, juste sous les oreilles, en un carré impeccable, et son visage brillait de propreté. Elle partageait avec une autre jeune femme un appartement qui sembla tout d'abord normal à Mike. Mais, quand elle ouvrit la porte de sa chambre, il découvrit qu'il n'y avait pas un pouce de sol libre entre le seuil et le lit : son entière garde-robe était par terre, côtoyant un magma de fils reliés à divers appareils électroniques, de carnets de notes archibourrés, aux feuilles détachées. Le tout faisait une sorte de tapis. Sur le moment, il n'enregistra que partiellement ce spectacle hallucinant car elle marcha vers le lit en ôtant son pull, ce qui découvrit son long dos blanc. Mais, quelques heures plus tard, le chaos lui sauta aux yeux, le pire étant sa découverte de l'état de la baignoire : pleine d'une eau grise aux résidus mousseux qui devait stagner depuis des jours, sinon des semaines – la somme d'un bon nombre de bains. Le coup de grâce fut le lavabo, encroûté de pâte dentifrice et de fond de teint, avec des bouts de Kleenex collés çà et là. Un spectacle à vomir.

« J'ai un problème de plomberie, lui cria-t-elle du lit d'un ton plutôt désinvolte. Ça fait des semaines que ça dure. »

Mike utilisa les toilettes en essayant de ne rien toucher d'autre, puis il lui demanda comment elle faisait pour se laver.

« Oh, je peux me doucher, car l'eau s'écoule chaque jour un peu », dit-elle, témoignant d'une frugalité relative aux ressources naturelles que même Al Gore lui aurait enviée. Dégoûté, mais fou de ses mamelons bruns, du petit creux dans le galbe de sa fesse et du contact soyeux de sa toison pubienne sur sa joue, il offrit de faire ce que tout autre soupirant amoureux aurait fait. Il allait revenir avec un furet et un litre de soude caustique.

Ce fut une tâche odieuse et révoltante. Tout homme sain d'esprit serait arrivé à la conclusion que le côté souillon de Meg était rédhibitoire. Cet homme-là, le sain d'esprit, n'aurait jamais demandé cette fille en mariage six mois plus tard, après s'être infligé la corvée de tenir ses quartiers, sinon en ordre, du moins dans un état d'hygiène acceptable. Mike, ce faisant, payait un tribut au charme indolent de sa bien-aimée, ou à l'idée folle qu'en l'épousant il la réformerait.

Il était tombé amoureux de Meg au premier regard Pour elle, c'était moins clair. Elle semblait plutôt avoir consenti au mariage. Le déséquilibre fondamental de leur union était dans ce verbe. Mike demandait. Meg consentait parfois. Parfois, elle refusait. Qu'elle eût le pouvoir dans leur couple ne le gênait pas. Ce qui le dérangeait, c'était sa capacité illimitée de refus.

Mike finit par devenir le directeur en titre d'Avery School. Plus question d'intérim. Meg, avec réticence, le rejoignit dans la demeure directoriale, une bonne copie en briques du style géorgien, fournie avec femme de ménage et repas préparés à la cantine par le chef de leur choix. Cette organisation étouffait dans l'œuf les divers désastres domestiques qui les guettaient. Mike, s'estimant verni d'avoir obtenu le poste, faisait son métier avec sérieux, avec passion même. Il devait en partie son succès à un don exceptionnellement généreux – plus de quatre millions de dollars – survenu quand il piétinait encore dans l'intérim. Quatre mois après son embauche, il avait su manœuvrer pour que ce pactole soit encaissé dans les meilleurs délais, sans se perdre dans les méandres de la procédure bureaucratique. Pour être honnête, comparé à l'énormité du don, le rôle qu'il avait joué était mince. Tout compte fait, on associa à sa personne une aura de chance que peu lui contestèrent. Il venait de passer une longue journée en rendez-vous d'affaires à New York. À son retour, il devait assister à un dîner avec le conseil d'administration. Le sérieux, pour ne pas dire la sévérité de ses membres, dès que le don fut annoncé, sauta en même temps que les bouchons de douze bouteilles de champagne offertes par l'homme sans menton. Les langues se délièrent, les rires fusèrent et ces personnes dignes se conduisirent comme des gamins prépubères.

Au début, Meg tint bon : elle resterait à Hartford. Mais elle finit par se révéler humaine (et femme en plus) quand elle visita le campus par une belle et douce journée d'été. L'inspiration géorgienne de la maison fit tomber ses premières défenses. Vinrent ensuite les vastes pelouses si propices aux promenades et aux pique-niques, et les incursions sur les terrains de jeux où soccer et hockey sur gazon battaient leur plein, camp d'entraînement estival oblige. De certains monticules, on voyait à la fois les Green Mountains à l'est, les Adirondacks à l'ouest et la vallée douillettement blottie au milieu ; quelque chose dans ce paysage, ses reliefs onduleux peut-être, adoucissait passagèrement le côté abrupt de la nature de Meg, la poussant à se convaincre que même des gosses de riches avaient besoin de profs de maths. La proposition des administrateurs de lui confier des cours de mathématiques poussés ainsi que l'entraînement de l'équipe principale de volley féminin emporta le morceau.

En août, Mike et elle emménagèrent pour de bon, ce qu'il considéra comme une victoire. Cependant, il comprit vite qu'elle condescendait à être là sans l'avoir choisi, ce qui, concrètement, se traduisait par de l'irritation, du dédain, ou un sourire cynique devant toute proposition qu'elle jugeait « élitiste ».

Mike se leva pour retirer la cassette. Il comptait convoquer Arlene et Kasia dans son bureau pour savoir comment elle était tombée entre leurs mains. En entendant claquer la porte d'entrée, il paniqua un peu, ne voulant pas être surpris avec cet enchevêtrement de fils au sol, et encore moins avec l'objet du délit, qui était aussi sa preuve. Il débrancha le tout, qu'il fourra derrière le canapé. Puis il alla rejoindre Meg qui était allée tout droit à la cuisine.

« Qu'est-ce que tu fais ici à cette heure ? » lui demanda-t-elle en posant sur la table un petit sac de provisions et sa grosse serviette marron bourrée à craquer. Il comprit, à son ton, qu'elle comptait avoir la maison pour elle seule et que sa présence la contrariait. La fermeture Éclair du cartable étant cassée depuis longtemps, Mike voyait qu'il était bourré de copies. La désorganisation de sa femme s'étendait à son travail. Elle passait son temps à perdre ses stylos, ses cours, ses calculatrices et même, une fois, ses copies d'examen. De tous les professeurs, elle était invariablement la dernière à rendre ses appréciations. Ses collègues, en général, essayaient de les rédiger avant les vacances pour que les élèves puissent rentrer chez eux avec une idée assez précise de ce que serait leur bulletin scolaire. Les élèves de Meg ne jouissaient pas d'une telle attention. Les vacances étaient déjà bien entamées quand certains, éperdus, l'appelaient pour savoir s'ils étaient admis ou devaient redoubler ; d'autres, les plus brillants, ceux qui comptaient présenter leur candidature à diverses universités prestigieuses, téléphonaient pour savoir s'ils avaient obtenu leur précieux A. Mike n'avait qu'une crainte : qu'un élève prometteur demande à sa femme une recommandation pour telle ou telle université, car il était sûr qu'elle ne renverrait pas les imprimés à temps. Il espérait qu'aucun élève n'avait été refusé quelque part à cause de sa négligence. Il devait faire un effort pour se rappeler qu'elle était un professeur remarquable.

Il n'avait pas l'habitude de rentrer à midi, et, à la question raisonnable qu'elle lui avait posée, il bredouilla quelque chose qui ressemblait à une demi-vérité.

« Je... j'ai oublié une liste ici. Tu ne l'as pas vue ? Celle des donateurs. Il faut faire figurer leur nom dans le bulletin annuel. »

Meg sortait du sac un carton d'une douzaine de yaourts à 0 % de MG. Elle plissa les yeux, sceptique.

« Et puis, ajouta Mike, à cause de la cassette. Il y a une cassette.

— Quelle cassette ? »

D'un mouvement d'épaules, elle se défit de sa veste qu'elle jeta sur le dossier d'une chaise. La suspendre ne lui serait pas venu à l'idée.

« Il y a eu un incident, dit Mike. Potentiellement grave. Viens voir. C'est important.

— Puisque tu le dis... »

Prenant un yaourt et une cuillère, elle le suivit. Il regrettait déjà d'avoir planqué la caméra derrière le canapé. Quand il l'en retira, il fut obligé de s'expliquer :

« J'ai entendu la porte claquer. Je ne savais pas qui c'était.

— Les gens rentrent chez nous sans frapper, le mardi à midi ? demanda-t-elle.

— Je te préviens, c'est dur, dit-il en rebranchant les fils.

— Ça montre quoi ?

— Des élèves. Ils sont en train de... »

Il ne pouvait prononcer le mot qu'il aurait dû pouvoir prononcer aisément devant sa femme. Était-ce elle qui l'inhibait, ou la situation ?

« Ils ont des rapports sexuels.

— Des élèves d'Avery ? Comment t'es-tu procuré cette cassette ?

— C'est Kasia qui me l'a donnée. Elle la tient d'Arlene. »

Il la regardait manger son yaourt en faisant durer le plaisir. Elle faisait cinq petits repas par jour et un vrai dîner. Ce laitage, calcula-t-il, était son repas numéro trois. Soixante calories aromatisées à la pêche.

Il avait rembobiné la bande. Le « film » commençait donc au début, avec la fille tournoyant d'un garçon à l'autre, du dégingandé, toujours vêtu, au trapu, déjà nu. Visionner la seconde fois n'était pas plus facile que la première, mais cela permit à Mike de vérifier qu'au début on ne voyait aucun visage. La tête des garçons était coupée au niveau des épaules.

« Mince alors », dit Meg en posant sa cuillère.

Ce n'était pas une exclamation choquée. Le pire restait à venir.

« Je rêve ! dit-elle quelques minutes plus tard.

— J'arrête, si tu veux.

— Non, attends. »

Mike cherchait de nouveau des indices à propos du lieu, sans les trouver car la caméra était si maladroite que, paradoxalement, elle brouillait les pistes.

Ils en étaient aux gémissements du garçon sur le lit.

« C'est affreux, dit Meg.

— Elle est jeune, hein ?

— Oui. Une élève de troisième. Elle est dans la troisième équipe de soccer.

— Quel âge a-t-elle ?

— Quatorze ans. Quinze à tout casser.

— Tu sais son nom ?

— Non. »

Meg était assise au bord du canapé, penchée en avant, les mains sur les genoux. Une posture à la fois défensive et fascinée. Sur leur écran de télé, à l'heure du journal télévisé, ce n'était d'habitude pas le visage déformé par le plaisir du petit Silas Quinney, mais celui, connu, de tel ou tel présentateur de CNN. Elle se tourna vers son mari et le regarda.

« Eh bien, te voilà dans un drôle de pétrin. »

Laura

Quand mes parents m'ont laissée au dortoir, au début de la semaine d'accueil des étudiants organisée par l'école, ils n'ont pas aimé ma compagne de chambre. Ils ont trouvé ses façons peu naturelles. Elle était polie, mais trop, si vous voyez ce que je veux dire. C'était sans doute sa façon de vouloir faire bonne impression, de passer pour charmante, de dire : Regardez-moi. Sur mes parents, ça n'a pas du tout marché, et je sais qu'ils ont tenté de me faire changer de chambre. Mais la classe de troisième étant particulièrement chargée, l'administration n'a rien pu faire.

Quand je suis entrée à Avery, je savais qu'il me faudrait m'entendre avec des élèves très différents de moi. J'étais donc prête, j'avais même hâte de faire cette expérience. La seule pour laquelle je n'étais pas préparée, c'était elle.

Le jour de la rentrée, elle est arrivée avant moi. Elle a pris le meilleur lit, le meilleur bureau. Bon, ça, je m'y attendais. Sauf que moi, si je l'avais précédée, je les lui aurais laissés. Mais c'est mon problème. Sur le lit, il y avait deux sacs à main et une dizaine de paires de chaussures étalés sur un incroyable édredon de plumes. Je m'y connais pas en sacs, mais ceux-là étaient en cuir, et ils avaient l'air chic. Ma mère, plus tard au téléphone, a dit qu'ils venaient de chez un grand « styliste ». Personne à Avery n'a de sac à main, et encore moins des sacs de… c'est quoi déjà ?… de stylistes, grands ou petits. On a tous des sacs à dos. Son placard était tellement plein de fringues qu'elle n'avait plus la place d'y mettre ce qui était sur le lit. Elle a donc tout fourré dessous, avec ses bonbons.

On garde toutes nos bonbons sous nos lits. Si on les laisse sur le bureau, ça veut dire que l'autre peut en prendre. Si on les met sous le lit, c'est chasse gardée.

Ce premier jour, j'étais un peu secouée car je n'avais jamais quitté la maison, sauf l'été, pour le camp de vacances. Abruptement, elle m'a offert un joint. J'étais soufflée. Je n'avais jamais fumé, pas même tenu un seul de ces trucs. J'avais quatorze ans : j'ai dit non. Elle l'a allumé là, dans la chambre, et je me suis dit : Oh, mon Dieu, on va se faire virer avant même que mes parents soient de retour à la maison. Je ne savais pas quoi faire, alors je me suis levée et suis partie me promener jusqu'à ce qu'il n'y ait plus de danger apparent.

Le lendemain matin, quand je me suis réveillée, elle essayait frénétiquement des vêtements, qu'elle arrachait aussitôt de son corps, comme s'ils ne lui allaient pas. Moi, je trouvais que tout lui allait. Elle était vraiment belle, avec ses longs cheveux blonds, ses grands yeux verts et son nez parfait. Elle était mince – pas maigre, juste mince. Elle était sensationnelle en petit haut moulant.

Je dois dire qu'elle s'habillait sexy. Certaines filles le font tout naturellement, mais elle, elle se donnait du mal. Je la regardais, nerveuse, changer de sous-vêtements, ou de jupe – pour une plus courte –, ou mettre un petit haut en dentelle sous son chemisier blanc. Elle observait les codes vestimentaires tout en les poussant à l'extrême. Je sais qu'on ne doit pas juger une personne sur ce qu'elle porte, mais il me semble qu'elle voulait qu'on la juge sur ses vêtements, sur sa façon de les combiner. Si on veut être jugée là-dessus, ça veut dire qu'on envoie un SOS aux autres. Pour une élève de troisième, elle buvait beaucoup. Les journaux l'ont dit. Pour elle, tenir l'alcool était une question d'honneur. Elle faisait les quatre cents coups, mais les troisièmes ou les secondes ne l'intéressaient pas. À l'école, certaines filles vont droit vers les postgraduates. C'était son cas. Elle leur courait après. C'est ce qu'elle faisait avec J. Dot, c'est à dire James Robles, qui a été impliqué dans le scandale.

Elle aimait se faire passer pour une blonde idiote. Elle parlait toujours de sa cervelle de bimbo, mais, en fait, je la trouvais plutôt futée.

Je suis entrée à Avery parce que c'était ce qu'il y avait de mieux. Mes parents, qui sont du New Hampshire, croient en la valeur de l'enseignement privé, que tous deux ont d'ailleurs pratiqué. Au début, j'étais réticente. À la rentrée de septembre, j'ai beaucoup pleuré. Puis je me suis habituée. Quand je rentre à la maison et vois notre école publique (un seul bâtiment, immense), aux classes bondées, avec un budget tellement misérable que les profs ne peuvent pas se procurer les livres qu'ils veulent, je pense que j'ai de la chance d'être où je suis. Je sais qu'ici, j'aurai un meilleur choix de fac que dans l'enseignement public et de merveilleux professeurs, qui se soucient vraiment de leurs élèves. Et on m'a donné ma chance. En septembre, le mois même de mon arrivée, j'avais réussi à entrer dans la première équipe de soccer. En cent ans d'école publique, je n'y serais pas arrivée : une élève de troisième n'y arrive jamais, car le lycée est une institution gigantesque, où ils ont déjà trop de bons joueurs. Même en première je n'y serais probablement pas arrivée. Avery m'a fourni une occasion que je n'aurais pas eue ailleurs. Je suis sûre que le soccer sera un sérieux coup de pouce pour entrer dans une bonne université.

Ma camarade de chambre était à Avery pour une raison très banale : des parents riches souvent en voyage qui n'avaient pas le temps de s'occuper d'elle. Elle était trop souvent seule, ce qui est sans doute mauvais. Certains sont ici parce que leurs parents sont en train de divorcer, ou parce qu'ils se sont mis dans de mauvais draps et que leurs parents ne savent plus quoi faire d'eux. Elle m'a dit que les siens ne s'entendaient pas, qu'ils passaient leur temps à se disputer. Je ne les ai rencontrés qu'une fois, quand ils sont venus pour un week-end portes ouvertes. Ils m'ont semblé gentils.

Le soir où la vidéo a été prise, il y avait une soirée dansante. Beaucoup de troisièmes et de secondes y assistent. Les premières et les terminales, rarement : ils trouvent ça tarte. C'est dommage, ce manque d'énergie, mais on n'y va pas. C'était toute une affaire à l'époque. J'ai été surprise de constater combien l'alcool était courant dans ces soirées. J'ai dû vivre longtemps dans ma bulle car c'était nouveau pour moi. Certains garçons avaient mis la main sur une cargaison de bière qu'ils avaient planquée dehors, derrière le gymnase. On pouvait acheter une canette et la boire sur place. Le problème, c'est qu'il fallait la boire très vite par peur d'être surpris. Alors ils dansaient un peu, puis couraient dehors s'en jeter une avant de rentrer danser. Au fil de la soirée, on les voyait de plus en plus pétés. Je parle des troisièmes et des secondes, là. Il y a diverses initiatives prises pour éradiquer l'alcool. Chaque classe s'y emploie, ou du moins quelques élèves de chaque classe, mais ça ne mène nulle part. Ils essayent de sévir, mais c'est dingue ce que les élèves sont futés : ils arrivent toujours à s'en procurer.

Cette nuit-là, elle avait commencé à boire avant même la soirée dansante, quand on s'habillait. Je ne sais pas où elle avait trouvé l'alcool. Elle l'avait mis sous son lit, avec les sacs et les bonbons. Des petites bouteilles comme on en trouve dans les hôtels. Scotch, vodka et je ne sais quoi. Une fois, elle m'en avait fait essayer une – du champagne, que j'ai bu, mais il était tiède et ça m'a donné mal à la tête. Ce soir-là, je ne sais pas combien elle en avalé avant de sortir, mais elle se sentait tout à fait bien. Quand j'essaie de me rappeler qui pouvait avoir bu davantage qu'elle, je ne trouve pas.

Elle n'avait pas de caméra vidéo. Si elle en avait eu une, je suis à peu près sûre que je l'aurais vue, car elle se serait filmée elle-même sans arrêt.

Elle portait des jeans « couture », ceux qui mettaient ses fesses en valeur, et un petit haut bleu noué sur la nuque. Sa peau était très légèrement dorée et scintillante. Sa silhouette n'était pas particulièrement tonique, mais ça ne semblait pas la déranger. Elle a enfilé une petite veste ajustée en coton blanc, et rien de chaud par-dessus, alors que le mois de janvier était glacial. Elle avait mis ses gros, ses fabuleux pendants d'oreilles hippies en argent, et une paire de talons aiguilles en lamé argent. Elle était splendide.

Jonathan

Curieusement, ce que je me rappelle le mieux s'agissant de Rob Leicht, c'est la dissertation sur Faulkner qu'il m'a rendue. Les élèves devaient plancher sur un passage de *Tandis que j'agonise*, développer une thèse pour expliquer un personnage, ou un thème du roman. Au début, j'ai demandé plusieurs fois à Rob ce qu'il pensait du livre, quelles seraient les grandes lignes de son devoir, son plan. Il ne me disait presque rien, et je me demandais s'il l'avait lu. Mais la date de remise approchant, j'ai vu qu'il s'y mettait à fond. Les derniers jours, il m'a posé un certain nombre de questions que j'ai trouvées très pertinentes. En vérité, je ne crois pas avoir rencontré meilleur lecteur que lui. Je suis à Avery depuis presque quinze ans, et je ne peux juger que les élèves à qui j'ai enseigné la littérature, mais je crois que les professeurs dans leur ensemble le considéraient comme brillant.

Le problème avec Rob c'est qu'il était inégal. Il aimait les défis intellectuels (Brown University en aurait été un à sa mesure), et produisait alors un travail excellent, exceptionnel même. Mais si un cours l'ennuyait, ou s'il n'aimait pas le professeur, ses résultats étaient médiocres. Il était excellent dans les débats contradictoires, et je pense que cela compensait le reste. Je dois préciser que j'étais le conseiller pédagogique de Rob en plus d'être son professeur de littérature anglaise avancée en première.

Pour la dissertation sur Faulkner, Rob avait choisi le passage le plus difficile du livre : le monologue intérieur de la mère, Addie Bundren. Le sens de ce passage n'est pas immédiatement accessible, et il faut se donner du mal pour comprendre ce personnage bizarre qui est le pivot du roman. Rob a rendu un travail que je ne suis pas près d'oublier. Il est inhabituel qu'un élève de première comprenne le concept de « mort dans la vie ». Comme si Rob connaissait Addie Bundren. J'étais sidéré. J'ai relu tous les commentaires sur le sujet pour voir si Rob n'avait pas plagié, mais non. C'était bel et bien son travail, et je ne doutais pas sérieusement qu'il en fût capable. Rob était plein d'esprit, mais il avait également un côté profond, sombre même, et je crois que c'est à celui-là que parlait le personnage d'Addie Bundren.

Il a eu le premier prix de dissertation. Les autres étaient très loin derrière.

J'ai écrit pour Rob une lettre de recommandation pour Brown University, Rhode Island. Je n'ai pas été surpris qu'il ait bénéficié de la très flatteuse ED[1].

1. *ED : Early Decision* (littéralement : décision précoce). Certains élèves brillants, qui postulent tôt (*EA : Early action*, ou demande précoce) pourront être acceptés par l'université de leur choix très en

Pour en revenir au côté sombre de Rob, je ne lui prêterais pas une origine familiale. J'ai rencontré ses parents, qui m'ont semblé des gens très ordinaires. Qui sait pourquoi une personne est comme elle est. Quand je dis « sombre », je ne suggère pas que Rob aurait pu prendre un fusil de chasse et faire un carton dans la bibliothèque. Non. Je songe à une sorte de nihilisme qu'on trouve rarement chez un garçon de seize ou dix-sept ans. Il a séché quelques cours vers la fin de la première, et il a continué à le faire en terminale. J'ai essayé d'en discuter avec lui, sans résultats probants. Il a été épinglé, évitant in extremis le conseil de discipline.

J'aimais beaucoup le Rob que je connaissais. Vous avez sans doute vu sa photo : un grand dégingandé à l'épaisse chevelure brune. Un visage qui, sans être beau, était très plaisant. Je me réjouissais à l'avance de nos séances de travail. Il appréciait qu'on s'adresse à lui comme à un adulte, le ton paternaliste le hérissant un peu. La plupart des garçons, même plus âgés, n'avaient pas son niveau de maturité.

Il était fou de joie de la réponse de Brown. Il m'a appelé sur-le-champ, la voix encore un peu fébrile. J'étais heureux pour lui. C'est une des raisons pour lesquelles toute cette affaire est si terrible. On déteste voir les meilleurs, les plus brillants se détruire ainsi.

Je ne comprends pas pourquoi Rob a fait ce qu'il a fait. Sa personnalité ne colle pas du tout avec ce

avance par rapport aux autres élèves – au mois de décembre de l'année qui suit leur entrée en terminale. Mais cette décision les engage. Ils ne pourront plus postuler ailleurs en utilisant ce système EA/ED. En revanche, ils pourront toujours s'inscrire sur la liste d'attente de n'importe quelle autre université.

genre de scénario. J'ai du mal à imaginer qu'à un moment ou un autre il n'ait pas dit aux autres (ou ne se soit pas dit) : Stop. C'est insensé. J'essaie souvent de me rappeler ce que je ressentais à cet âge, de me mettre à sa place.

J'ai voulu prendre contact avec lui un mois après que l'incident a été rendu public, juste pour lui apporter mon soutien. Je l'ai appelé chez lui. J'entendais sa mère essayer de le convaincre de venir me parler, mais il n'a pas voulu. Peut-être l'ai-je appelé trop tôt.

Sienna

Ah ! ici, on est mieux. J'adore Starbucks. Je mourrais s'il n'y en avait pas un près du campus. Je commande toujours un grand café décaféiné au lait écrémé. Je mangerais bien un sandwich. Vous ne voulez pas en partager un avec moi ? J'aime les panini au jambon cru. Mais débarrassons-nous d'abord de ce truc. Qu'est-ce que vous voulez savoir au juste ? Ils m'ont fait boire. J'aime pas parler de ça. Ça me gêne. Mince, il fait froid ici. Si j'étais allée à l'hôpital tout de suite après, on aurait sans doute trouvé dans mon sang cette saloperie qu'ils mettent dans votre verre pour envoyer la fille dans les vapes. Le Rofatol, ou quelque chose comme ça. Je crois que c'est ce qu'ils m'ont donné, car sans ça, je ne me serais pas laissé faire. Bon, regardez-moi. J'ai l'air d'une fille capable de ça ? Honnêtement ? Je ne bois plus maintenant, j'ai compris le danger. Je me disais que si ça foirait aussi avec cette école-ci, je pourrais toujours voyager dans le pays, faire des tournées de conférences sur la façon dont on abuse des jeunes filles, sauf que, si je faisais ça, mes parents me tueraient. Ils veulent effacer toute trace de cette histoire. Alors, ce sandwich, on le commande maintenant ? C'est pas comme si j'étais morte de faim, ou quoi. C'est juste pour faire remonter mon niveau de glycémie. Si vous allez le commander au comptoir, ils l'apporteront à notre table. Ici, ils le font. J'aurais dû la boucler, ça, c'est sûr. Sauf que j'ai été convoquée dans le bureau du dirlo, le mercredi après le truc. Bon sang, c'était si tôt le matin que j'étais à peine réveillée ; je ne comprenais même pas les questions de M. Bordwin. Il m'a dit qu'il avait une cassette et j'ai fait : « Quelle cassette ? » Et il a fait, comme ça : « Une cassette de vous en train d'avoir des "relations" (c'est comme ça qu'il a dit) avec un certain nombre d'entre eux dans une chambre du dortoir des garçons », et j'ai fait : « Mais de quoi vous parlez, bordel ? » Sauf que j'ai pas dit bordel, j'en suis à peu près sûre. Et il m'a dit qu'il allait me projeter la cassette, et j'ai dit que je n'avais pas besoin de voir des cassettes, et il m'a dit qu'il s'agissait d'un délit grave, que je n'avais pas encore d'ennuis mais que les garçons en avaient, et que tout ce que je pourrais me rappeler serait bienvenu. Ce Bordwin, il est pas dans le coup. Si ça avait été un autre directeur, je suis sûre que l'histoire n'aurait pas pris ce tour. C'est ce que dit mon père. Je lui ai fait, au dirlo : « Ouais, je suis peut-être allée à une fête samedi dernier, je vais à plein de fêtes, et quelquefois, vous voyez, quelqu'un essaie de me faire boire, et j'ai peut-être avalé une bière, mais peut-être pas, et je ne me rappelle pas grand-chose de samedi soir parce que, vous voyez, quelqu'un a peut-être mis quelque chose dans ma bière, ce qui fait que je ne me souviens plus. » M. Bordwin a des yeux terriblement bleus, et j'avais du mal à le regarder en face, alors j'ai dit que je ne me sentais pas bien, qu'il fallait que je sorte. Il m'a dit d'aller dans ma chambre et de réfléchir à notre conversation, à la gravité des conséquences de ce que je pourrais dire, et de l'appeler quand je serais prête à en dire plus. Je suis sortie sans demander mon reste, je vous jure. Je suis retournée dans la chambre et, là, j'étais morte de peur. S'il y avait une cassette, c'était terriblement gênant pour moi, vous voyez. Puis tout m'est revenu peu à peu, en quelques heures, comme d'étranges souvenirs. Puis j'ai compris qu'il fallait que j'appelle mes parents, parce que, si je ne le faisais pas, M. Bordwin le ferait. Et, franchement, je dois dire que j'étais soufflée qu'il ne l'ait pas déjà fait. Donc j'ai appelé. Mon père m'a fait : « Oh mon Dieu, il faut que tu appelles la police », et j'ai fait : « Non, pas question. » Et mon père a insisté : je devais, car ce qui s'était passé était du viol, que j'étais la victime, et que l'école ne pouvait pas s'en sortir comme ça. En fait, c'est lui qui a appelé la police. Quand ils ont débarqué dans ma chambre, j'ai flippé : c'était tellement irréel… Et je savais que tout le monde allait me détester pour ça. Mais ils m'ont simplement dit que je devais aller à l'hôpital, que c'était la loi. Alors j'ai compris que mon père avait raison, que ce qui s'était passé était grave et que je devais faire ce qu'il fallait. J'y suis allée et leur ai raconté tout ce que je savais, ce qui n'était pas des masses vu que j'étais genre absente pendant toute la soirée. Je ne me rappelle rien de ce soir-là. Je sais qu'à l'hôpital ils ont trouvé de l'alcool dans mon sang, mais mon avocat a récusé les résultats de l'analyse car elle avait eu lieu quatre jours trop tard. Quelle importance, d'ailleurs, si j'avais un niveau d'alcool de... je ne sais plus combien ? On pouvait parler d'automédication, d'après mon avocat. J'étais obligée de me remonter le moral car c'était très traumatisant pour moi d'être le centre d'attention. L'autre jour, je regardais à la télé l'Oprah Winfrey Show, et je me disais que je pourrais passer dans son émission avec d'autres filles de mon âge pour parler des mecs qui vous soûlent et vous font faire des trucs que vous ne feriez jamais autrement, et comme vous n'en êtes pas conscientes, vous n'êtes pas responsables. Et ça, c'est le truc qui me trotte sans arrêt dans la tête : si je n'étais pas consciente – bon, pas vraiment, je l'étais un peu mais pas trop –, c'était comme si cette chose ne m'était pas arrivée, vous voyez ? Je trouve ce jambon un peu visqueux. Je vais manger seulement la moitié de ma moitié et je garderai le quart restant pour ce soir. Comme ça, je n'aurai pas absorbé trop de calories aujourd'hui. La bouffe de la cantine est dégueulasse. Heureusement qu'ils ont un bar à salades, des soupes et du yaourt glacé à 0 %. C'est ça que je mange. Ici, à partir du printemps, il peut faire chaud à crever, mais on a l'air conditionné. Cet examen gynécologique, c'était dégoûtant. C'est comme être deux fois victime de subir cette humiliation après la première. J'ai lu plein de choses là-dessus et je me suis dit que je pourrais devenir avocate pour les adolescentes, dans une école privée, ou ailleurs. Je déteste mon chemisier. Je déteste le rouge. Je crois que je vais le donner aux SDF. Je vous ai parlé de ce programme d'aide aux sans-abri sur lequel on travaille. Ça fera bien, plus tard, sur mon formulaire de demande d'inscription à la fac. Mais si, côté études, ça ne marche pas, je compte m'orienter vers l'industrie du disque. Mes notes ont plutôt dégringolé après cette histoire. Comme j'ai dû quitter Avery, j'ai perdu des unités de valeur, et puis je n'arrive pas à laisser tout ça derrière, ça interfère avec mes études. Les profs disent qu'ils comprennent, mais ils me collent des D. Vous savez, je pourrais faire une dissertation formidable sur tout ça, sans blague. Mon conseiller d'orientation me rend folle : « Lisez les informations sur tel cursus dans telle fac, etc. » Il me harcèle. Pour moi, c'est comme des devoirs à faire en plus. Je sais que ces gens vous aident à trouver des débouchés, et tout et tout, mais ils sont payés pour ça, non ? Je ne comprends pas pourquoi je devrais être super-gentille avec eux, comme me le demande ma mère. (Elle dit que si votre conseiller d'orientation vous a dans le nez, vous êtes cuite.) Ce qui est bien, c'est que mon histoire ne sera pas inscrite dans mon dossier scolaire : on ne dira jamais que j'ai été renvoyée d'Avery, ou un truc de ce genre. Premièrement, parce que je n'ai pas été renvoyée – je suis partie de mon plein gré. Deuxièmement, ils vont juste dire que j'avais besoin d'un changement de décor, ou que mes allergies nécessitaient un climat plus sec. N'importe quoi pour expliquer pourquoi j'ai atterri à Houston. Parce que, honnêtement, je n'étais pas une si mauvaise élève à Avery, avant le scandale. Le premier semestre, j'avais une majorité de C, et quelques B, ce qui me plaçait dans la moyenne, vous voyez ? Je l'aurais volontiers mentionné, mais le truc s'est produit – un vrai choc. Je souffre maintenant d'un « syndrome post-traumatique ». Ça aussi, je crois, ça m'aidera à être acceptée dans une fac.

Noelle

J'attends Silas qui est encore sur le terrain de basket. Je suis dans le hall du gymnase, carrelé de blanc, au sol peint en bleu, et je regarde la salle par le rectangle vitré protégé par un grillage. La plupart des entraînements sont finis pour la journée, et je sens l'odeur de sueur des vêtements de sport laissés dans les vestiaires (qu'on surnomme la « cage aux fauves »). J'espère que Silas sortira bientôt, car j'ai peur de manquer le dîner au réfectoire.

Il joue avec des garçons plus jeunes. Il se déplace sur le terrain comme un animal vif et gracieux. Les garçons sont des élèves de troisième, ou peut-être de seconde, qui font une partie improvisée. Silas les conseille, leur crie des encouragements, et on voit sur leurs visages qu'ils l'admirent. Ils font ce qu'il leur dit. Il fait recommencer l'un, qui a manqué un tir au panier, recommencer encore et encore jusqu'à ce qu'il marque, avec un sourire ravi. Je l'imagine dans quelques années, entraîneur dans un lycée, ou même dans une institution privée. Il sera, je le sens, un professeur remarquable et respecté : il saura gronder si nécessaire et encourager quand il faut.

Toutes les filles seront amoureuses de lui, mais il n'aimera que moi, sa femme. Il sera un bon père. Il n'y a qu'à l'observer aujourd'hui pour le savoir.

Je ne rentre pas à la maison pour Pâques ; c'est trop loin pour des vacances aussi courtes. La famille de Silas m'invite à déjeuner chez elle. J'ai déjà rencontré son père aux matchs de basket, mais pas sa mère. Mon chéri vient me chercher en voiture à l'école, en chemise et cravate. Cela me fait tout drôle, et j'ai envie de les toucher. « Nous sortons de la messe », me dit-il. Moi, j'ai mis une robe, mais dès que je suis assise sur le siège avant de la voiture (qui pue toujours le chien), je me rends compte qu'elle est trop courte ; elle remonte à mi-cuisses. La mère de Silas va détester. Je songe un instant à courir dans ma chambre pour changer cette tenue contre un pantalon et un haut, mais Silas a déjà fait demi-tour sur le campus.

J'ai froid aux jambes. C'est Pâques, mais où est passé le printemps ? Il y a encore de la neige sur le sol et je ne possède pas un seul collant. J'ai mis ma robe en coton bleu pâle. Je pensais que, pour la circonstance, ça ferait l'affaire, mais non. Silas pose la main sur ma cuisse nue, juste au-dessus du genou. Je ne sais pas si c'est pour me mettre à l'aise à cause de ma tenue, ou s'il a tout simplement envie de ce contact.

Je me suis peut-être inquiétée à tort, pour la robe, car sa mère est très aimable avec moi. Nous sommes dans la cuisine, et nous discutons. C'est drôle, car, à peine arrivés chez les parents de Silas, nous nous retrouvons entre femmes à la cuisine tandis que les hommes sont au salon, en train de regarder un tournoi de golf à la télévision. Mme Quinney sort du four des petits pains briochés du Vendredi saint, avec une croix tracée dans la pâte. Elle m'a préparé un panier de Pâques, qu'elle me tend. Je ne sais pas quoi dire. Chez moi, Pâques n'a jamais été une fête importante. La dernière fois qu'on m'a offert un panier, j'avais huit ans. Dissimulés sous des copeaux de plastique jaunes censés figurer la paille, il y a des œufs de rouge-gorge en chocolat. Colorés, mouchetés, ils ont l'air plus vrais que nature. Il y a aussi des *jelly beans* et des petits gâteaux en forme d'œuf. Ne sachant que dire, je serre Mme Quinney dans mes bras. Elle semble tout d'abord surprise, puis elle me sourit. Après, je ne suis plus du tout nerveuse.

Silas et moi sommes assis l'un en face de l'autre. Nous nous regardons au-dessus du milieu de table, un lapin lumineux avec un trou dans le dos pour mettre des fleurs. On ne nous a pas mis à côté l'un de l'autre pour ne pas être désignés officiellement comme un couple. J'essaie de suivre la conversation, mais chaque fois que je découvre ses yeux fixés sur moi je perds le fil. Par moments, M. Quinney me regarde, puis regarde son fils, comme s'il cherchait à élucider une énigme.

Le déjeuner fini, Silas annonce que nous partons nous promener. Nous mettons nos manteaux et il me prend la main devant tout le monde – ses parents, son oncle et sa tante. Il garde ma main dans la sienne en traversant la pelouse encore enneigée, derrière la maison, puis sur le sentier forestier. Je porte les bottes d'hiver que sa mère m'a prêtées. Mes pieds glissent dedans à chaque pas, car elles sont un peu trop grandes. J'ai toujours les jambes nues et j'ai froid. Je pense à Mme Quinney dont les bottes ont mille fois foulé le sol de l'étable où l'on garde les moutons.

Nous grimpons sur le chemin glissant. Silas ouvre la voie. De temps à autre, il se retourne pour regarder la ferme. On distingue à peine sa voiture à travers les branches nues. Je me dis tout d'abord qu'il a peur qu'on nous suive, puis je comprends qu'il calcule le moment où nous serons hors de vue.

Il s'arrête et m'attend. Je le rejoins, un peu essoufflée. Il rit : « Dis donc, c'est pas la grande forme ! » Passant son bras autour de mes épaules, il m'attire à lui. Il m'embrasse, mal, tout d'abord, avec trop de violence. Puis plus lentement. Bien, quoi. Je me sens ardente, je partage son envie. Je pose mes mains sur sa poitrine, sur sa belle chemise blanche. Il glisse ses bras à l'intérieur de mon manteau et je sens la chaleur de ses paumes à travers le tissu mince de ma robe. On s'embrasse longtemps, et quand il s'écarte j'ai l'impression d'un arrachement. Je penche vers lui comme une plante sans tuteur puis je monte sur la pointe des pieds pour retrouver mon équilibre.

Quand nous rentrons chez lui, je me précipite aux toilettes du bas pour me regarder dans la glace. Mes lèvres sont à vif, très enflées, et leur ourlet s'est estompé. Je laisse couler l'eau pour qu'elle soit vraiment froide et je me baigne le visage, en insistant sur la bouche. Je me sèche et me regarde de nouveau à la glace. Ma bouche est toujours enflée. Ce que Silas et moi avons fait ne pourra pas rester secret. Je finis par quitter les toilettes avant qu'on se demande si je suis malade.

J'entre à la cuisine. Mme Quinney, le dos tourné, finit la vaisselle. J'aurais dû lui proposer de l'aide, mais je ne l'ai pas fait. Je lui dis que je le regrette, en la priant de m'excuser. Elle se retourne pour me faire une réponse aimable, mais les mots lui restent dans la gorge. Elle me dévisage, muette. Je m'étonne de sa surprise – qu'est-ce qu'une mère imagine quand deux adolescents de sexe opposé sont seuls ensemble ? Pas de quoi en faire une montagne, en tout cas. Puis je comprends, le souffle coupé, que Mme Quinney pouvait tout imaginer sauf ça.

« Silas est dans l'autre pièce », me dit-elle.

Geoff

En tant que nouveau directeur d'Avery School, je pense que l'affaire a été menée d'une façon qui a aggravé les difficultés pour l'école. Depuis deux ans, je tente de réparer le tort considérable que nous avons subi, mais la tâche est ardue. Le maelström médiatique plus les divers procès intentés n'ont pas permis d'oublier le scandale. Dans un mois jour pour jour, le 21 janvier, une unité motorisée de journalistes garera ses camions dans la cour carrée, et ils intervieweront tout élève qui acceptera de leur parler. Je peux déjà vous dire comment commencera l'interview : « À l'occasion du deuxième anniversaire des sévices sexuels exercés à Avery School… etc. » Les donations se font rares, les inscriptions aussi, et nos recettes sont en chute libre. Si Mike Bordwin n'avait pas tenté d'étouffer l'affaire et n'avait pas forcé la confession des garçons en dehors de la présence des parents ou de leurs conseillers juridiques, s'il avait remis immédiatement ces garçons entre les mains de la police, les dégâts auraient été moindres. Avant, on pouvait montrer du doigt une ou deux brebis galeuses parmi les élèves ; après le renvoi de Mike Bordwin, c'est notre intégrité à tous qui a été mise en doute.

À notre insu, des séquences de la vidéo ont commencé à circuler sur Internet dès le lundi, quarante-huit heures à peine après l'incident. La qualité des images était exécrable, mais je ne doute pas qu'un certain nombre d'étudiants les ont vues. On aurait pu s'attendre, de la part de garçons intègres comme Silas ou Rob, qu'ils nous communiquent cette information catastrophique, mais qui peut connaître les réactions de quelqu'un confronté à une preuve aussi humiliante ?

J'ai parlé à Kasia Gorzynski l'après-midi du 24 janvier. Elle m'a dit que Mike Bordwin lui avait demandé de ne pas révéler l'existence de la vidéocassette, qu'il avait enfermée dans son coffre. Elle m'a dit également que la cassette avait été confisquée par Arlene Rodrigues, une *Dorm Parent* qui avait surpris trois garçons en train de la visionner. Plus tard le même après-midi, j'ai parlé à Arlene, et elle m'a dit que Bordwin lui avait arraché la même promesse de silence qu'à Kasia. Nous avons un peu discuté de l'impossibilité d'occulter une histoire pareille, et nous avons décidé ensemble que je parlerais moi-même à Bordwin. Ce que j'ai fait après l'entraînement de hockey – à l'époque, c'était moi l'entraîneur de l'équipe principale.

Ne le trouvant pas à son bureau, je suis allé sonner chez lui. C'est lui qui m'a ouvert.

« Geoff ! s'est-il exclamé, apparemment pas du tout ravi de me voir (ou peut-être était-il simplement épuisé ?) Entrez, entrez. Meg est sortie. Asseyez-vous. Je vous offre un verre ? »

J'ai décliné l'offre. Boire durant l'entretien que nous allions avoir me semblait indécent. Il m'a conduit dans le salon, où j'avais été reçu cent fois. Il a pris la bergère à oreilles et moi le canapé.

« Je vais aller à l'essentiel, ai-je dit. Je crois comprendre qu'on vous a remis une cassette.

— Oui. (Il a changé de position sur son fauteuil.) Elle est dans le coffre de mon bureau.

— J'ai l'impression qu'un certain nombre de personnes, élèves et professeurs, connaissent son existence, et en ont même vu des séquences. Il paraît qu'elles sont sur Internet. »

Bordwin a pâli.

« C'est ce que je craignais.

— Je pense qu'il faut changer de tactique sur-le-champ », ai-je dit.

Silence de Bordwin. Il a fini par répondre :

« Je vais convoquer les trois garçons dans mon bureau demain à la première heure. (Une pause.) Je leur présenterai les preuves, puis je les informerai qu'ils seront exclus temporairement en attendant les décisions du conseil de discipline. »

Le conseil se réunit chaque vendredi après-midi pour passer en revue les diverses infractions qui ont été commises.

« Nous sommes sur un terrain glissant, ai-je dit, penché en avant vers Bordwin. Ne pas avoir informé la police pourrait passer pour une conspiration pour étouffer l'affaire.

— Je crois fermement que cela doit rester un problème interne. (Bordwin avait repris des couleurs.) C'est bien le moins d'écouter ce qu'ont à dire les garçons avant d'informer la police, à supposer qu'on le fasse. Si cette histoire devient publique, nous allons être traqués par la presse. Nous n'avons pas eu assez de temps pour évaluer la situation.

— Mais, vu le nombre d'élèves au courant, vous n'avez pas l'impression que l'affaire est déjà publique ?

— Public à l'intérieur de l'école et public tout court, c'est différent.

— Vous avez parlé aux parents de la fille ?

— Je veux d'abord lui parler à elle demain matin.

— Vous souhaitez que je m'en charge ?

— Non. Je le ferai moi-même. »

Je ne savais pas, sur le moment, que Bordwin songeait à arracher une confession écrite aux garçons. Et je ne pourrais jurer qu'il le savait lui-même.

Nous avons discuté un moment de notre stupéfaction de savoir Silas Quinney et Rob Leicht impliqués là-dedans.

« Vous étiez à la soirée dansante, n'est-ce pas, Geoff ? » a-t-il demandé.

J'ai opiné.

« Si je me souviens bien, vous avez mentionné une consommation d'alcool excessive.

— Excessive, c'est le mot que j'ai employé ?

— Je le crois. De fait, j'ai rédigé une note là-dessus ; elle est dans mes dossiers. Je pourrai vous en faire une photocopie, si vous le souhaitez. »

Je me suis demandé si Bordwin avait l'intention de me faire porter le chapeau pour cet incident déplorable.

« Ce soir-là, je n'étais pas le responsable désigné. Si vous vous souvenez, c'était Asa Troy.

— Ne pensez-vous pas que cette soirée était de notre responsabilité à tous ? »

Ce ton suffisant, nouveau chez Bordwin, m'a surpris. Je me suis levé en répondant sèchement :

« Je crois que nous avons épuisé le sujet. »

Bordwin a hoché la tête. Je l'ai quitté.

Je n'ai jamais eu de sympathie pour lui durant ses années de fonction. Je dois admettre qu'il s'y entendait pour lever des fonds – il était exceptionnellement doué dans ce domaine –, mais, à mon sens, il n'est pas parvenu à relever le niveau moral d'Avery. Il n'était pas un leader-né. Il lui manquait le feu sacré, la volonté réelle d'amener les élèves à se dépasser. Je l'ai toujours trouvé un peu trop à l'aise dans le statu quo. L'école avait besoin de quelqu'un capable de lancer un défi tant aux professeurs qu'aux élèves, mais Mike Bordwin n'était pas cet homme. J'ai toujours pensé que le conseil d'administration avait pris une décision trop hâtive en le nommant à titre permanent, mais comme j'étais également sur les rangs, j'ai été obligé de me taire. Après le chaos légal et médiatique qui a suivi l'arrestation des garçons pour agression sexuelle et la démission de Bordwin, on a pensé que j'étais la personne la plus qualifiée pour m'occuper de l'école. J'ai été nommé directeur. Certains ont dit que ce poste m'était dû depuis longtemps.

Mike

Il finit par retrouver le nom de la fille dans le répertoire des étudiants. L'entretien fut pénible. En face de lui, assise de l'autre côté du bureau, elle lui parut frêle et perturbée. Au début, elle ne semblait même pas comprendre de quoi il parlait. Puis elle reconnut s'être trouvée dans le dortoir des garçons ce soir-là. Peut-être avait-elle bu, peut-être pas. Elle semblait ignorer qu'une vidéocassette compromettante circulait. Elle fut abasourdie en l'apprenant. Elle pleura. Pourtant, tout le temps où elle fut en face de lui, il sentit en elle quelque chose de dur sous la surface de fragilité et de dolence. Il n'était pas sûr de pouvoir se fier à son intuition, car les images de la vidéo se superposaient malgré lui à la vision de cette jeune fille menue. Il était presque aussi troublé qu'elle. Elle changea si souvent de version qu'il s'y perdait. Il finit par la renvoyer dans sa chambre en lui demandant de réfléchir à ce qui s'était passé, car il comptait bien en reparler avec elle quelques heures plus tard. Il pensait lui avoir dit clairement qu'ils appelleraient ses parents ensemble.

Épuisé, inquiet, Mike attendit ensuite les garçons convoqués par Kasia. Si Anna, la mère de Silas, visionnait la vidéo, elle n'en croirait tout d'abord pas ses yeux, puis elle aurait le cœur brisé. Il ne parvenait pas à se l'imaginer, assise devant un écran, regardant son fils exercer des sévices sexuels sur une gamine. Il savait qu'il devait faire l'effort de l'appeler pour tout lui raconter, lui dire qu'il avait convoqué Silas. Il la supplierait de ne pas regarder la cassette…

Kasia interrompit ses ruminations en passant la tête dans l'entrebâillement de la porte. Rob et J. Dot arrivaient, mais on ne trouvait pas Silas. Mike tenta de cacher son soulagement. « Continuez à le chercher », dit-il.

Presque aussitôt, on frappa timidement. Rob entra, s'arrangeant pour ne pas rencontrer son regard. Il ne lui demanda même pas pourquoi il était convoqué, ce qui convainquit Mike qu'il le savait. Il était soigneusement vêtu d'un polo bleu roi bien rentré dans un pantalon ceinturé. Il tenait sa casquette de base-ball à la main.

« Nous attendons J. Dot », dit Mike en employant le surnom que tout le campus donnait au basketteur. Rob cligna des yeux en signe d'acquiescement. « Nous n'avons pas encore trouvé Silas », ajouta Mike. Rob hocha la tête.

Mike devait se retenir pour ne pas poser les vraies questions : Pourquoi as-tu fait ça, Rob ? Qu'est-ce qui t'a pris ? Il se demandait si le garçon savait qu'il avait visionné la cassette, et si Rob lui-même l'avait visionnée. Ce doit être horrible de se regarder sur un écran se livrer à un acte sexuel que d'autres regardent en même temps que vous, songea Mike.

La porte était restée ouverte. J. Dot entra, d'une longue foulée élastique, et s'assit à côté de Rob. Il avait poussé le code vestimentaire à la limite du débraillé. Sa chemise était rentrée dans sa ceinture, mais seulement derrière ; devant, elle pendouillait sur un pantalon qui tire-bouchonnait sur ses baskets. Les deux garçons ne se parlaient pas, ils évitaient même de se regarder.

Mike, ne voyant pas de raison d'attendre plus longtemps, leur dit sans préambule, qu'il avait visionné la bande. Rob tressaillit et baissa la tête. J. Dot eut le culot de demander : « Quelle cassette ? » Rob secoua la tête, accablé.

« Celle sur laquelle on vous voit en train d'avoir des rapports sexuels avec une mineure, dit Mike.

— Je n'étais pas au courant de l'existence d'une cassette, affirma J. Dot.

— Elle est ici même, dans mon coffre. Qu'on m'apporte un écran quelconque et je serai ravi de vous la montrer.

— Ce ne sera pas nécessaire, intervint Rob en jetant à J. Dot un regard noir.

— Vous savez ce que vous avez fait ? (Mike ne se contrôlait plus.) Vous connaissez l'âge de cette fille ? Quatorze ans. Quatorze ans ! Dans cet État, le terme légal qualifiant des rapports avec une mineure est *agression sexuelle*. Vous le saviez ? C'est un délit passible de prison. »

Rob gardait la tête baissée. J. Dot se renfonça dans son siège avec une désinvolture agaçante.

« C'est elle qui a eu cette idée, affirma-t-il. Elle vous le dira elle-même. Elle nous a *sollicités*, elle nous a *suivis* au dortoir.

— Et vous avez fait quoi ? demanda Mike. Vous l'avez gentiment prise par la main pour la raccompagner au quartier des filles afin qu'il ne lui arrive rien ? Non. Vous avez, semble-t-il, profité de sa naïveté de gamine.

— Naïveté ? Elle était rien moins que naïve, contra J. Dot.

— Comment le savez-vous ?

— Il suffit de regarder la cassette pour comprendre, répondit J. Dot, démentant ainsi ses dénégations antérieures. Qu'est-ce qui va se passer, à votre avis ?

— Vous allez avoir de gros problèmes. »

Les garçons continuaient à s'ignorer mutuellement. Pas un mot entre eux.

« Autre chose, dit Mike. Je veux savoir qui a filmé. »

Silence.

« Très bien. Je vais être obligé d'employer les grands moyens. »

Il sortit deux feuilles de papier réglé et deux stylos-feutres d'un tiroir.

« Je veux des aveux signés, à moins que vous ne teniez à ce que je montre la cassette, vendredi, aux membres du conseil de discipline. Je veux des détails, je veux des noms, je veux des heures, je veux savoir la quantité exacte d'alcool que vous avez bu. Je resterai là à vous regarder. Personne ne quittera cette pièce tant que je n'aurai pas en main des aveux circonstanciés.

— Vous allez téléphoner à mes parents ? demanda J. Dot.

— Oui. »

Il se renfonça dans son siège si violemment que le dossier craqua. Il était furieux.

« Qu'est-ce que mes parents ont à voir avec ça ?

— Je crois qu'ils voudront savoir pourquoi leur fils a été renvoyé de l'école.

— Mais j'ai dix-neuf ans. Je n'ai plus de comptes à rendre.

— C'est bien là le problème. C'est pour cela qu'on peut parler d'abus sexuel sur une mineure. Je veux que vous écriviez tout ce que vous vous rappelez sur cette soirée, et que vous signiez vos aveux. Je les enfermerai dans le coffre avec la cassette. Vendredi, je présenterai uniquement les documents au conseil de discipline. Vous devrez être présents, au cas où on aurait des questions à vous poser.

— Et Silas ? demanda J. Dot. Il est où ?

— On le cherche. À lui aussi, je demanderai des aveux signés.

— Et la fille ?

— Je lui ai déjà parlé.

— Et alors ?

— Alors quoi ?

— Elle vous a dit que c'est elle qui a tout manigancé ?

— Notre conversation doit rester privée… du moins pour l'instant, ajouta Mike, qui, au plan légal, se sentait en terrain glissant.

— Personne d'autre ne lira nos confessions ? demanda J. Dot.

— Personne. Et je vous demanderai de garder cette affaire répugnante pour vous pendant quelques jours. Inutile de l'ébruiter à l'extérieur. Après avoir vu la vidéocassette, j'ai réfléchi : le problème doit être réglé en interne. »

Il fit glisser les feuilles et les stylos de l'autre côté du bureau. Rob contempla la sienne comme s'il s'agissait de son arrêt de mort. J. Dot prit le feutre et, avec dextérité, le fit jouer entre ses doigts, imprimant un tempo sur le bois de la table.

J. Dot plaça sa feuille dans l'axe, prêt à écrire. Rob, lui, ne broncha pas. Mike se pencha vers eux.

« À titre personnel, j'aimerais savoir *pourquoi* vous avez fait ça. »

J. Dot haussa les épaules, une gestuelle exagérée censée exprimer son ignorance. Rob, un garçon pour lequel Mike avait jusqu'alors de l'estime, baissa lentement la tête vers le bureau d'acajou poli.

Mike se sentait encore nerveux. Cela faisait pourtant une heure qu'il avait bouclé les aveux des garçons dans son coffre. Ceux de J. Dot étaient défensifs : le basketteur soulignait de nouveau que la fille était venue les solliciter. Ivre, elle s'était accrochée à lui dans la salle de bal. À aucun moment de sa confession il n'admettait sa responsabilité. La confession de Rob, tout aussi brève, se lisait comme un rapport de police. Il énumérait ce qu'il avait bu, où, et quand. Il disait à quelle heure ils avaient quitté la fête, et combien de temps ils y avaient passé. Puis il racontait, au détail près, ce qu'il avait fait avec la fille. Il ne rejetait pas la responsabilité sur elle, ni sur personne d'autre. Il signa *Robert Leicht, promo 2006*. Mike interpréta cette précision non comme un acte de défi, mais comme un pur réflexe,

Rob se doutant certainement qu'il n'obtiendrait pas son diplôme.

Après leur départ, Mike resta un moment assis. Il s'était mis en colère, mais, en son for intérieur, il était tout simplement affolé. J. Dot, il s'en fichait. Plus vite il quitterait Avery, mieux ce serait. Mais il était désolé pour Rob. Une fois renvoyé, qu'allait-il devenir ? Brown reviendrait sur sa décision de l'intégrer. Un avenir prometteur détruit pour une heure d'idioties. Quant à Silas... Y penser le rendait malade. Lui aussi serait renvoyé. Sa relation avec Noelle serait fichue et celle avec ses parents tellement dégradée qu'il serait obligé de quitter la maison.

Il fit pivoter son fauteuil et regarda par la fenêtre en songeant aux années passées à Avery. Il avait dû régler une dizaine de problèmes disciplinaires, mais jamais rien de comparable. Il songeait aux trois garçons, mais aussi à Anna, Meg et Owen. Mike n'avait pas écrit de confession, mais il se savait coupable. Indirectement, il l'était.

Laura

Le mercredi matin, ma compagne de chambre est sortie tôt. En revenant, elle était dans tous ses états. J'étais en train de travailler. Elle ne m'a pas demandé de sortir et elle a commencé à téléphoner comme si je n'étais pas là. Elle a d'abord appelé une amie, ou un ami. Je n'écoutais pas, car je suis habituée à ses façons. J'ai tendu l'oreille seulement quand elle a demandé : « Qui a fait circuler la cassette ? » Je croyais qu'elle parlait de musique, mais elle a dit, d'un ton horrifié : « Mon Dieu, mes parents vont me tuer. » Je me suis tournée et elle m'a regardée comme si j'étais transparente. Je suis sûre qu'elle ne me voyait pas. Après, je l'ai entendue demander : « Qu'est-ce que je vais faire ? », puis « Tu crois ? »

Ça a duré dix bonnes minutes, mais elle parlait peu : elle écoutait. Elle répétait parfois : « Mon Dieu, tu crois ? », puis : « Comment il s'appelle, ce produit ? » Et elle a dit : « Si ça ne marche pas, je suis morte. »

Je n'y comprenais rien. Quand elle a refermé son portable, je lui ai demandé si ça allait. Mais elle l'a rouvert et m'a dit : « Quoi ? » tout en composant un second numéro. J'ai répété ma question, mais son interlocuteur avait décroché. Et là, tout d'un coup, elle s'est mise à pleurer. Des vraies larmes. C'est possible de faire semblant ? Elle sanglotait sans pouvoir parler, avec hoquets et tout. Pliée en deux comme si elle avait mal au ventre, elle a tout de même sorti entre deux sanglots : « Oh, maman, j'ai été violée. »

J'en suis restée la bouche ouverte tellement j'étais ahurie. Violée ? On a frappé à la porte et elle a fait un grand geste comme pour chasser des gens. J'ai ouvert et dit à mon amie Katie : « Je suis au téléphone avec ma mère. Je viendrai te trouver après. » Je me suis assise sur mon lit et j'ai regardé ma compagne de chambre qui continuait à parler. Elle a dit que les garçons étaient trois, deux terminales et un postgraduate. Que ça s'est passé le samedi soir. Qu'elle n'en a parlé à personne parce qu'elle a peur. Qu'elle n'est pas allée voir de médecin et qu'elle n'en verrait pas. Elle ne connaissait pas les garçons. Oui, ils s'y étaient mis à trois. Et en plus, il y avait peut-être une vidéocassette.

J'ai entendu sa mère hurler à l'autre bout.

« Je ne savais pas que j'étais filmée, on m'a droguée. » Et, non, elle ne voulait le dire à personne, non, non, non, surtout pas au surveillant responsable du dortoir de garde cette nuit-là. Elle voulait juste que sa mère sache, au cas où quelqu'un d'autre lui en parlerait. Non, elle n'était pas blessée physiquement, du moins, pas qu'elle sache. Elle a continué à pleurer, la morve au nez, suppliant ses parents de venir la chercher. Elle détestait cette école, elle voulait juste rentrer à la maison.

Elle a fini par raccrocher. Je lui ai tendu un Kleenex. Je lui ai demandé : « Ça va ? »

Elle a reniflé, s'est mouchée, s'est levée pour se regarder dans la glace et se tapoter les paupières inférieures, son mascara ayant coulé.

« Mais oui ! Impeccable. »

Je jure sur Dieu qu'elle a dit ça.

Noelle

On est en mai, juste avant la tombée de la nuit. Pour la première fois depuis des mois, l'air n'est pas piquant. Les élèves ont joué toute la journée au Frisbee sur l'esplanade. Silas a choisi le base-ball en troisième sport, mais il ne le prend pas au sérieux et ne s'applique pas. Parfois, il se lève pour jouer en deuxième base, mais il passe plus de temps sur le banc. En athlète-né, il a un bon bras mais son pitch manque de précision. Il pourrait parfaire son manier de batte mais ça ne l'intéresse pas. Pour lui, il n'y a que le basket-ball. Après l'entraînement et le dîner au réfectoire, nous restons assis un moment sur la pelouse. Les fenêtres des dortoirs sont ouvertes et on entend des conversations, ou de la musique. Un cri, parfois.

On s'assied épaule contre épaule, jambes tendues. Je m'allonge. Tout le printemps, sous des prétextes quelconques, on a cherché des endroits isolés. La plupart du temps, c'est la voiture de Silas. Quand il fait beau, la pelouse. J'ai pensé toute la journée à l'absence de ma camarade de chambre, partie passer le week-end chez elle. Je n'ai jamais fait d'entorse grave au règlement, et je me demande si j'en aurais le courage, mais l'herbe est trop humide et la température tombe trop vite. Même en mai, il fait froid dans le Vermont. Je me lève et lui tends la main.

Nous arrivons près de mon dortoir. Silas ne dit rien, mais il a compris. Ce que nous faisons est grave : renvoi temporaire assuré. Je lui demande de rester dehors et je jette un œil dans la salle de télévision. Personne, la télé est éteinte. Je fais signe à Silas de me suivre. Je note avec intérêt qu'il ôte ses chaussures : c'est ce qu'il doit faire quand il rentre chez lui plus tard que prévu, car sa chambre est en haut de l'escalier. Je l'entraîne, l'index posé sur ma bouche. J'oscille un peu, l'émotion peut-être, et il me stabilise en posant sa main au creux de mes reins.

Une fois arrivés, je lui dis d'attendre et file dans ma chambre, dont je laisse la porte entrouverte. Il court me rejoindre, se glissant à l'intérieur comme un soldat à l'exercice. Nous étouffons nos rires.

Nous savons tous deux ce que nous allons faire. Il m'attire à lui et m'embrasse comme un sauvage. Nous n'avons jamais fait l'amour et j'ai un peu peur, car je suis vierge. Une fois, il m'a demandé si je l'étais, en y mettant les formes, et il a semblé soulagé quand j'ai dit oui.

J'ouvre le lit et m'y allonge. Je ne sais pas si je dois me déshabiller ou non. C'est drôle, mais le cinéma et la télé ne m'aident pas. Silas pose son portefeuille et son portable sur la table de nuit. Il déboucle sa ceinture, puis se fige, comme si ce geste pouvait me choquer. Il se glisse tout habillé dans le lit étroit et me prend dans ses bras. Nous restons un moment sans bouger. Je me demande s'il attend ma permission, mais je n'ose pas lui poser la question. Peut-être que c'est ça, qu'il veut : me tenir dans ses bras sans bouger. Peut-être que lui aussi est vierge. Il m'embrasse et glisse sa main sous mon tee-shirt. Il tente de défaire mon soutien-gorge, mais, d'une seule main, il a du mal. Je me soulève et le fais moi-même. Il m'aide à m'en débarrasser, ainsi que de mon tee-shirt, puis descend la fermeture Éclair de son jean, qu'il fait glisser en un tournemain. Il est en chemise et boxer-short. Je me demande si j'ai fermé la porte à clé.

Je découvre que faire l'amour, ce n'est pas un moment ou deux mais une centaine de moments, une centaine de portes qui s'ouvrent sur des lieux inconnus. L'une de ces portes est sa main entre mes cuisses. Une autre, ma main sur ses mamelons. Tout me semble important, et tout est délicieux. La dernière porte n'est pas la plus importante, et elle n'est pas la dernière ; il y en a d'autres, et d'autres encore. La façon qu'il a de me regarder, par exemple, ou de me couvrir. Même la douleur est une porte. Plus que tout le reste, c'est elle qui me fait me sentir femme. Je suis dans les bras de Silas, comme souvent, mais maintenant je ne suis plus la même.

Il ne parle pas, ne me dit pas qu'il m'aime. Tant mieux, ça ferait rétribution. Je préfère qu'il me le dise en balade, ou assis sur la pelouse, ou en chemin pour le cours de physique.

Son téléphone vibre. Dans le silence, ce bruit m'effraie : je crois un instant qu'on nous a pincés, puis je comprends. Avant même qu'il ouvre son appareil, je sais quel message il va trouver.

« Rentre à la maison. »

Une brebis va mettre bas.

Silas

La dernière fois que je t'ai emmenée sur ce chemin, c'était avant les grandes vacances. Je t'ai laissée marcher devant moi, pour te regarder bouger. Tu m'as demandé si j'avais déjà chassé et je ne pouvais pas te mentir. J'ai dit oui, et ça t'a bouleversée. Tu m'as demandé quel effet ça faisait de tuer un oiseau et de le voir tomber, ou de tuer un animal qui court. Je n'ai pas pu te répondre. Tu m'as alors demandé si j'avais déjà tué un cerf, et j'ai eu honte de mon absence de honte sur le moment. Je t'ai vue frémir quand je t'ai dit oui, et, plus tard, quand on s'est assis sur un rocher, tu t'es écartée de moi. Je savais, ce jour là, qu'il ne fallait pas te toucher tant que tu n'aurais pas éliminé le cerf mort de ton cerveau. Je t'ai dit que je ne recommencerais jamais, et c'était vrai, mais je ne savais pas si tu me croyais. J'ai eu peur de cette ombre entre nous qui m'empêcherait peut-être à jamais de te dire que je t'aime. Puis, finalement, je te l'ai dit, et j'en suis heureux.

Maintenant, il y a cette nouvelle chose qui nous sépare, qui sera toujours là quoi que je dise ou je fasse, ces images de moi avec la fille que tu auras toujours en tête. Pour moi, le plus dur, c'est ça. Pas d'aller en prison, pas l'humiliation, pas la raclée que mon père me donnera si l'envie lui en prend. Rien de tout cela, mais te regarder et voir dans tes yeux ce que tu as vu sur la bande vidéo. Ça, je ne pourrai pas.

Mike

En septembre, quatre mois avant que le scandale éclate, Mike frappa à la porte d'Anna. Il lui apportait six bouteilles d'un très bon vin en prévision du dîner de la PTA, l'association parents-professeurs, qui avait lieu chez elle. Anna vint ouvrir, sourit, puis s'exclama : « C'est trop », etc. Il y eut quelques palabres pour savoir où poser le carton, dans quel ordre servir les bouteilles et lesquelles il fallait mettre au frais. Quand ce fut fait, il resta planté dans la cuisine rutilante, le carton vide à la main, se demandant s'il devait partir ou s'incruster. Voyant son hésitation, Anna lui proposa une tasse de thé. N'osant lui dire qu'il détestait ce breuvage, il accepta avec enthousiasme. Il ôta sa veste et s'assit à la table, l'observant tandis qu'elle s'affairait avec la bouilloire, les tasses, le sucre et le pot à crème. Elle portait une blouse assez échancrée, ceinturée, sur une jupe grise. Elle devait s'être habillée tôt pour la double circonstance : la venue de Mike qui apportait le vin, et ses invités du soir. Sous son chemisier, on distinguait une combinaison blanche incrustée de dentelle. Il n'avait jamais remarqué avant combien sa taille était fine car elle portait en général des pulls ou des marinières qui dissimulaient sa silhouette. Ou alors, il ne s'en souvenait plus car il ne l'avait pas vue depuis longtemps, l'été étant une saison au cours de laquelle il visitait rarement les familles d'élèves. Meg et lui avaient passé leur mois de grandes vacances dans le sud de la France, où ils avaient loué une villa au bord de la mer. Pour une fois, cela s'était tellement bien passé que Mike en avait conçu quelque optimisme. Il rentrait plein d'espoir, pensant que les tensions et les chamailleries qui avaient donné le ton de leur mariage n'étaient plus, elles aussi, qu'un intermède déplaisant. Hélas, dès l'atterrissage à Charles-de-Gaulle, leur aéroport de transit, il avait perdu ses illusions. Il se doutait qu'Anna et Owen, ne pouvant abandonner les bêtes, n'avaient pas pris de vacances. Elle avait fait de la pâtisserie : la table de la salle à manger était couverte de feuilletés apéritif, et le comptoir de la cuisine, de brownies, de carrés au citron et de tartes aux fruits rouges, le tout sous cellophane. Mike aurait volontiers chipé un morceau de gâteau au citron.

Elle se tenait devant le plan de travail dans sa position habituelle : les bras croisés sous les seins, comme pour les soutenir. Son caraco de dentelle était entièrement visible.

« Owen devrait être rentré, lui dit-elle.

— Déplacement professionnel ?

— Quoi d'autre ? Il est simplement descendu à Bennington, sans quitter le Vermont. »

Attendre le sifflement de la bouilloire, qui, pour Owen, agissait comme un réflexe conditionné, était au-dessus des forces de Mike. Impossible de parler librement tant que le thé ne serait pas servi. Contrairement à leur habitude, Anna et lui évitaient de se regarder. Cela dura une éternité, puis la bouilloire se mit à siffler. Mike se dit que c'était ce « signal » qui lui avait fait prendre le thé en horreur.

Anna mit le moule de carrés au citron sur la table. Soulevant la cellophane, elle lui en présenta un morceau.

« J'ai vu que vous en aviez envie, dit-elle.

— Je suis si transparent que ça ?

— Parfois. (Elle sourit.)

— Je ne sais pas pourquoi, mais je suis affamé.

— Quand Silas m'entend employer cette expression, il me fait remarquer qu'elle est abusive. Selon lui, j'ai faim, tout simplement.

— Silas a raison. Qu'a-t-il fait cet été ?

— Il a travaillé comme assistant sportif dans un camp de vacances, près de Burlington.

— À demeure ?

— Oui. Quitter la maison a été pour lui une expérience positive. Sauf que sa petite amie lui a manqué.

— Noelle ?

— Oui.

— C'est de bon augure. Je ne parle pas de Noelle, je veux dire qu'il ait pu quitter la maison sans nostalgie. Il sera bien obligé de le faire un jour. Vous savez quelle université il vise ?

— Oui. Middlebury. Trop ambitieux, je le crains. Il risque d'être déçu.

— Pas nécessairement. Doué comme il l'est pour le basket, il a un avantage. Et je peux le recommander chaudement, ce que je ne fais que rarement – trois ou quatre fois par an à peine –, pour ne pas entamer mon crédit.

— Merci, dit Anna, touchée.

— En général, j'interviens lorsque les parents ont fait une donation à l'école, ou parce qu'ils sont les amis d'un administrateur, mais je déteste ce genre de pratique. Dans le cas qui nous occupe, ce sera avec un plaisir sincère. »

Anna sourit de nouveau. Mike se demandait où mettre le sachet de thé. Dans l'assiette ? Il imbiberait le gâteau ; dans la soucoupe, il mouillerait le fond de la tasse, ce qui est très agaçant quand on la prend – le poser sur le set de table étant exclu. Une des raisons entre mille qui lui faisait éviter ce breuvage.

« Qu'est-ce que Silas a choisi comme sport cet automne ?

— Soccer. Il déteste. (Anna but une gorgée de thé.) L'année commence toujours mal, puis il s'y colle. On pourrait quasiment chronométrer le processus. Entre le 5 et le 10 octobre, je dirais.

— Qui est son conseiller pédagogique ?

— Richard Austin. »

Mike fit mentalement une note : « Parler à Richard Austin pour qu'il aide Silas à entrer à Middlebury. » Il finit son gâteau au citron et tendit la main pour prendre une serviette.

« Vous êtes belle comme un astre, dit-il à Anna, qui rougit.

— C'est en prévision de la soirée. Je me suis habillée pour être disponible quand Silas rentrera. Je déteste me préparer dans la précipitation. »

L'argument n'était pas convaincant. Les Quinney ne sortant jamais, la « précipitation » en matière vestimentaire n'était pas à l'ordre du jour. Il approuva pourtant Anna d'un signe de tête. Il avait été invité à plus de six dîners chez eux sans jamais les inviter en retour. Il se promit de réparer cette injustice. Et tant pis si Meg devait souffrir. Elle n'aurait pas à cuisiner, puisque c'est Mike qui le ferait (il réussissait deux ou trois plats), pour ne pas se faire livrer un dîner du réfectoire.

« D'où êtes-vous ? lui demanda Anna. Nous parlons toujours de nous, mais jamais de vous. »

Mike avait une bonne raison de s'abstenir. Ses origines humbles (son père était ouvrier), accompagnées parfois d'épisodes carrément sordides, collaient mal avec le statut de directeur d'école privée. Même au XXIe siècle, cette fonction supposait d'être issu, sinon de la haute société, du moins d'un milieu cultivé.

« Mon père était mécanicien chez Logan. C'était un brave homme et je l'ai déçu en ne montrant aucune passion pour les moteurs. Je préférais les livres, peut-être parce que ma mère aurait voulu faire des études, mais n'a pas pu.

— Pourquoi ?

— Parce qu'elle est tombée enceinte de ma sœur aînée, et mon père l'a épousée. Elle n'avait que dix-neuf ans. Le mariage n'a pas duré. Ils ont divorcé et elle a épousé un prof. J'avais neuf ans.

— Ça a dû être dur pour vous.

— Oui. Je n'aimais pas son second mari et j'en voulais à ma mère de nous avoir quittés. C'est mon père et ma sœur qui m'ont élevé. De fait, tout ce que je sais de la vie, je l'ai appris seul, dans les livres. C'est une des raisons pour lesquelles je rêvais de travailler dans le domaine éducatif.

— Voulez-vous ouvrir une de ces bouteilles ? Il faut que le vin respire, non ?

— Absolument. »

Mike était soulagé de ne plus avoir à parler de son passé.

Il choisit la meilleure bouteille de rouge – trop bonne pour la PTA, mais parfaite pour le moment privilégié qu'il était en train de vivre avec Anna. Il batailla un moment pour l'ouvrir car le vieux tire-bouchon qu'elle lui avait tendu était inadéquat. Il versa le vin dans deux verres à pied désassortis. Ils les levèrent en même temps.

« À qui ? demanda-t-elle.

— Aux bons parents qui font les bons élèves.

— Non, à vous ! » corrigea-t-elle.

Il accepta le toast de bonne grâce.

« Owen me tuerait s'il me trouvait en train de siroter à quatre heures de l'après-midi, dit-elle.

— Pourtant il boit. (Mike se rappelait les dizaines de bières qu'il avait descendues en sa seule présence.)

— N'empêche qu'il n'aimerait pas ce qu'on... ça. »

Anna s'était ravisée, mais même le mot *ça* était chargé de sens. Mike était surpris qu'Anna l'ait prononcé. Il ne se souvenait plus de ce qu'il devait faire cet après-midi-là, mais certainement pas boire un verre de vin avec Anna Quinney.

« Vous avez été tellement formidable pour Silas... Il réussit bien et il est heureux, c'est tout ce qu'on demande pour son fils, n'est-ce pas ? »

Elle s'aperçut de sa gaffe.

« Vous n'avez jamais voulu d'enfants ? demanda-t-elle.

— Si, j'en voulais, au début du moins. Ensuite, mon boulot avec les adolescents m'a rendu un peu cynique à ce sujet. Je ne parle pas de Silas, bien sûr.

— Et votre femme ?

— Meg. Elle s'appelle Meg.

— C'est difficile de penser à elle autrement qu'en termes de Mme Bordwin. Silas l'a eue comme prof de maths, la première année. (Elle sourit.) Les parents d'enfants bien élevés l'agacent, n'est-ce pas ?

— Un peu.

— Elle les trouve suffisants ?

— Oui.

— Mais les enfants mal élevés peuvent mal tourner.

— Ce qui ne risque pas d'arriver à votre fils.

— Changeons de sujet, ou vous allez me porter la poisse. »

Mike leur versa un autre verre. Ils avaient bu le premier trop vite car ils étaient un peu nerveux. Le second, il comptait bien le savourer.

« Je ne devrais pas. Je vais être pompette. »

Ce mot désuet fit sourire Mike.

« Vous serez l'âme de la soirée, lui assura-t-il.

— J'ai surtout un ordre du jour à respecter.

— Vous vous en tirerez magnifiquement. D'ailleurs… Là, il franchit une ligne subtile, l'équivalent du *ça* d'Anna : Vous *êtes* magnifique. »

Elle rougit et tourna la tête, lui présentant son profil. Il en faut si peu pour troubler une femme, se dit-il, ne sachant pas si c'était la faiblesse ou la force du genre. Anna le regarda de nouveau en essayant de sourire, mais il se rendit compte que cela lui coûtait. S'il avait quitté la cuisine à cet instant, il était sûr qu'elle aurait pleuré.

Il se demandait pourquoi. Mais il n'était pas question pour lui de tirer profit de cette ouverture – car c'en était une à son sens. Il se resservit de gâteau pour lui laisser le temps de se reprendre.

« Owen est allé voir un mouton ? demanda-t-il, revenant sur un terrain plus sûr.

— Owen… »

Elle serra les lèvres et se tut. Il savait qu'elle ne dirait pas un mot contre son mari. Une autre femme aurait pu en profiter pour suggérer qu'elle se sentait négligée ou incomprise, mais pas Anna. « Owen va bientôt rentrer. » Mike le prit comme une mise en garde.

Il but une dernière gorgée de vin.

« Je dois y aller. »

Son geste fut si rapide qu'il ne vit rien. Elle avait posé sa main de la sienne.

Ce premier contact physique lui fit l'effet non d'un choc électrique, mais d'une onde soyeuse qui prenait possession de tout son corps.

Il regarda leurs deux mains sur la table. Le geste d'Anna n'était pas une invite, c'était une déclaration – laquelle, il ne le savait pas au juste.

Elle pressa légèrement la main de Mike avant de retirer la sienne.

« Merci de votre gentillesse », dit-elle, leur offrant à tous deux ce prétexte.

Elle posa les verres dans l'évier et les lava soigneusement. Il savait qu'elle les sécherait et les remettrait en place. Ce qu'elle ferait de la bouteille à moitié vide, en revanche…

« Bonne chance pour ce soir, lui dit-il en enfilant son manteau. Je reviendrai vous voir. »

Elle prit son temps pour répondre. Quand elle le fit, Mike eut l'impression qu'elle venait de prendre une décision.

« J'y compte bien. »

Ellen

Vous croisez un regard auquel votre fils ne vous a pas habituée. Un regard nu, qui vous glace.

« Rob, qu'as-tu fait ? Dis-moi. »

Il ferme les yeux. Votre question restera sans réponse.

Le directeur entre dans la pièce. Vous reconnaissez sa voix : « Mme Leicht… » Vous vous tournez et il tressaille en voyant votre visage. Ce qui y est inscrit est donc si terrible ?

Vous avez rencontré Mike Bordwin une demi-douzaine de fois. Vous avez parlé ensemble de Rob, vous avez reçu ses compliments sur votre fils.

« Rob, je voudrais parler à ta mère en privé dans mon bureau. Merci de nous attendre ici. »

Votre fils est heureux que vous sortiez. Vous le sentez.

Vous suivez le directeur et vous vous asseyez en face de lui. Vous n'aviez jamais remarqué auparavant combien ses yeux sont bleus. Il est moins grand que dans votre souvenir. Ses lunettes sont sales. Avec tout ce que vous avez en tête, vous vous demandez pourquoi vous notez ce détail, car vous aviez même oublié qu'il porte des lunettes.

Vous lui posez la question à laquelle votre fils n'a pas répondu : « Qu'a-t-il fait ? »

Le directeur vous demande si voulez de l'eau. Vous acceptez et il vous tend un quart de litre de Poland Spring dont il a une réserve sur une étagère. Vos mains tremblent et il le remarque. D'un geste nerveux, vous coincez une mèche de cheveux derrière votre oreille et vous sentez qu'il vous manque une boucle d'oreille. Elle a dû tomber dans la voiture. Vous vérifiez : l'autre, vous l'avez.

« J'ai parlé à votre fils, dit le directeur.

— Vous m'avez dit au téléphone que Rob était accusé d'un délit grave, de nature sexuelle. Il est renvoyé ?

— Il va l'être.

— Qu'a-t-il fait exactement ?

— Ce sera très dur à entendre, Mme Leicht.

— Je m'appelle Ellen. »

Il vous étudie et change de position dans son siège. Vous notez que vous êtes assise à l'extrême bord du vôtre.

« Votre fils est impliqué dans des rapports sexuels avec une mineure. Cette fille n'a que quatorze ans. Rob en a dix-huit, n'est-ce pas ? »

Vous hochez la tête, essayant de mettre vos idées en ordre.

« C'est un motif de renvoi ?

— Oui, j'en ai peur. »

Il semble surpris par la naïveté de votre question. Il ouvre la bouche pour en dire plus mais se ravise.

« Comment savez-vous que cette fille (je suppose qu'elle a un nom) et mon fils sont… impliqués, comme vous dites, dans cet incident ?

— Parce qu'il y a une vidéocassette. Elle est tombée entre mes mains.

— Mon fils et cette fille… Vous les avez vus ?

— Oui. »

Vous commencez à formuler une question sans pouvoir aller au bout de votre phrase. Il conclut pour vous :

« Oui, abominablement explicite. »

Vous avalez péniblement votre salive. Il attend. De petites gouttes de sueur perlent à la naissance de ses cheveux. C'est dur pour lui aussi, pensez-vous.

« Combien de personnes ont vu la vidéo ? »

Votre question l'embarrasse. Il n'a pas envie de s'avancer.

« Difficile à dire. Quatre membres du personnel non enseignant. S'agissant des élèves, nous ne savons pas exactement combien ont vu la cassette, mais elle a circulé. »

Vous vous taisez.

« Cinq personnes en tout sont impliquées dans cette histoire : trois garçons, dont votre fils, la jeune fille, et la personne qui filmait, nous ne savons pas encore qui c'est.

— Mais alors c'est… (Vous êtes en plein cauchemar.) C'est une… orgie ?

— Ça y ressemble. Je préférerais éviter les descriptions précises, après avoir vu la vidéo. Personne n'y gagnerait rien, ni vous, ni Rob. Je peux tout de même vous dire… comment le formuler… que Rob n'a pas pénétré cette fille. »

Un flot d'images malvenues déferle dans votre tête. Vous tentez de les chasser. D'un côté, vous êtes furieuse que le directeur fasse de la rétention d'information.

Mais de l'autre, vous comprenez qu'il a raison. Vous ne voulez pas *tout* savoir.

« Vous êtes sûr que c'est Rob.

— Absolument. Deux de mes collègues l'ont également identifié. »

Il pousse la bouteille d'eau vers vous. Vous buvez une grande gorgée.

« Il faut que j'appelle un avocat ? » demandez-vous.

Il détourne les yeux.

« À votre place, je ne le ferais que si vous contestez le renvoi ; dans ce cas, l'incident deviendra nécessairement public.

— Il ne l'est pas encore ?

— Pas vraiment. Les élèves sauront que Rob et deux autres garçons ont été renvoyés, et la cause du renvoi donnera lieu à des rumeurs. Mais tout cela restera entre nos murs. Je ne vois aucune raison de rendre l'affaire publique. »

Vous repoussez de la main vos cheveux qui vous balaient le visage. Vous êtes assise à contre-jour et la lumière oblique vous donne la migraine.

« Ce renvoi est définitif ?

— Aucune réadmission possible pour l'année scolaire en cours. Mais il pourra, au printemps, demander par écrit sa réintégration pour la rentrée d'automne. Je dirais que ses chances d'être accepté sont bonnes, Mme Leicht… Ellen. Votre fils est un excellent élève, un athlète exceptionnel et, jusqu'à cet incident, il était un bon gosse. »

Ce *bon gosse* vous écorche, car il ramène les images innocentes qui vous ont traversé l'esprit dans la voiture, durant le trajet.

« Dommage que cet incident ait transpiré. Croyez-moi, je le déplore autant que vous. »

Ellen en doutait.

« Je vous conseille de l'inscrire au lycée pour qu'il termine son année sans prendre de retard.

— Mais Brown University l'a déjà accepté en *Early Decision*… »

Votre ton geignard n'est pas adapté aux circonstances. Une très jeune fille a été abusée sexuellement. Votre fils, selon le droit écrit [1], pourrait être accusé de détournement de mineure.

« Je sais. Mais l'université doit être informée.

— Vous ne croyez pas que… »

Ce nouveau coup vous démolit complètement. Vous voyez les heures de travail, les tests d'aptitude, les bons bulletins montrés avec fierté. Tout cela perdu à cause de cette horreur ?

« Mon fils, au regard de la loi écrite, est coupable de détournement de mineure ?

— Pas techniquement. Dans le Vermont, les rapports sexuels avec une mineure sont qualifiés d'*agression*. Je m'empresse de vous dire que, pour le moment, votre fils n'a été *accusé* d'aucun délit. Mais sa culpabilité ne fait aucun doute.

— Je ne comprends pas.

— Rob a signé une confession. Elle sera présentée vendredi au conseil de discipline, sans qu'on soit obligé de recueillir des témoignages ou de visionner la cassette.

— Rob a signé une confession ? »

1. *Statutory law*, par opposition à *common law*, le droit coutumier.

Vos répétitions vous évoquent celles du perroquet, mais, depuis ce matin, vous n'êtes pas au mieux de votre forme intellectuelle.

« Oh, ce n'est qu'un document sans importance. »

Le ton du directeur est apaisant, comme s'il redoutait une crise de nerfs.

« Je peux le voir ? »

Il hésite :

« Il abonde de détails qu'il vaudrait mieux vous éviter, tout au moins pour l'instant. »

Vous êtes partagée entre la colère contre cet abus d'autorité et le soulagement. Vous n'êtes pas prête à affronter la description détaillée d'une orgie. D'ailleurs, vous craquez.

Le directeur se lève et quitte la pièce. Il revient avec une boîte de Kleenex.

Vous reniflez, puis vous demandez d'une voix chevrotante :

« Sur la cassette, est-ce que la fille semble consentante ?

— Mieux que ça : empressée. »

Vous poussez un petit soupir de soulagement, qu'il note.

« Malheureusement, cela n'atténue en rien la gravité des faits », s'empresse-t-il d'ajouter.

Vous vous raidissez en comprenant que cet homme et vous pourriez bien devenir des ennemis. Vous posez une dernière question :

« Est-ce que cette fille a… je ne sais pas… aguiché les garçons ?

— Votre fils est majeur, madame. »

Pour la première fois, vous percevez une note de colère dans sa voix.

Colm

Voici comment ça s'est passé :

Comme d'habitude, je suis resté travailler tard. C'est mon tour de dépouiller les faits divers publiés par les journaux des petites villes de Nouvelle-Angleterre. Ils nous fournissent trente pour cent du matériau de nos articles. Je travaille en ligne, bien sûr. Je fais défiler les entrefilets phénoménalement ennuyeux du *Rutland Herald* – « Des vandales graffitent des tombes à la bombe », « Fermeture d'une école suite à un incendie volontaire » – et j'arrive aux communiqués de police d'Avery, la section la plus lue de tout journal local – plus encore que la notice nécrologique. Je vois : *Un élève de dix-huit ans et un autre de dix-neuf ans soupçonnés d'agression sexuelle. On recherche un troisième élève, âgé de dix-huit ans, soupçonné du même délit.* C'est le mot « élève » qui m'alerte. D'abord, on mentionne rarement le statut des gens sur ces registres. Ensuite, « élève » combiné à « Avery » évoque aussitôt Avery School. Je me dis : Si c'est bien à Avery School qu'ont eu lieu ces faits – et la victime est probablement une, ou un élève –, je tiens une bonne histoire. Je n'ai pas l'intention d'appeler le journaliste de Rutland que je connais car je ne veux pas qu'il sache que je m'intéresse à l'affaire. J'appelle donc le commissariat de police d'Avery. Même dans ces trous perdus, ils ont une permanence téléphonique, mais il faut parfois tirer du lit la personne de service.

C'est Quinney, le représentant local du *chief of police*, qui me répond. Je me présente et lui demande s'il a en garde à vue deux hommes soupçonnés d'agression sexuelle. Il est réticent et semble troublé. Il finit par me dire : « Oui, depuis le début de la soirée. » Je demande leur nom, et il me répond : « Pas de commentaire. » Je lui demande s'ils ont trouvé le troisième, et il prétend ne pas pouvoir me répondre, ce qui est du flan puisqu'un avis de recherche a été lancé, mais je m'en fiche car je le saurai par ailleurs. Je lui demande le nom de la victime, et il me répond encore : « Pas de commentaire. » Et là, après cette réponse à côté de la plaque, je comprends qu'il est hors de lui puisque, de toute façon, on n'a pas le droit de communiquer le nom des victimes ; ça, naturellement, je le sais. Mais, voyez-vous, les questions n'appellent pas nécessairement des réponses. Elles sont souvent destinées à faire parler quelqu'un, et c'est bien le diable si un mot ou deux lâchés par inadvertance ne vous met pas sur la piste.

Je lui demande ensuite si les garçons en question sont des élèves d'Avery School, et il me répond oui, ce qui est pour moi un scoop. Soufflé qu'il m'ait fait ce cadeau, je poursuis comme si de rien n'était. Je lui demande comment on l'a branché sur l'affaire, et il me dit que les parents de la victime l'ont alerté. Je demande leur nom, et vlan, il me pique une nouvelle crise. Pousser quelqu'un à bout est un risque qui, parfois, en vaut la peine : il pourrait lâcher un nom évoquant l'endroit où vivent les parents en question (l'agglomération d'Avery, si ça se trouve !) ou toute autre bribe utile. Pas de chance. Déclarant n'avoir plus rien à dire, il me raccroche au nez.

Dans la foulée, je retourne sur Google, où je cherche furieusement ce que j'ai noté lors de ma conversation avec Quinney. Je trouve le nom du directeur de l'école (Michael Bordwin, ça tout le monde le sait). Je l'appelle aussitôt chez lui. Il dormait, j'en jurerais, mais il répond. Je me présente et il me répond aussi sec qu'il n'a rien à dire. Rien à dire sur quoi ? je lui demande. Il se tait. Je lui dis que je suis au courant pour les deux élèves en garde à vue. Il se tait toujours. C'est la confirmation que j'attendais. Je lui demande s'il a un commentaire à faire et lui sers le baratin classique : il vaudrait mieux qu'il parle, qu'il expose l'affaire sous son angle personnel, car l'histoire sortira de toute façon. Je suis sûr qu'il va raccrocher mais il me dit : « Nous avons vécu une journée terrible. » Je lui demande alors où est le troisième garçon. C'est là qu'il comprend que je ne sais rien de précis. Il raccroche.

Aucune importance. Je suis déjà dehors, prêt à sauter en voiture. Je sais que je serai à Avery avant l'aube. J'irai tout droit au commissariat chercher les réponses à mes questions. Mais je salive déjà en sachant qu'après je vais exploiter la meilleure source de renseignements qu'un journaliste puisse rêver dans ce genre d'affaire : les élèves eux-mêmes.

Gail

Je suis professeur de droit à Vermont University, mais je tiens à préciser que ce n'est pas à titre professionnel que je vais réexaminer ce dossier, comme on me l'a demandé. Je le ferai en profane qui connaît bien les lois de l'État du Vermont.

J'ai visionné la cassette en question. À première vue, cette jeune fille de quatorze ans semble consentante. Il est évident qu'elle a absorbé volontairement, ou qu'on lui a fait absorber, de l'alcool. Cependant, à aucun moment de l'action, elle n'a l'air comateuse ou inconsciente. Au contraire, elle a l'air de savoir ce qu'elle fait, et elle le fait, si j'ose dire, avec compétence.

Mais d'autres facteurs entrent en jeu, décisifs au regard de la justice. Le fait qu'il y ait *trois* garçons et *une seule* fille, et que les trois garçons aient au moins *quatre ans de plus* que la fille, suggère, en substance, la *coercition*. Les affirmations subséquentes des auteurs – à savoir que la jeune fille les a séduits, qu'elle est venue de son plein gré dans le dortoir, ou même qu'elle est l'instigatrice des faits – sont non pertinentes. À partir du moment où ils acceptent d'être séduits, que la fille soit experte ou non, ivre ou non, ils sont coupables d'un délit selon la loi de l'État du Vermont. La coercition est facile à prouver ; la loi est très claire là-dessus. Une situation impliquant trois garçons de dix-huit ans ou plus et une seule fille de quatorze ans est assurément un cas de coercition. On serait tenté, en visionnant cette cassette, de dire : « Elle l'a bien cherché. » Mais, selon la loi, qu'elle l'ait cherché ou non n'a aucune importance. Les garçons étaient en âge de dire non, ils *devaient* dire non. Puisqu'ils ne l'ont pas fait, leur arrestation et le chef d'accusation d'agression sexuelle retenu contre eux sont justifiés.

Ce cas présente, en parallèle, un autre point intéressant. Après avoir visionné la cassette, le directeur a convoqué deux des trois garçons dans son bureau. Sans suggérer de téléphoner à leurs parents ou leurs avocats, il a exigé des aveux écrits pour les soumettre, plus tard dans la semaine, au conseil de discipline. Cela aussi, c'est de la coercition, et de la pire nature. Sachant que peu de garçons de dix-huit ans appelleraient de leur plein gré leurs parents (ou leurs avocats) de peur qu'on ne leur montre la vidéo humiliante, le directeur jouait sur du velours : il a eu ses aveux. Il y a eu une tentative très claire de la part de l'administration de circonscrire l'affaire. Plus tard, le même jour, les parents de la victime ont appelé l'école, exigeant qu'elle prenne des mesures. Avant que le conseil de discipline ait eu le temps de se réunir, les déclarations écrites des garçons, assimilables à des aveux d'agression sexuelle, ont été remises à la police. Quand les deux garçons ont été appréhendés, aucun n'avait pu faire appel à un avocat.

L'un d'eux, James Robles, a intenté un procès à Avery School, alléguant que son directeur, Michael Bordwin, en commettant un abus de pouvoir, avait bafoué la loi. L'avocat de Robles allègue que l'école a rompu son contrat avec son client en l'obligeant à avouer un délit hors de la présence de ses parents ou d'un avocat. En l'absence d'un représentant légal, l'école avait l'obligation de *ne pas* accepter leurs aveux, bien plus, elle devait les enjoindre de se taire. Elle ne l'a pas fait, estime l'avocat de James Robles, parce que ses intérêts sont en conflit avec ceux des prévenus. Tandis que ces garçons, de simples *élèves*, ne comprenaient pas nécessairement l'importance de l'assistance légale, le directeur, non seulement plus âgé mais plus instruit, la connaissait expressément. Par un retournement de situation qui est une pure ironie juridique, l'avocat de l'accusation retourne la notion de coercition contre le directeur lui-même qui a *obligé* les garçons à avouer. En ignorant l'intérêt des élèves pour préserver les siens propres, l'école, selon la loi de l'État du Vermont, pourrait bien s'être rendue coupable d'un délit.

Mike

Cet état de fièvre, d'impulsivité était nouveau pour lui. Avait-il ressenti cela lors de ce fatal dîner de Thanksgiving où il avait rencontré Meg ? Il avait vingt ans de moins à l'époque. Peut-être, avec le temps, amortissait-il moins bien le choc, tel le lanceur vieillissant, trahi pour sa piètre performance par l'indicateur de vélocité placé dans la rainure de la batte. Quand il ne revoyait pas Anna appuyée contre le plan de travail, les bras croisés sous les seins, il revivait son émotion au moment où il lui avait fait ce compliment anodin. Et il sentait encore le contact de sa main sur la sienne. De retour chez lui, dans sa cuisine, il se versa un verre de vin rouge, comme pour ranimer leur lien, si ténu fût-il. Il savait que Meg rentrerait tard, ce qui l'arrangeait, car il ne se sentait pas le courage de lui adresser la parole. D'ailleurs, depuis plus d'un an, toute conversation avec elle était devenue impossible. Il se demandait parfois si elle n'avait pas rencontré quelqu'un. C'était plausible, car son attitude dédaigneuse s'était beaucoup accentuée. Par moments, Mike l'irritait au point qu'elle en devenait muette. Qu'avait-il fait pour l'exaspérer à ce point ? Était-elle malheureuse, sexuellement insatisfaite ? Ou souffrait-elle simplement d'une instabilité passagère suscitée par la perspective accablante (pour Mike aussi !) de rester coincée à Avery jusqu'à la retraite ? Il avait souvent essayé de lui demander ce qui n'allait pas, mais elle répondait à côté, ou levait les yeux au ciel, ou même, dans les cas extrêmes, quittait la pièce.

Il ouvrit le réfrigérateur. Contenu maigre, sinon nul. Il referma la porte. De toute façon, il n'avait pas faim. Il s'assit, se releva. Il finit par marcher comme un tigre en cage en pensant à Anna. Il regrettait de ne pas avoir osé un contact physique, un geste en réponse au sien. Il mourait d'envie de lui téléphoner.

Oui, mais pour lui dire quoi ? Qu'elle comptait pour lui ? Qu'il avait envie d'entendre sa voix ? Qu'il voulait savoir si le dîner PTA s'était bien passé ? (Prétexte enfantin.)

La réalité, celle des adultes ? Il était marié, elle l'était aussi. Il avait fait entrer Silas, son fils, à Avery School, dont il était le directeur. Exposé socialement comme il l'était, une liaison mettrait en danger sa position. Mais, curieusement, toutes ces excellentes raisons pesaient peu au regard des promesses paradoxales d'affection et d'aventure, de confort et de risque qu'offrait la liaison en question. Le temps s'écoulait avec une lenteur miraculeuse, synchrone avec les spéculations laborieuses de Mike. Il n'avait jamais été infidèle à Meg. Il n'avait jamais été tenté de l'être. Il croyait dur comme fer qu'un phénomène curieux se passe chez tout homme obligé, par sa fonction même, de côtoyer cette chair fraîche que sont les adolescentes nubiles : il élève autour de lui une sorte de mur pour se préserver de la tentation. Que ce soit Anna qui ait démoli ce mur plutôt qu'une élève de dix-huit ans, ou qu'une jeune prof de vingt-trois ans, était plutôt, de la part de Mike, un signe de santé mentale.

Oui, mais il y avait Owen. Il y avait Silas. Enfin et surtout, il y avait Meg. Leur existence pesait lourdement dans la balance.

Il retourna à la cuisine se verser un autre verre et découvrit avec surprise qu'il avait bu presque toute la bouteille.

Le risque pour Anna était considérable.

Le risque pour lui était considérable.

Il ouvrit son portable et composa le numéro des Quinney en priant pour qu'Owen ou Silas ne décroche pas. S'il avait affaire à l'un ou l'autre, Mike dirait qu'il voulait savoir comment s'était passée la réunion. De fait, l'implication des parents est fondamentale pour tout directeur d'école qui se respecte.

Anna décrocha.

« Vous m'avez plu dès l'instant où je vous ai vue », lâcha-t-il d'une traite.

Silence, puis :

« Ah oui, la fois où vous aviez la tête en bas ? (Il sentit un sourire dans sa voix.)

— Vous êtes seule ?

— Plus ou moins. Vous étiez drôle, sens dessus dessous dans votre auto. »

Il adorait quand elle était d'humeur légère, badine, encline à flirter, même. Il s'appuya contre le plan de travail, les yeux fixés sur l'allée.

« Je peux venir vous voir, là, tout de suite ?

— Non.

— Owen est à la maison ? »

Il regarda son gros orteil qui sortait de sa chaussette trouée.

« Oui.

— Je peux venir demain ?

— Oui.

— Même heure ? Pour reprendre le reste de bouteilles ?

— Mauvais prétexte : il en reste très peu. On a beaucoup bu. Surtout moi. (Il s'en rendait compte à un certain relâchement des consonnes.)

— À demain alors. Owen sera en déplacement ?

— Oui. »

Il vit les phares de Meg dans l'allée.

« Il faut que j'y aille », dit-il, ne pouvant se résoudre à prononcer le prénom de sa femme.

En remettant son portable dans sa poche, il se dit qu'il aurait pu préparer à Meg un petit en-cas. Il planqua la bouteille vide et sortit du réfrigérateur deux morceaux de fromage racorni qu'il posa sur une planche. Il ouvrait un bocal d'olives quand elle entra.

Elle fit glisser son manteau et le jeta par terre, sa serviette par-dessus. Puis elle envoya valdinguer ses chaussures.

« J'ai besoin d'un verre, dit-elle.

— Rouge ou blanc ?

— Blanc. (Elle regarda le souper minable qui l'attendait.) On a un pain mangeable ? »

Elle l'accusait déjà. Quand l'un rentrait tard, l'autre était censé produire une sorte de pique-nique. Restait une vieille tranche, dure comme du bois, qu'il mit dans le toaster. Il sortit ensuite une bouteille de pinot grigio bien frais, espérant qu'un bon vin l'adoucirait. Il lui en versa un (très grand) verre.

— Holà ! Quelle prodigalité !

— Tu as l'air crevée. La réunion s'est mal passée ?

— Elle était horriblement longue, insupportablement verbeuse et foncièrement inutile. (Elle le scruta.) Toi non plus, tu n'as pas l'air très en forme. (Elle l'observa, la tête penchée sur le côté.) Tu as bu ?

— Oui.

— Avec qui ?

— Coggeshall.

— Tu *hais* Coggeshall.

— Exact. Donc j'ai bu.

— Qu'est-ce qu'il te voulait ?

— Je veux bien être pendu si je le sais. Certains profs ne sont pas à la hauteur, semble-t-il. Je ne parle pas de toi, s'empressa-t-il d'ajouter.

— À mon avis, Larry est en mauvaise posture. »

Mike acquiesça idiotement, condamnant ainsi un homme dont il ignorait les capacités pédagogiques. Il était soûl, ou presque. Mais l'« agitation », la « fièvre », étaient toujours là. Les yeux de Meg passèrent son maigre repas au scanner.

« C'est tout ?

— Je viens tout juste de rentrer. Je vais te faire une salade.

— Inutile. J'ai à te parler. »

Un frisson de peur le traversa.

« De quoi ?

— Assieds-toi. (Elle-même s'assit, mais Mike resta debout, appuyé au plan de travail.) Voilà : je veux un enfant, dit-elle avec sa brutalité habituelle.

— Mais tu détestes les enfants. (Un peu rapide, comme réponse, admit-il in petto.)

— Oui, génériquement parlant, mais *pas* en tant qu'individus. »

Il savait ce qu'elle voulait dire, mais il fronça les sourcils en signe d'incompréhension.

« J'ai quarante-trois ans et plus une minute à perdre. »

Elle semblait déterminée. Que voulait-elle au juste ? Qu'il lui en fasse un, là, dans la cuisine ? Un peu plus tard, dans leur chambre ? Au frisson de peur se substitua un état d'angoisse.

« Ne me dis pas que la question ne t'a pas effleuré, lui lança-t-elle, agacée par son silence.

— Je croyais qu'on avait décidé de ne pas en avoir.

— Oui, il y a cinq ans. »

Elle lui tendit son verre, qu'il emplit à ras bord. Ne se jugeant pas assez soûl pour ce qui l'attendait, il se versa la même dose.

« Je peux réfléchir quelques jours ? hasarda-t-il.

— La réflexion n'a rien à voir là-dedans, c'est une question d'instinct. Comme tu peux t'en douter, mon horloge biologique s'affole.

— N'oublie pas que Louise a eu son premier enfant à quarante-cinq ans. (Louise était une de leurs collègues.)

— Oui. Et je me souviens m'être dit : Bon Dieu ! quand son fils aura vingt ans, elle en aura soixante-cinq.

— Exactement. Et toi, tu en auras soixante-trois. (Il regretta aussitôt sa méchanceté.)

— Oui, mais moi, je serai une femme de soixante-trois ans au top. »

Elle avait marqué un point : sa forme physique était exceptionnelle.

« Qu'est-ce qui t'a fait changer d'avis ? demanda-t-il avec précaution.

— J'en ai marre de m'occuper exclusivement des enfants des autres. Je veux les miens... enfin, les nôtres. Sauf que, si on arrive à en faire un seul, ce sera déjà une prouesse.

— Je... je... je ne sais pas quoi dire, bégaya Mike.

— Eh bien, mets-toi tout simplement à ma place. Toi, tu peux décider d'avoir un gosse à cinquante ans – ce qui, à mes yeux, serait une honte, un péché. Moi non. Au même âge, j'aurai franchi le cap fatidique. Même aujourd'hui, si on en veut un, on risque d'être obligés d'en passer par tout le binz « procréation médicalement assistée » si on n'est pas « enceints » après nos deux premiers essais.

— Et quand... s'y mettrait-on au juste ?

— Premier essai : dimanche. Le meilleur moment pour concevoir n'a plus de secrets pour moi. J'ai lu tous les livres, épluché tous les magazines. La recherche a fait d'énormes progrès. Tu es partant ?

— Euh... plus que tu ne le crois.

— Ce fromage est rance. (Elle se pencha pour le renifler.) Il n'y a rien d'autre ? Je suis affamée. »

Il résista à l'envie de rectifier : « Tu as faim, c'est tout. » Il voulait être seul, ce qui ne serait possible que lorsqu'il l'aurait nourrie – une hyperbole s'agissant de cet en-cas calamiteux. Dimanche, c'était dans quatre jours, ce qui lui laissait un répit. Il ne savait pas comment il pourrait dire non à une épouse qui, maintenant, flairait aussi les olives avec méfiance. Les olives, ça pourrit ? se demanda-t-il avec angoisse.

« Bon, conclut-elle. Tu réfléchis et on en reparle demain soir. »

Demain soir, se dit Mike, épouvanté.

Demain soir, il avait espéré être heureux.

Ellen

Après vous être arrêtée au bazar pour acheter une brosse à dents, vous vous garez sur le parking du premier motel venu, un endroit où vous n'auriez jamais mis les pieds en temps normal. À côté de vous sur le siège, il y a votre fils de dix-huit ans. Il n'a pas ouvert la bouche, sauf pour répondre avec laconisme aux questions élémentaires que vous lui posiez : « Tu as pris tes livres ? C'est tout ce que tu as ? », etc. Vous ne lui avez pas demandé s'il voulait passer la nuit au motel avec vous, vous le lui annoncez, tout comme vous l'avez annoncé à la secrétaire du directeur. Vous ne vouliez pas que votre fils passe une nuit de plus dans son dortoir, même s'il n'a pas encore été renvoyé. Vous le *vouliez* avec vous, et votre possessivité de mère lionne vous surprend car vous ne vous en croyiez plus capable. C'est vous qui êtes responsable désormais. Vous n'êtes pas en état d'apprécier l'ironie de la situation : vous l'aviez confié à une institution pour qu'il ne lui arrive rien et voilà.

Vous dites à votre fils, qui a gardé les yeux fixés sur le paysage depuis le début du trajet pour éviter de croiser les vôtres, que vous revenez tout de suite. Vous notez avant de descendre qu'il a la force morale… non, le culot, de porter sa casquette de base-ball des Red Sox devant derrière. Un détail, peut-être, mais choisi et assumé.

Il n'y a personne à l'accueil du Mountain View Motel. Vous embrassez du regard le comptoir en formica, un fauteuil, une table basse sur laquelle est posé un seul magazine, et une carte sale et chichiteuse offrant toute une variété de margaritas au bar, qui doit être à côté. Ne trouvant pas de sonnette, vous appelez timidement : « Il y a quelqu'un ? »

Vous entendez un bruit furtif dans la pièce du fond, derrière le comptoir. En sort un homme bedonnant, une serviette en papier à la main. Il devait être en train de dîner.

« Je voudrais une chambre pour mon fils et moi. »

En un éclair, vous vous dites qu'il ne vous croit pas. Son fils ? à d'autres !

« Je viens d'aller le chercher à Avery School », ajoutez-vous nerveusement en le regrettant aussitôt, car vous ignorez en quels termes sont l'école et la population locale.

« Pour combien de nuits ? » vous demande l'homme.

Vous l'ignorez. Jusqu'à vendredi, jour de réunion du conseil de discipline ? Votre fils a-t-il le droit de passer tant de temps hors de son internat ? Ne vaudrait-il pas mieux l'y ramener demain ? Puis vous vous dites que la nouvelle de l'existence d'une bande vidéo a dû faire le tour du campus. Saisie d'un accès de panique, vous répondez : « Deux nuits. »

La perspective de passer deux nuits dans cet endroit sordide avec un fils mutique qui refuse même de vous regarder vous rend malade.

L'homme, sans doute impatient de retourner dîner, mentionne une somme. Vous précisez qu'il vous faut deux lits. S'il vous a entendue, il n'en montre rien. Vous n'osez pas répéter. Il vous demande votre carte bancaire, et vous signez. Il vous tend un passe en plastique sur lequel est inscrit le numéro de la chambre.

« Vous pourriez m'indiquer un restaurant correct où dîner ? » demandez-vous. Aussitôt, l'idée d'être assise à une table en Formica en face de ce fils muet vous accable. Vous corrigez : « Non, plutôt une pizza dans la chambre. On peut en commander une ? »

Vous reprenez votre voiture pour vous garer devant la chambre indiquée. Vous y entrez, Rob derrière vous, son sac à dos à l'épaule et les mains dans les poches de son sweat-shirt. Sa docilité vous évoque celle du prisonnier : concéder le minimum.

Il y a deux étroits lits jumeaux recouverts de couvertures sombres à motifs cachemire. Entre les deux, une applique que vous tentez d'allumer, mais qui ne marche pas. Votre fils trouve l'interrupteur du plafonnier, jette son sac sur l'un des lits, qu'il s'approprie, et file à la salle de bains. Il n'y a pas d'armoire dans la pièce, seulement un portant camouflé par un rideau coulissant en tissu écossais. Vous accrochez votre manteau. Appeler votre mari, maintenant ? Vous n'en avez aucune envie.

Votre fils, de retour dans la chambre, vire son sac du lit sur lequel il se jette, bras et jambes écartés, comme un cadavre. Il a desserré sa ceinture et son pantalon descend un peu, dévoilant le haut de son boxer-short. Il place un bras en travers de ses yeux, comme pour tout occulter : vous, le plafond, l'avenir. Vous allez vous laver les mains, et vous les séchez avec la mince serviette pendue sur une barre placée au-dessus du siège des toilettes. Cela fait des années que vous n'avez pas passé la nuit dans un motel avec Rob. Sur la route des vacances, il était généralement avec un copain, dans une seconde chambre, tandis que vous partagiez la première avec votre mari.

« C'est vrai ? » lui demandez-vous une dernière fois.

Une dernière fois, votre fils refuse de répondre. Il se tourne vers le mur.

Vous avez envie de pleurer, mais vous savez que le faire maintenant serait perdre la partie.

Vous prenez votre portable dans votre sac et appelez votre mari.

Noelle

En novembre, Silas et moi assistons à une fête de l'école, une des rares à être fréquentée par tous les élèves. Silas prend une boisson, moi aussi. Nous dansons. Je ne l'avais jamais vu danser auparavant. Alors que sur le terrain de basket il est d'une élégance et d'une agilité de chat, sur une piste de danse il est nul. Je ris de lui et il rit de lui-même. Nous dansons de nouveau et je me rends compte qu'on nous observe. *Noelle et Silas*, se disent-il. Nous sommes un couple. C'est comme si nous avions mis en vitrine ce que nous avons de plus précieux. Silas le sent bien, et moi aussi. Cette situation est censée être normale, mais j'ai l'impression que l'entité « nous deux » risque de se déprécier. De *nous* déprécier ?

Je me souviens de tout. Je me souviens de la première fois qu'on s'est arrêtés à la station Mobil. Silas a fait le plein. Après, il est entré dans la boutique pour m'acheter un beignet. Ce sont ceux de sa tante, les meilleurs du coin. Je lui en ai donné la moitié, puis je l'ai embrassé. Il sentait l'essence, le sucre et les épices. Il est retourné acheter d'autres beignets pour recevoir d'autres baisers. Il a raflé tous ceux qui restaient et on est partis en auto dans la montagne, riant et nous gavant de sucreries jusqu'à en avoir mal au cœur.

Silas se rase tous les jours mais sa barbe repousse trop vite. Ses baisers me piquent.

Fin novembre, il y a une tempête de neige. Les internes ont cours – sauf que certains trouvent un bon prétexte pour ne pas y aller. Les externes en sont dispensés. Pourtant Silas vient, alors que les routes sont dangereuses et qu'il n'a pas encore monté ses pneus-neige. Le parking des externes n'a pas été déblayé et il est obligé de se garer devant le gymnase. Je vais à mon cours d'anglais, où nous ne sommes que trois. Nous discutons avec notre prof, M. Taylor, de nos projets respectifs pour Thanksgiving. Nous rions sous cape car il a l'air mort de sommeil. Visiblement, il voudrait rentrer se coucher.

Quand nous sortons, je vois Silas qui m'attend dans le hall. Je suis si contente de le voir que je l'enlace, là, sur place. Un jour sans lui est un jour vide ; je fais mes exercices et finis mes devoirs, mais le cœur n'y est pas.

Il porte une doudoune et un bonnet de laine à visière. Il a oublié de se raser et son nez est rouge. Je sais qu'il n'est venu que pour moi. Je meurs d'envie de l'embrasser mais Mlle Epstein et M. Taylor sont dans un coin du hall, en train de bavarder, et je vois que le second ne nous quitte pas des yeux.

Silas m'emmène à Bennington, où je donne un récital. Il conduit avec sa main droite sur ma cuisse tandis que je visualise mentalement mon jeu de doigts sur le manche. Nous ne parlons pas. Silas n'a pas besoin de me le demander pour savoir que je suis nerveuse ; réciproquement, j'évite de lui poser des questions juste avant un match. De chaque côté de la route, les talus sont enneigés, et comme on a sablé et salé le revêtement, chaque camion croisé projette ce mélange mouillé sur notre pare-brise. Il y a des jours où le Vermont est tellement sinistre qu'on a envie de sauter en voiture pour le fuir. Je dois jouer avec des étudiants en musique de la très élitiste université de Bennington – plus âgés que moi, donc –, et quand je m'imagine sur l'estrade, j'ai la bouche sèche. Silas ne me dit pas : « Ça va bien se passer. » J'aime qu'il ne me mente pas.

Pendant le concert, je le vois, assis au fond du petit auditorium, l'air grave et concentré, celui que doivent avoir des parents quand leur enfant est sur scène – c'est pire pour les parents que pour l'enfant.

À la fin du récital, Silas jubile. Il prend mon visage entre ses mains et m'embrasse sur la bouche devant Mlle Irving, mon prof de musique, qui n'a pas l'air ravie de le voir là. Elle a des remarques écrites pour moi (elle en a toujours), mais je juge qu'elles peuvent attendre. Silas m'a trouvée formidable, c'est ça qui compte.

Juste avant les vacances de Noël, Silas m'invite à dîner pour fêter mon anniversaire. Il y a un seul bon restaurant dans un rayon de cinquante kilomètres. Il me dit qu'il a réservé une table.

C'est mon premier rendez-vous galant. Pour Silas aussi, j'imagine. Je porte un haut blanc, une jupe noire et des ballerines. Je suis obligée de mettre ma parka car j'ai laissé mon manteau chez moi, à Boston. Je me brosse les cheveux et égalise ma frange aux ciseaux. Je tente aussi de rafraîchir mon carré au rasoir mais, en voyant le résultat, j'arrête vite.

Je retrouve Silas dans la salle commune. Il porte un blazer bleu marine, une chemise de soirée bleu pâle et un pantalon en coton beige. Il porte aussi un pardessus, comme un adulte. Il est si beau et si sexy que je me retiens de caresser le plastron de sa chemise. Des élèves plus jeunes, qui regardent *Les Simpson* à la télé, fixent notre tenue avec des yeux ahuris, comme si nous nous étions habillés pour aller à un enterrement.

Je mouille immédiatement mes petites chaussures dans la neige en rejoignant la voiture, pourtant garée devant. Mes pieds sont engourdis par le froid sous mon collant. En l'absence de chauffage, Silas prend la couverture sur le siège arrière et en fait un nid pour que j'y enfouisse mes orteils glacés.

Dans ce petit restaurant chic où nous ne sommes jamais allés on nous donne une bonne table, devant la cheminée. À côté de la salle à manger, il y a un bar qui ressemble à un pub anglais. Je commande un Coca light et Silas, de l'eau minérale. Avant même qu'on ait regardé le menu, Silas sort de la poche intérieure de sa veste une petite boîte en velours bleu. J'éprouve un bref sentiment de panique car je crois qu'il va me demander de l'épouser. Il pose l'écrin devant moi. Je l'ouvre et vois, avec soulagement, des boucles d'oreilles en zircon vert d'eau, ma couleur porte-bonheur. Je les mets sur-le-champ, me sachant belle avec mes lobes scintillants.

Pour les vacances de Noël, je vais dans ma famille, que j'adore, mais je me languis de Silas. C'est sans doute ce qui arrive quand on est amoureuse : avec lui je suis chez moi. Chez moi, sans lui, je me sens étrangère. Il me manque tellement que je rentre un jour plus tôt, une prérogative accordée aux élèves athlètes et musiciens, s'ils veulent s'exercer au calme (j'ai la salle de musique pour moi seule). J'envoie un texto à Silas pour lui dire que je suis arrivée. Il accourt. Je l'emmène droit dans ma chambre. Une fois encore, nous commettons une violation majeure mais le risque est mince. La surveillante de dortoir, contrariée d'avoir dû rentrer un jour plus tôt à cause de moi, écoute de la musique dans sa chambre, au bout du couloir. Elle boude et ne viendra sûrement pas frapper à ma porte.

Silas et moi tombons sur le lit. Cet après-midi-là, nous franchirons un certain nombre de portes.

Ellen

Assise sur le lit, le dos calé par le maigre oreiller, vous regardez CNN. Surtout pour le bruit, pour rompre ce silence étouffant. Sur le meuble en Formica, au-dessous de la télé, traîne un carton avec une moitié de pizza. Vous avez dévoré la vôtre avec un appétit surprenant. Votre fils déclare qu'il n'a pas faim.Vous l'exhortez à manger sa part. Il prend un quart de morceau, qu'il plie et enfourne dans sa bouche, le mâchant avec application. Il garde les yeux baissés : tant mieux, vous ne voulez pas rencontrer son regard.

Un coup léger frappé à la porte : sans doute la femme du patron du motel, qui apporte une serviette et une savonnette supplémentaires. Vous ouvrez. C'est un policier. Vous avancez d'un pas sur le seuil, comme pour défendre votre espace privé. L'homme se présente et demande si Robert Leicht est là. Vous essayer de gagner du temps (pour que votre fils s'échappe par la fenêtre de la salle de bains ? Ridicule). Vous demandez à voir sa plaque.

« Madame..., commence patiemment le policier (il vous ménage).

— Laisse… », dit votre fils, derrière vous.

Agrippée aux montants, vous barrez la porte, Rob vous écarte gentiment.

On emmène votre fils, menotté, et vous devez faire un gros effort pour ne pas hurler. Jusqu'à la dernière minute, vous vous accrochez à lui. On doit vous décrocher. Debout dans le froid, vous voyez le policier courber la tête de votre fils pour le faire monter en voiture. Vous pleurez. Votre fils vous regarde et vous essayez de lui sourire parce que vous voyez qu'il a peur. « Ne t'inquiète pas, je te suis », lui dites-vous.

Vous tremblez tellement que vous avez du mal à faire démarrer la voiture. Vous savez, pour avoir traversé maintes fois Avery, où est le poste de police. Vous arrivez juste à temps pour la prise d'empreintes. Vous demandez sur-le-champ la mise en liberté sous caution de votre fils. « Où dois-je m'adresser ? » demandez-vous. Puis : « Combien ? »

Ils conduisent votre fils dans une pièce contiguë. Vous ne voyez pas ce qu'il s'y passe. Ce n'est pas un cauchemar, c'est la réalité, vous dites-vous.

Ils vous rendent Rob, qu'ils placent sous votre responsabilité. Votre fils esquive votre étreinte. Ses doigts sont noirs d'encre.

À minuit, on frappe de nouveau à la porte. Du poing, cette fois. Vous savez qui c'est avant même que votre mari ne crie votre nom d'un ton furieux. Vous caressez un fol instant l'idée de vous enfuir quand vous lui ouvrez. Il vous fait peur.

Arthur arrive directement du bureau. Il est au courant de l'arrestation. Vous l'avez appelé du poste de police, un gobelet de café froid à la main. Il a desserré sa cravate et son veston est ouvert. Il ne porte jamais de pardessus, pas même en hiver. Ça l'engonce, prétend-il.

« Arthur… »

Il ne vous entend pas. Ses yeux sombres, qui cherchent votre fils, font rapidement le tour de la chambre, dont ils prennent la mesure.

« Lève-toi », ordonne-t-il à Rob.

Votre fils roule lentement sur lui même et se lève. Arthur lui pose la même question que vous : « C'est vrai ? »

Rob ferme les yeux. Vous voyez sa mâchoire se contracter imperceptiblement. Il se prépare pour ce qui l'attend.

Votre mari fait un pas en avant. Il a les mains sur les hanches et les dents serrées. Instinctivement, vous tendez les bras pour tenter d'empêcher ce qui va suivre.

« C'est vrai ? » répète-t-il.

Rob, les yeux toujours fermés, fait oui de la tête.

Arthur a la détente si rapide que vous n'êtes pas sûre d'avoir vu ce qui vient de se passer. Une gifle retentissante, donnée avec le dos de la main, qui dévisse la tête de Rob. Il tombe sur le lit. Vous bloquez le bras de votre mari en lui criant : « Ça suffit ! »

Votre fils se relève avec effort. Il ne pleure pas, il ne se touche pas le visage, et son cran vous épate. Il a une marque rouge sur la joue. Vous essayez, en vain, de vous rappeler si votre mari a déjà frappé votre fils.

« Qu'est-ce qu'il t'a pris de faire une chose pareille ? »

Une question sans réponse. Du moins pour le moment. Si Rob répond, ce ne sera ni à son père ni à vous.

« As-tu la moindre idée de ce que tu as fait ? poursuit Arthur. De ce que tu vas perdre ? »

Cela, Rob le sait. Il a pesé ses pertes au milligramme près. Les questions de son père sont purement rhétoriques, des soupapes à usage personnel.

« Brown, c'est foutu », insiste Arthur.

Aucune mention de la mineure agressée. Vous vous demandez si votre mari a compris la nature du délit.

« Alors, qu'est-ce que tu as à dire ? »

Rob n'a rien à dire. Il se tait.

Votre mari, furibond, se retourne vers vous, comme si vous étiez responsable. Vous l'êtes. Vous êtes responsable.

« Moi, ça me dégoûte de me trouver dans la même pièce que lui », lâche Arthur, comme si, de vous deux, c'était lui le plus offensé. Et peut-être l'est-il.

La porte tremble longtemps après qu'il l'a claquée, ce qui, vu la minceur du cadre, n'a rien d'étonnant. Vous devez résister à une impulsion : celle de lui courir après pour lui demander de revenir discuter. De fait, vous savez que vous n'êtes pas en état de le faire.

Silas

J'ai suivi jusqu'au sommet le sentier à flanc de montagne. Je ne l'ai jamais fait avec toi, mais souvent avec mon père, quand j'étais gosse. Ça nous prenait la journée, mais ça valait la peine. Une fois assis sur un rocher, on pouvait admirer les montagnes de la région, une surtout, située derrière celle-ci, qu'on ne peut pas voir d'en bas, de chez nous du moins. On aurait pu croire qu'il y en avait encore une derrière, que chaque fois qu'on arrivait au sommet de l'une on en avait une nouvelle à escalader. Pourtant, il devait bien y avoir un pic quelque part, le plus haut de tous, et je me demandais si un jour j'arriverais à l'atteindre.

La température se refroidit. Quand je suis rentré chez moi, il n'y avait personne. J'ai mis quelques provisions dans mon sac à dos, j'ai pris ma parka en duvet d'oie puis je suis parti dans la montagne. Je resterai ici tant que je n'aurai pas le courage d'affronter ce qui m'attend en bas : l'avis de renvoi de l'école, les coups de mon père si la rage le prend, l'impossibilité de continuer à vivre à la maison, l'obligation de trouver un autre toit et un lycée public, de demander l'asile à un copain le temps de finir ma terminale, sauf que pourquoi finir le secondaire puisque, de toute façon, l'université ne m'acceptera plus maintenant, alors autant quitter Avery, trouver un boulot et une piaule, et l'affaire sera réglée, personne ne me connaîtra, j'oublierai, ou ferai semblant, mais comment t'oublier, toi ? Pour moi tu étais unique, et, en te perdant, je perds tout.

Il faut que je fasse des exercices pour me réchauffer. En partant, j'ai oublié de regarder combien il faisait dehors. Ici en haut, il doit faire moins six degrés. Je vais attraper des engelures. Pour oublier le froid je repense à ta jupe courte, à tes jambes dorées par le soleil quand tu es revenue de vacances, à ton visage radieux. Je t'attendais dans la salle commune. Quand je t'ai vue, je me suis levé pour t'embrasser, et tu m'as repoussé en riant, heureuse de ma fougue, mais timide sous le regard des autres.

Tu m'as dit que tu m'aimerais toujours. Faux. Personne ne peut promettre à quelqu'un de l'aimer toujours car le pire peut arriver. Oui, mais comment fait-on pour ne plus aimer : ça vient d'un coup, ou peu à peu ? Chaque fois que tu regarderas la cassette tu m'aimeras moins, ou peut-être m'as-tu « désaimé » en bloc dès que tu l'as visionnée ?

Mes doigts s'engourdissent tandis que je t'écris ces lignes sur des pages arrachées à mon cahier de maths. En le feuilletant, je vois que j'y ai pris des notes tellement absurdes que je ne peux même pas les relire. Je me demande où j'avais la tête, certains jours. Je pensais à toi, sans doute. Si je devais passer un examen de maths, j'aurais tout faux. Mais si je devais passer un examen « de toi », j'aurais vingt sur vingt. Je connais ton odeur par cœur, je sais que tu aimes les baisers dans le cou, je sais comment tu aimes faire l'amour – mais je sais aussi que, dans ce domaine, nous avons tous les deux beaucoup à apprendre. Nous aurions pu le faire ensemble. Sauf que maintenant nous ne ferons plus jamais l'amour, nous ne nous verrons même plus. Et ça, ça me tue.

Parfois, je pense à la fille en me demandant ce qu'elle ressent. Je ne l'aime pas, je ne l'ai jamais aimée. Je l'ai tout de suite trouvée tordue, avide, et elle nous a rendus avides au point d'en oublier la honte. Elle, plus l'alcool, et *pffuit,* on ne réfléchit plus à rien. On n'est plus qu'un corps, une mécanique. Tout ce que je lui souhaite, c'est d'oublier cette histoire.

Gary

Le mercredi 25 janvier, nous avons reçu, mon adjoint Bernard Herrmann et moi, un appel téléphonique du père d'une élève d'Avery School.

Ce monsieur a déclaré que sa fille disait avoir été violée par trois élèves de l'école, dans le dortoir des garçons, le samedi 21 janvier au soir.

La victime était une troisième de quatorze ans.

Plus tard, ladite victime nommera les trois garçons impliqués dans le viol supposé.

Mon adjoint et moi nous sommes rendus aussitôt à Avery School pour demander au directeur, Michael Bordwin, s'il pouvait corroborer cette information et nous dire où nous pourrions trouver tous ces jeunes gens.

Les garçons étaient Robert Leicht, dix-huit ans, Silas Quinney, dix-huit ans, et James Robles, dix-neuf ans.

M. Bordwin nous a semblé irrité par l'accusation de viol par le père de la victime supposée. Il a insisté pour nous accompagner quand nous sommes allés interroger celle-ci.

Nous sommes tous trois arrivés à « Upworth », le dortoir des filles, aux environs de midi et avons trouvé l'élève de troisième dans un état hystérique manifeste. Elle sanglotait désespérément, alors que l'incident remontait déjà à quatre jours.

Sa camarade de chambre, Laura Stanton, âgée de quatorze ans, était présente.

La victime supposée s'est calmée d'un coup et a demandé à faire une déposition.

M. Bordwin lui a conseillé de ne pas porter d'accusation en l'absence d'un avocat, mais elle n'a pas voulu l'écouter. Voici, en substance, le compte rendu qu'elle nous a fait : le samedi précédent, vers dix heures du soir, quelques élèves de terminale l'ont amenée dans une chambre d'« Everett Hall », le dortoir des garçons. Ils lui ont fait boire de l'alcool en telle quantité qu'elle s'est retrouvée en état d'incapacité physique et mentale. Ils l'ont ensuite forcée à pratiquer une fellation sur l'un des garçons, puis un autre a aussitôt après perpétré sur elle une pénétration vaginale. Un troisième garçon, présent dans la pièce, participait à la scène de diverses autres façons.

La victime supposée a déclaré ensuite qu'elle avait été filmée à son insu par quelqu'un dont elle ignorait le nom.

Ses parents étaient en route pour Avery.

Durant ces allégations, M. Bordwin a quitté la pièce.

Nous avons alors conseillé à la victime supposée de se faire examiner par un médecin. Elle a protesté, disant que, le viol ayant eu lieu quatre jours plus tôt, le médecin ne trouverait aucune preuve. Nous l'avons informée que c'était la procédure légale.

Mon adjoint a appelé une ambulance pour transporter la jeune fille au Western Vermont Hospital. Elle a recommencé à pleurer en disant qu'elle voulait attendre ses parents. Nous l'avons avertie qu'elle avait tout intérêt à obtempérer, et que nous dirions à sa famille où elle se trouvait.

Puis Herrmann, la jeune fille, sa camarade de chambre et moi avons attendu l'arrivée de l'ambulance.

Ensuite, nous sommes retournés voir le directeur. Il nous a fait entrer dans son bureau. Sur la table, il y avait deux feuilles de papier réglé. M. Bordwin nous a informés que, le matin même, il avait extorqué des aveux à deux des garçons. Il a ajouté qu'il n'avait pas envie de les livrer à la police avant d'avoir entendu une seconde fois la victime supposée. J'ai lu les aveux écrits, dont j'ai pris possession. Ils étaient de Robert Leicht et James Robles. Quand j'ai demandé ce qu'il en était de Silas Quinney, il m'a dit qu'on ne l'avait pas trouvé.

Nous nous sommes alors rendus à Everett Hall, où James Robles résidait. Il nous a demandé quelles étaient les charges à son encontre.

M. Robles était calme, un peu distant, je dirais. Je lui ai lu ses droits et mon adjoint l'a menotté. Puis nous avons amené le suspect jusqu'au fourgon garé devant l'administration. Il n'a opposé aucune résistance.

Nous nous sommes ensuite rendus au Mountain View Motel. Le patron nous a donné le numéro de la chambre où nous trouverions Robert Leicht. Nous avons frappé et c'est sa mère qui nous a ouvert. Il était également là, assis sur un des lits. Mme Leicht a tenté de nous empêcher d'entrer. M. Leicht s'est levé sans protester et il a écarté doucement sa mère. Nous l'avons informé qu'il était en état d'arrestation pour agression sexuelle supposée sur une jeune élève de troisième de son école. Nous lui avons lu ses droits, l'avons menotté sur place et amené jusqu'au fourgon où nous l'avons mis avec James Robles. Ils ne se sont pas regardés.

Nous sommes revenus au poste avec les deux garçons pour les placer en garde à vue. Comme il n'y a qu'une seule chambre de sûreté, nous en avons libéré John Bix, amené tôt le matin, déjà ivre, pour troubles à l'ordre public.

Mon adjoint est resté sur place pour garder les deux suspects. Moi, je suis ressorti pour procéder à l'arrestation de Silas Quinney.

Silas Quinney est mon neveu.

Quand je suis arrivé à la ferme, Anna, qui était allée faire des courses, venait tout juste de rentrer. Je lui ai annoncé le but de ma visite et elle m'a semblé abasourdie. Elle a déclaré qu'elle n'avait pas vu son fils depuis le petit déjeuner, à sept heures du matin.

Elle a pris son portable et lui a téléphoné. Il n'a pas pris l'appel. J'ai donc fait promettre à Mme Quinney qu'elle amènerait son fils au poste dès qu'il rentrerait chez lui.

Mme Quinney a déclaré qu'il devait s'agir d'une erreur, que son fils était incapable d'avoir fait ce dont on l'accusait. Sachant qu'elle était une personne d'honneur, je l'ai quittée pour regagner le poste de police.

Mon adjoint m'a confirmé que les deux suspects ne s'étaient pas dit un mot.

Irene

J'étais l'interne de service aux urgences l'après-midi du 25 janvier 2006. J'ai examiné une élève d'Avery School, cherchant des signes de viol ou autres violences sexuelles. La fille, très agitée – en sanglots et gesticulant –, a tout d'abord refusé de se laisser examiner. L'infirmière de service lui a expliqué que si elle ou ses parents décidaient de porter plainte, un examen s'imposait. La fille a fini par accepter.

En présence de l'infirmière de service, j'ai examiné cette fille qui nous disait avoir quatorze ans. Il n'y avait pratiquement aucune contusion autour de la cavité vaginale, et peu de fluides dans le canal vaginal. L'infirmière lui a tout de même administré le kit de viol pour la recherche de preuves médico-légales, prélevant sécrétions, cheveux et poils pubiens.

Une fois la fille rhabillée, j'ai essayé de discuter avec elle de l'événement pour savoir si elle avait subi un choc émotionnel nécessitant un traitement psychologique. Nerveuse et parfois tremblante, elle semblait néanmoins suffisamment lucide pour comprendre mes questions et y répondre. Un certain moment, j'ai fait délibérément une plaisanterie discrète, et elle a eu un sourire bref. Je ne lui ai pas prescrit de traitement.

Elle répétait sans arrêt que ce qui lui était arrivé était « horrible, horrible », et qu'elle ne voulait pas en parler. Comme elle n'était pas en état d'arrestation et que la police ne souhaitait pas lui faire subir un interrogatoire, je l'ai laissée utiliser son téléphone portable pour qu'elle demande à une amie de venir la chercher. Nous savions que ses parents étaient en route pour Avery.

Ce n'est que plus tard, après le procès, que j'ai su le résultat de l'examen de sang de routine qu'on lui avait fait subir : elle avait 0,28 grammes d'alcool dans le sang (pour mémoire, l'alcoolémie maximale au volant pour un *homme* est 0,5). Je n'ai pas senti l'alcool dans son haleine en l'examinant, mais, comme je l'ai dit, je la trouvais très agitée s'agissant d'un viol supposé remontant à quatre jours. On aurait dit qu'elle venait tout juste de le subir, ce viol. Je n'ai pas suffisamment l'expérience de ce genre de cas pour savoir si le comportement de cette jeune fille était ou non habituel, mais il est possible que la quantité d'alcool trouvée dans son sang explique son comportement.

Noelle

Silas est censé me retrouver au réfectoire [1]. Nous avons cours, demain samedi, donc étude ce soir, entre vingt heures et vingt-deux heures. Silas et moi n'aurons donc que deux heures, entre six et huit, à passer ensemble. Deux ou trois fois par semaine, lorsqu'il a un entraînement, nous avons ces cent vingt minutes pour nous, mais c'est toujours trop peu.

J'attends dans le hall, devant la porte à deux battants du réfectoire. D'habitude, nous entrons ensemble et attendons côte à côte, nos plateaux posés sur le rail, le plat que nous avons choisi. J'ai faim, car j'ai déjeuné très tôt, ce qui me donne un léger mal de tête. J'ai besoin d'aller aux toilettes mais je m'abstiens, de peur de manquer Silas.

J'attends jusqu'à dix-huit heures quarante-cinq. Si je ne me décide pas, le réfectoire va fermer et je sauterai le dîner. Je suis un peu inquiète car Silas n'a jamais plus de cinq minutes de retard, même quand l'entraînement s'éternise. Dans ce cas, il me rejoint, hors

1. Les athlètes qui s'entraînent en fin d'après-midi peuvent rester dîner à la cantine.

d'haleine pour avoir sprinté depuis le gymnase. Mais pas aujourd'hui.

J'entre, je prends un bol de soupe et une salade et pose mon plateau sur une table vide. Presque tout le monde a fini. Je vois les garçons de l'équipe de basket emporter leurs plateaux, débordant des reliefs d'un repas très copieux, vers l'aire de recyclage. J'ai envie de leur demander s'ils ont vu Silas, mais je n'ose pas. Manger seule me gêne, aussi.

Je l'appelle chez lui à huit heures moins cinq. Son père me répond qu'il n'est pas rentré. Silas avait dit à sa mère qu'il dînait avec une amie. (Il semble penser que cette amie, c'est moi.)

Entre huit et dix, nous n'avons pas le droit de passer ou de recevoir de communications.

À dix heures une, je l'appelle sur son portable. Pas de réponse. Je lui envoie un texto. Pas de réponse. Je rappelle le poste fixe, et son père me répond de nouveau. Il me dit que Silas a eu un entraînement très dur et qu'il est monté se coucher. Il me demande si je souhaite qu'il le réveille. Je dis non, bien sûr.

Le lendemain, je ne vois Silas nulle part. Ni dans les couloirs ni dans les allées desservant les divers bâtiments. Nous n'avons pas les mêmes cours. Comme je suis légèrement meilleure élève que lui, j'évite en général d'aborder le sujet scolaire. Je descends au gymnase bien avant le match, dans l'espoir de l'attraper au vol. Sans trop de mal, je me convaincs que, la veille au soir, il devait se sentir vraiment mal pour avoir oublié de m'appeler.

Quand j'arrive, il est déjà sur le terrain avec d'autres joueurs. Il perfectionne son lâcher de balle (tir en course) et ses tirs à trois points. Il court plus vite que ses camarades. Il est souvent lancé à une telle puissance qu'on se demande s'il ne va pas se fracasser sur les murs carrelés. Je reste au bord du terrain, attendant qu'il me remarque.

Il est nerveux, me dis-je. C'est un match important.

Je m'assieds au premier rang des tribunes. Une nuée d'élèves prend place, et la rangée est vite pleine. Je tourne la tête pour voir si M. Quinney est assis à sa place habituelle : il n'y est pas. Silas vient vers le banc des joueurs, juste en face de moi, mais il ne semble pas me voir. Je sais qu'il ne faut jamais déranger un joueur quand le coach parle à l'équipe. Je me renfonce dans mon siège. Silas m'attendra sûrement après le match.

Sur le terrain, c'est un fauve. De quelle espèce, je ne sais pas, car aucun ne se déplace comme lui, et, en général, aucun n'a jamais l'air d'être en colère. Rusé, oui. Fourbe, oui. Mais en colère, non. La colère de Silas se libère par vagues. Je vois dans ses yeux que quelque chose cloche. Il est furieux contre Blount (son entraîneur) ? Contre son père (absent du match) ? Ou contre moi (mais pourquoi ?) ?

Du coin de l'œil, je vois un ballon partir dans les gradins. Il frappe une femme sur le côté du visage. Elle bat l'air avant de s'effondrer de côté, dans les bras d'une autre spectatrice. Le silence se fait. Tout le monde se lève pour regarder dans la direction de la victime ; puis court, murmuré, le nom de Silas. Notre directeur, M. Bordwin, assis à côté de la victime, l'aide à descendre les gradins.

Quand je tourne la tête pour regarder de nouveau le terrain, Silas a disparu.

Rachid

Rachid jette un second coup d'œil à la lettre ouverte sur le bureau, avec une lueur d'intérêt, cette fois. Il a soudain envie de dire ce qu'il n'a pas dit deux ans auparavant. Puis il refoule cette impulsion. De fait, s'il n'a aucune animosité contre cette chercheuse de l'université du Vermont, il n'a non plus aucun désir réel de revenir sur les faits, de ressentir de nouveau la colère qui l'avait animé. Il est passé à autre chose. Le basket, c'est fini. Ce sport a jadis fait partie de sa vie. Il a l'impression d'être infirme, comme s'il avait perdu un bras dans un accident. Comment dire ça aux autres ? Il est impensable de devenir un objet de pitié.

Pourtant, il se souvient de tout, avec une certaine amertume : l'injustice, le renvoi de l'entraîneur, l'annulation des matchs suivants. Rachid était en première à cette époque, et si on lui ôtait l'occasion de jouer, aucune école, même mineure, ne voudrait le recruter. Dans la confusion qui a suivi le scandale, il est rentré chez lui, en Caroline du Nord, pour discuter avec son père. Celui-ci, généraliste à Greensboro, l'a persuadé de choisir les sciences pour faire médecine. Les notes de Rachid étaient bonnes, mais pas excellentes, en grande partie à cause du basket, qui lui prenait trop de temps. Il est donc revenu à Avery School (il a dû sonner car les grilles étaient fermées à clé) avec un changement de programme en tête.

Jetant sur l'épaule son sac plein de livres récupéré au dortoir, il monte la colline pour assister à son premier cours de l'après-midi. Littérature anglaise. Shakespeare. Tous ses autres cours sont des sciences, matière dans laquelle, en définitive, il se débrouille plutôt bien malgré les T.P. éprouvants. Une fois en haut, il se tourne pour regarder Boston, une ville qui, espère-t-il, l'accueillera. Il ne croit pas avoir sa chance à Harvard, mais on lui a conseillé l'école de médecine de Tufts University, presque aussi prestigieuse que la précédente, ou l'école de médecine de Boston University.

L'automne 2005, à son entrée en première, tous les garçons de son dortoir pensaient, à cause de sa haute taille et de sa couleur, que Rachid jouerait au basket pour Tufts. Au début, il avait dû refuser des dizaines d'invitations informelles pour des parties improvisées. De fait, il n'avait joué qu'une seule fois depuis sa visite à son père et son retour au campus : au gymnase, où il avait décliné toute la gamme des exercices d'entraînement, dont les tirs à trois points.

Sa touche de balle était encore bonne, mais cet exercice solitaire l'avait laissé sur sa faim. Il n'était pas loin de l'apitoiement sur soi, un exercice qu'il avait promis à son père de ne jamais pratiquer.

« Quand tu auras fini ta médecine tu pourras te complaire dans ce sentiment malsain, mais tu découvriras que tu ne l'éprouves plus », lui disait-il.

Il est en avance au cours. Il attend, adossé au mur de brique du département d'anglais. On est en novembre, il fait froid et il ne porte qu'un sweat-shirt, mais ses jambes sont tellement longues qu'il ne peut pas les loger sous les bureaux trop bas pour lui ; à la fin du cours, ankylosé, il a du mal à les déplier. Pour éviter de prolonger cet inconfort, il n'arrive qu'à la dernière minute. Certains profs tiennent cette façon de faire pour de l'hostilité, ou de l'insolence, mais il n'y peut rien.

Ne pense plus à cette foutue lettre, se dit-il en raclant rageusement de sa botte la marche de pierre.

En revanche, il ne peut s'empêcher de repenser à ce qui s'est passé ce fameux mois de janvier 2006.

L'équipe savait que le match inter-écoles contre Faye School serait dur, et l'entraîneur était prêt à en retenir la leçon. Si Avery battait Faye, elle pourrait, plus tard dans la saison, battre Vermont School et devenir incontournable dans tous les matchs ultérieurs. Cela faisait longtemps qu'Avery n'avait pas eu un trio de joueurs aussi impressionnant que J. Dot, Rob et Silas. Mais Rachid, progressant rapidement, n'était pas de reste, de même que son meilleur ami, Irwin. J. Dot élevait le jeu et Rachid, bien que ne l'aimant guère, enregistrait toutes ses astuces sachant qu'il avait beaucoup à apprendre de lui. J. Dot, ce jour-là, reprenait le ballon après tous les tirs manqués et marchait au panier avec une audace et une aisance inouïes. Un basketteur blanc doté d'une classe pareille, Rachid n'en avait jamais vu.

Pourtant, dès le départ, la partie était mal engagée : quatre remises en jeu du ballon et un lancer hors du terrain. Rachid trouvait ses coéquipiers nerveux, et leur entraîneur faisait tout pour les calmer. Faye, pour sa part, jouait une défense fantastiquement efficace en piégeant Avery sur un demi-terrain. Silas loupait tous ses paniers à trois points. Plus il cafouillait, plus il était agité, c'en était gênant. Rob a glissé, s'est étalé par terre et a perdu le ballon. Puis Irwin a opposé deux contres réussis à deux tirs de Faye. J. Dot a repris le ballon et, coup sur coup, a marqué deux superbes paniers sans même toucher l'arceau. Pour la première fois, Avery menait d'un point. Rachid entendait ses fans se déchaîner dans les gradins. Restaient trois minutes avant la mi-temps. Si l'équipe d'Avery pouvait se débrouiller en ne retournant au vestiaire qu'à seize, ou même à dix-sept heures, elle aurait gagné, Rachid en était sûr. Il lui aurait fallu toute cette moitié de match pour trouver ses marques, son rythme, mais elle vaincrait. Cela lui arrivait si souvent chaque saison que c'en était devenu une règle, une nécessité psychologique : Avery se relevait dans la deuxième partie.

Faye a alors tenté une contre-attaque, ultrarapide, avec occupation du terrain en nombre, mais Rob a réussi à reprendre le ballon à une minute et demie de la fin du temps réglementaire. Il l'a passé à Silas qui a marqué aussitôt. Les gradins étaient en folie. À environ vingt secondes de la fin, Silas, à son tour, a repris le ballon pour tenter un nouveau tir à trois points. Le ballon est monté en chandelle puis s'est évanoui dans l'air. Il a fini par retomber lourdement sur le terrain, comme s'il était rempli de grenaille. Silas a paniqué, ce qui ne lui arrivait jamais. Rachid a contré un tir et Silas lui a crié qu'il voulait le ballon. Rachid, croyant qu'il voulait se racheter avant la sonnerie du buzzer, le lui a passé. Silas l'a gardé, bien trop longtemps (tout le monde lui criait : « Tire, tire »), puis, tournant le dos au panier, il a fini par le lancer dans les gradins. Rachid n'en croyait pas ses yeux.

Le ballon a frappé une femme au visage. L'équipe a vu la supportrice, soutenue par quelqu'un, descendre les marches. L'arbitre a expulsé Silas, lui ordonnant d'attendre au vestiaire. Rachid se souvient avoir regardé son ami Irwin dans les yeux. Tous deux ont échangé un dialogue muet, sachant fort bien que Silas avait visé les spectateurs. Ils n'avaient jamais rien vu de pareil. Le buzzer a sonné la mi-temps, et tout le monde s'est dirigé vers les vestiaires. Silas n'y était pas. Rachid s'est demandé si, par ce froid glacial, il était sorti du gymnase en short et maillot trempé de sueur.

La seconde moitié du jeu, sans Silas, avec une équipe terrassée, a été une sorte de débâcle. Avery se traînait sur le terrain comme un lot de zombies, ne se souciant même plus du ballon. Faye a gagné de tellement loin que c'en était indécent.

Deux jours plus tard, le lundi soir après le dîner, Rachid, en rentrant au dortoir, a vu son camarade de chambre regarder sur son écran d'ordinateur ce qui semblait être un film porno. Rachid, agacé, lui a demandé :

« Pourquoi tu regardes cette merde ?

— Arrête ! Je me demande si ce n'est pas un dortoir d'Avery ? »

Rachid s'est penché. Il y avait des baskets par terre. Oui, ça ressemblait à un dortoir d'Avery. La personne qui avait envoyé cette vidéo d'amateur sur YouTube avait flouté les visages, mais le reste était suffisamment explicite. Rachid allait se détourner de la scène quand il a vu les vêtements qui traînaient par terre. La chemise en flanelle verte, c'était celle de Silas. Quant au tee-shirt aux manches coupées au-dessus du coude, c'était, sans conteste, celui de J. Dot. Il a levé les yeux au ciel, pressentant que le basket, c'était fini.

Il n'a rien pu faire quand la presse a sorti des articles qui faisaient l'amalgame entre les trois protagonistes et le reste de l'équipe. Il aurait voulu pouvoir s'expliquer, se défendre, mais son père le lui avait déconseillé, par prudence. « Ils déformeront tous tes propos. Ne te fais pas remarquer. Garde le silence. » Le silence, Rachid l'avait gardé, même en apprenant le renvoi de l'entraîneur et, dans la foulée, l'annulation de tous les matchs de la saison ; même quand les journaux, singeant Shakespeare, avaient parlé de « légitimité » (au sens de « dû », de privilèges injustes) ; ils mentionnaient aussi l'« anarchie » en son sein. Rachid se demandait comment des journalistes pouvaient écrire des contrevérités pareilles dans le seul but de faire coller un scandale à une tragédie de Shakespeare, mais ils l'avaient fait.

Il contemple une dernière fois au loin la ville de Boston. Ce faisant, il voit son prof de lettres lutter dans la côte, tête baissée contre le vent. Il se glisse alors dans la salle de cours. Il se demande parfois ce que sont devenus J. Dot et Rob, qui ont rompu tout contact avec lui. Quant à Irwin, Rachid, au début, était peiné de n'avoir aucune réponse à ses messages. Il avait collé sur le rabat intérieur de son bureau la photo de son copain et lui figurant dans le répertoire des élèves de troisièmes. Un certain nombre de troisièmes l'interrogent encore sur le scandale, mais aussi certains profs, espérant un nouveau scoop. Rachid se demande si tous ces gens oublieront jamais. Il n'est pas le seul qu'on a fait sortir des rails cette année-là : il y avait Irwin, Djamel, et August, et Perry. Aucun de ceux qui constituaient l'équipe à l'époque, même les troisièmes les plus prometteurs, n'aurait jamais plus l'occasion de jouer pour Avery. Quatre ou cinq basketteurs avec un avenir certain dont le talent avait été étouffé dans l'œuf. Si, par extraordinaire, l'équipe reprenait vie, les joueurs seraient alors déjà en terminale – trop tard, donc, car, pour un élève de terminale, il n'y a pas d'avenir dans le basket. Impossible d'attirer l'attention d'un dénicheur de talents à cet âge vénérable. Rachid se demandait où il était écrit qu'une institution, même sous pression, puisse faire ça à une équipe et à son entraîneur sans même s'excuser. Car, c'est sûr, Rachid n'avait pas eu droit à la moindre excuse.

Maintenant, il voulait oublier. En rentrant au dortoir, il jetterait la lettre de la chercheuse de l'université du Vermont. Son objectif était peut-être scientifique, mais lui n'avait rien à voir avec cette étude. Il avait d'autres choses en tête : construire son avenir, par exemple.

Anna

En descendant boire un verre d'eau, j'ai vu la lettre que tu as laissée sur la table. Pourquoi as-tu fait ça, Owen, pourquoi laisser traîner ce qui m'oblige à me souvenir ? Cela ne te ressemble pas. Je n'ai lu que quelques mots mais j'ai compris de quoi il s'agissait : encore des gens qui veulent parler de Silas.

Tu vas l'appeler, cette chercheuse prénommée Jacqueline ?

Je retourne me coucher. Je fixe le plafond en essayant de me concentrer sur ce qui est durable – la charpente de notre maison, cachée derrière les panneaux de revêtement et le plâtre, là où les chevrons et les planches s'assemblent au faîtage. Je suis étendue sur la couverture en patchwork bleu, celle que j'ai faite après notre mariage. Je ne me souviens plus de l'avoir assemblé, ce patchwork. Je ne veux même plus me souvenir du mariage, notre mariage.

Ces souvenirs me tuent.

Nous ne nous parlons plus, toi et moi. Nous échangeons quelques mots une ou deux fois par semaine – des trivialités. Tu as vu mes bottines marron ? ou : J'ai fait un pain de viande pour le dîner.

Je me lève, tire la couverture et le drap de dessus, et me glisse dans le lit. Je tape l'oreiller du poing pour le regonfler ; il forme une corolle autour de mes cheveux et mon visage qui s'y enfonce. Diras-tu à cette Jacqueline, la chercheuse de l'université du Vermont, ce que tu n'as pas dit à la presse, ce que tu ne m'as pas dit, à moi : Tout cela est arrivé à cause de ma femme ?

Non. Je ne peux pas t'imaginer disant une chose pareille.

Tu en aurais pourtant le droit car c'est vrai : tout est arrivé par ma faute, parce que je voulais certaines choses, et que je les ai eues.

Ce serait tellement plus facile d'oublier le crime, ou plutôt *les* crimes, puisque nous avons remis ça.

Je me sentais seule, j'en avais envie. Non, dire que je me sentais seule n'est pas exact : je vous avais, toi et Silas. Mais ça ne me suffisait pas. Obscène, ce désir que j'éprouvais.

J'ai regardé les ambulanciers le tirer de la Volvo qui a résisté au terrible tonneau. Il a voulu se lever, mais les hommes l'en ont empêché. Ils l'ont étendu sur le brancard qu'ils ont glissé dans l'ambulance. Ne pas savoir son nom me tracassait. Je l'ai lu plus tard dans le journal. C'est Gary qui m'a dit qu'il était le directeur d'Avery School. S'il n'était pas venu chez nous pour s'excuser et nous proposer un dédommagement, l'aurais-je oublié ? Tenir le bras de quelqu'un en attendant les secours, est-ce un geste anodin, qu'on oublie sitôt rentré chez soi ?

Le jour où il est venu, j'ai su que je voulais le revoir. Ce n'était pas encore du désir, mais une série d'échanges verbaux qui y menaient fatalement. J'ai demandé à visiter l'école.

C'est ma faute si Silas y a été admis. Toi, tu ne le souhaitais pas.

Pendant des mois, j'ai cru que je l'avais fait pour mon fils.

C'est faux. Je l'ai fait pour moi.

Je me souviens de ses visites, de la couleur de ses chemises, souvent bleues, de ses cravates. De son veston qu'il ôtait, même lorsqu'il faisait froid, et posait soigneusement sur le dossier de la chaise. On s'asseyait côte à côte, tout d'abord pour travailler sur le formulaire de demande d'adhésion, puis, plus tard, pour parler de la PTA ; il sentait le citron vert et, parfois, la transpiration. Encore plus tard, il a commencé à venir dîner.

Une fois, nous venions de coucher ensemble, j'ai ramassé sa chemise par terre et y ai enfoui mon visage, pour respirer son odeur. Pendant quatre ans, j'avais rêvé de seulement la toucher, cette chemise, sous un prétexte ou un autre.

Il est venu apporter du vin. J'ai tendu le bras à travers la table pour poser ma main sur la sienne. Il était en état de choc, j'ai vu ça. Ses yeux ont fui en rencontrant les miens. Nous étions un peu éméchés, moi du moins. Sans cela, je n'aurais jamais eu le courage de le toucher. Je suis heureuse de l'avoir fait : je sens encore sa peau rêche, ses phalanges noueuses, ses doigts chauds. J'ai retiré brusquement ma main.

Il m'a téléphoné, et je savais ce qui allait arriver.

Je me demande encore si j'avais peur, si j'ai seulement pensé aux conséquences.

Cet après-midi-là, je l'attendais. Le soleil bas rosissait les champs, accentuant le contraste des montagnes qui se découpaient sur le bleu du ciel. J'étais heureuse alors. J'ai couru ouvrir la porte de derrière. Je portais une jupe noire et un pull gris. Il ne m'a pas prise dans ses bras, un signe certain de nervosité, me suis-je dit. Il a accroché son pardessus au portemanteau, puis a ôté sa veste, qu'il a posée, comme d'habitude, sur le dos de la chaise de la cuisine. Il a attendu patiemment. Comme le jour de l'accident, dans sa voiture. Le carton de vin aux trois quarts vide était posé par terre, près de la table.

« Voulez-vous une tasse de thé ? Un verre de vin ?

— Je ne refuse jamais un verre de bon vin rouge. »

Nous étions soudain plus à l'aise. Ça devenait un rituel : il débouchait la bouteille, je prenais les verres, nous nous asseyions. J'ai levé les yeux : il me souriait. Depuis longtemps, je n'avais pas vu un homme me regarder avec tendresse.

« Racontez-moi la soirée PTA. »

Il était bien le seul à s'y intéresser. Toi, Owen, tu t'en fichais, de l'association parents-professeurs. Mais cela m'était égal que tu t'en fiches, même si, pour moi, c'était important.

Ma voix s'est mise à trembler tandis que je racontais. Je sentais que j'allais pleurer. J'ai serré les lèvres. Il s'est levé et est venu vers moi.

Il m'a soulevé de ma chaise et j'ai posé mes mains à plat contre sa poitrine. Pas pour le repousser, pour le toucher. Il m'a embrassée. Je me suis blottie contre lui.

« Vous prenez un risque énorme.

— Vous me l'avez déjà dit hier soir.

— Je vous le répète. »

Il m'a embrassée de nouveau.

« C'est sans danger, ici ?

— Owen est absent et Silas à l'entraînement. »

Ces sept mots étaient les plus perfides que j'aie prononcés de ma vie. Ils impliquaient la préméditation. L'intentionnalité. Les fantasmes.

Tout a été confessé. Tout a été révélé.

Il a saisi mes cheveux entre ses mains et les a soulevés, surpris de leur poids. Il a pris un de mes seins dans sa paume et, quand j'ai penché la tête, m'a embrassée dans le cou.

Je me suis écartée et recoiffée des doigts, ramenant mes cheveux sur mes épaules. Je me suis dit : Ça peut s'arrêter ici si je veux.

Je ne voulais pas.

J'ai grimpé l'escalier, ma jupe battant contre mes mollets nus. J'avais fermé la porte de notre chambre, mais oublié de fermer celle de Silas. Mike a pu voir le lit non fait, et, au mur, l'affiche de LeBron James, « King James », le basketteur prodige. Je l'ai conduit dans la chambre d'amis. Je l'ai regardé depuis la porte tandis qu'il examinait les lieux, le lit double recouvert d'une couverture piquée à fleurs, le plateau de la commode avec le napperon blanc crocheté par ma mère. Surprenant mon reflet dans la glace placée au-dessus, j'ai vite détourné les yeux. J'ai suivi Mike dans la chambre, dont j'ai fermé la porte à clé.

J'ai enlevé ma jupe et mon pull, gardant ma combinaison blanche. J'ai vu sur son visage le même désir qu'il devait voir sur le mien. Il s'est déshabillé tandis que je défaisais le lit.

« Vous m'avez plu dès que je vous ai vue », m'avait-il dit au téléphone.

Nous nous sommes rapprochés sous la couette, lui en boxer-short, et moi en combinaison. J'ai pressé mon visage contre son épaule pour qu'il ne voie pas l'expression de mon visage. Nos jambes se sont entremêlées tout naturellement, comme si nous étions mariés. Au début, nous bougions lentement. Il a écarté mes bretelles pour jouer avec le bout de mes seins. Ce que j'ai ressenti était bref et violent. Il m'a caressée entre les jambes puis est monté sur moi, sans arrêter de me toucher. Je l'ai touché aussi. Il a haleté, ou c'est une autre fois, je ne sais plus. Parfois, quand il me prenait par surprise, c'est moi qui haletais. Tout, entre nous, était évident, facile.

Après, dans cet état entre sommeil et veille, il me tenait dans ses bras, à demi dévêtue, et je remontais la couverture sur ses épaules. Il pouvait faire froid dans la chambre. Nous avons eu pour nous septembre, octobre, novembre, avant Thanksgiving, décembre. Puis janvier est arrivé. Par la lucarne, j'ai pu assister au passage des saisons : le feuillage des arbres, puis les branches nues, puis couvertes de neige. Dans le coin de la chambre, il y avait une machine à coudre qui avait appartenu à ma mère. Je ne perdais jamais la notion du temps : j'étais une épouse, une mère, consciente du moment où toi ou Silas rentreraient. Chaque fois, dans l'après-midi, quand j'entraînais Mike dans la chambre d'amis, je veillais à ce qu'il soit parti bien avant que vous ne vous engagiez dans l'allée avec vos voitures respectives. J'avais besoin de temps pour me laver et refaire le lit. Je prenais soin de ne pas me mouiller les cheveux pour ne pas avoir à expliquer pourquoi je m'étais douchée en fin d'après-midi.

Ma duplicité était sans limite. Sans limite. Le désir l'emportait chaque fois sur la honte. Il m'arrivait de penser à sa femme, mais je ne lui ai jamais posé une seule question. Je ne voulais pas qu'il prononce seulement son nom. Nous aurions fini par parler de toi et d'elle, c'est certain, mais nous n'en avons pas eu le temps. Le temps nous a fait défaut, il nous a fait trébucher et nous a punis.

J'entends ton camion dans l'allée. En entrant, tu vas voir la lettre restée sur la table et tu t'empresseras de la mettre de côté. Je t'entends marcher dans la véranda derrière la maison. Je mords l'oreiller pour étouffer mon cri.

Mike

Plus tard, il se dira qu'il s'était probablement assoupi. Depuis la première fois où ils avaient fait l'amour, il était bien revenu une dizaine de fois chez Anna. Il pensait parfois que ces jours-là étaient les plus importants de sa vie. Oui, il sommeillait quand un drôle de bruit le fit sursauter.

« Mike… », lui souffla Anna, couchée près de lui.

Le bruit était celui de clés jetées dans un vide-poche en verre, quelque part en bas. Anna s'était raidie dans ses bras. Mike entendit ensuite le bruit de succion que fait une porte de réfrigérateur qu'on ouvre.

Quiconque a l'habitude des adolescents peut reconstituer la scène. Le garçon, ayant à peine remarqué la voiture du directeur dans l'allée, pose, comme d'habitude, ses clés dans la coupe en verre. Il ouvre la porte du réfrigérateur pour prendre une brique de lait ou de jus de fruits. Il a toujours soif après l'entraînement, qui, ce jour-là, a été écourté, le coach ayant une réunion. Peut-être le garçon compte-t-il prendre une douche puis sortir retrouver sa petite amie. Peut-être dînera-t-il à la cantine pour rester plus longtemps avec elle. Sans penser davantage à sa mère et au directeur – probablement au salon, en train d'examiner quelque dossier –, le garçon tourne le coin de l'escalier d'un mouvement athlétique et monte les marches deux à deux.

Mike l'entendit avec terreur uriner dans la salle de bains puis se passer le visage à l'eau ; Mike, qui se l'imaginait en short soyeux et maillot de coton, se demandait s'il allait ou non prendre une douche. S'il le faisait, il aurait, lui, le temps de s'éclipser.

Il ne sait toujours pas ce qui les a trahis. Peut-être la porte close de la chambre d'amis.

« Maman ? » appela Silas d'un ton hésitant.

Anna avait déjà remis sa combinaison et son pull. Elle luttait pour agrafer sa jupe. Mike vit qu'elle avait oublié de se rechausser.

Elle entrouvrit la porte de la chambre juste assez pour pouvoir se faufiler et la referma tout de suite derrière elle. Mike eut le temps d'entrevoir le visage anxieux du garçon, qui l'avait vu aussi.

Silas cria, Anna cherchait à le calmer. Il posa des questions auxquelles elle tentait de répondre sans se démonter. Il se mit carrément à hurler : « Tu baises avec ce trou du cul ? »

Une porte claqua, aussitôt rouverte à la volée, la poignée cognant violemment le mur.

« Putain de merde ! Merde ! Merde ! » criait Silas. Les mots se répercutèrent dans la cage d'escalier, puis, affaiblis, montèrent de dehors jusqu'à la fenêtre aux vitres minces de la chambre d'amis. Il y eut un claquement de portière et le crissement du gravier quand la voiture démarra sur les chapeaux de roue.

Mike se rhabilla en vitesse et sortit sur le palier. La porte de la chambre conjugale était fermée.

Il se représentait Anna assise au bord du lit. Peut-être s'imagina-t-il le bruit de ses sanglots.

Owen

Il resta un moment assis près du téléphone, à réfléchir. La petite amie de son fils, cette Noelle, venait encore d'appeler. Elle semblait inquiète. Silas n'a pas dîné à la maison. Ils se sont peut-être disputés. Il est monté droit dans sa chambre. Oui, ils ont certainement eu une prise de bec.

Après le second coup de fil, Owen monta frapper à la porte de son fils. Pas de réponse. Il entra. La lumière était éteinte.

« Ta petite amie a appelé. (Pas de réponse.) Tu es malade ? »

Le « non » prononcé d'une voix tremblée indiquait qu'il avait pleuré. Owen ouvrit un peu plus la porte pour profiter de la lumière du palier. Il avait vu juste : les yeux de son fils étaient gonflés, et la morve lui coulait du nez.

« Je ne comprends pas, dit Owen. Tu t'es disputé avec cette fille ? »

Il aurait pu dire son prénom – Noelle. Franchement, il aurait pu. Silas secoua vigoureusement la tête.

« Qu'est-ce qui se passe, fiston ? » Non, il omit le « fiston », ce qu'il regrettera amèrement par la suite.

« Va-t'en, papa. Je t'en prie, va-t'en. »

Son visage était crispé comme un poing. Sa bouche n'était plus qu'un trou froncé, et ses yeux, de simples fentes. Owen était assez sage pour ne pas vouloir se mêler d'un problème d'adolescents. Noelle avait rompu, et il ne pouvait rien faire pour son fils. Anna aurait pu trouver les mots pour le réconforter, le conseiller. Lui non. Il s'attarda tout de même sur le seuil.

« Va-t'en », lui cria de nouveau Silas.

Owen les a encore à l'oreille, ces mots-là.

Il ferma la porte. Anna sortit de leur chambre. Il la croyait dans la salle de bains, mais elle était tout habillée.

« Owen..., commença-t-elle.

— Tu sais ce qu'il a ? » l'interrompit-il en désignant la porte de la chambre de son fils.

Elle se mit à pleurer. Il se demanda, l'estomac soudain noué, s'il n'était pas le seul homme au monde à ne rien comprendre à sa famille.

« J'ai à te parler », lui dit Anna.

Silas

Il fait terriblement froid. La nuit va tomber, mais je peux encore retrouver le chemin de la maison. Au pire, je dormirai dans la grange. Je ne suis pas encore prêt à rentrer chez moi. Demain, en me réveillant, je t'écrirai de nouveau. Je n'ai plus que ça, maintenant : t'écrire pour te dire combien je t'aime, et combien je brûlais de t'épouser, à la fin de nos études. Ta musique, je ne l'entendrai plus. Sauf quand je viendrai, planqué au dernier rang de la salle, assister à un concert que tu donnes.

Excuse-moi de ne pas avoir répondu à tes coups de fil. Je sais l'inquiétude que j'ai dû te causer. Mais j'étais trop bouleversé par ce que j'ai vu : ma mère et cet homme horrible. Je sais qu'elle l'a dit à mon père, car j'ai entendu la porte de la cuisine claquer et papa partir en trombe. Après, elle est allée pleurer dans la chambre. Je me suis dit que c'en était fini de notre famille, que ma mère l'avait sabordée, que ce salaud de Bordwin s'était glissé chez nous comme un serpent et avait tout empoisonné. Maintenant, nous ne serons plus jamais une famille, parce qu'il a fait ça, parce que j'ai fait ça.

Si mon père visionne la cassette, je ne pourrai plus rentrer chez moi. Nous ne pourrons plus nous regarder en face.

Je suis bête d'avoir oublié mes gants. J'ai les doigts gourds, et du mal à t'écrire si je ne les réchauffe pas dans la poche de ma parka. J'ai mangé une barre chocolatée, mais j'ai oublié de prendre une gourde d'eau. Remarque, il y a toujours la neige.

Je me demande ce que tu fais, en cet instant précis. J'espère que tu ne songes pas à quitter l'école à cause de cette histoire. J'ai très peur que tu ne t'y sentes obligée. Tu n'as rien à y voir, rien à voir avec les choses stupides et honteuses que j'ai faites. C'est moi, et moi seul qui mérite d'être puni. Mais tu le serais aussi si tu quittais l'école car tu compromettrais tes chances d'entrer à Juilliard.

Moi, je vais descendre de ma montagne. Je sais ce qui m'attend mais je n'ai pas peur du châtiment. Si seulement tu pouvais me pardonner, me croire quand je te dis que je t'aime, marcher dans la rue avec moi, t'asseoir à une table en face de moi et parler… Par moments, je rêve que tu oublieras, qu'on vivra ensemble, qu'on fera encore l'amour, en savourant chaque moment, et pas comme sur la cassette, non. L'amour, comme une chose lente, belle et sacrée.

Je serais heureux.

Noelle

Je n'appellerai plus Silas. S'il veut me parler, c'est à lui de le faire. Je sais qu'il se passe quelque chose. Quand il a lancé le ballon dans les gradins, c'était un acte de colère, pas une maladresse – il est trop bon basketteur pour ça. Mais pourquoi blesser cette femme ? Je ne comprends pas.

Je vais dans la salle de musique faire mes exercices au violon. Je n'ai pas la tête à ça. Les notes ne collent pas ensemble. C'est comme s'il y avait un vide à l'intérieur de ma musique.

Nous autres, terminales, n'allons plus aux soirées dansantes. Il y en a justement une ce soir.

Par moments, je me dis que notre relation est terminée, que Silas ne m'aime plus. On est samedi et il ne m'a pas appelée, pas laissé de SMS... Mais je ne peux pas appeler chez lui une troisième fois.

Il n'y aura presque personne au réfectoire ce soir. Tant pis, j'y vais car j'ai faim.

Après, je retourne au dortoir et j'essaie de lire dans ma chambre. Mais c'est comme la musique : il y a des blancs entre les mots. Je relis dix fois la même phrase et regarde par la fenêtre. Une neige épaisse et croûteuse scintille à la lumière électrique. Ma compagne de chambre a un petit ami ; elle est à Burlington pour le week-end. Je laisse la porte de la chambre entrebâillée pour ne pas me sentir trop seule. Je vérifie cent fois mon portable, que je recharge par sécurité. Je regarde cent fois ma boîte e-mail. Je finis par me persuader que Silas est chez lui, malade. Oui, c'est ça, il doit être malade. Si je l'appelle encore, je vais le déranger.

Oui, mais moi, si j'étais malade je l'appellerais pour le lui dire…

Une silhouette aux longs cheveux bruns passe devant ma porte ouverte. Elle revient sur ses pas.

« Noelle, qu'est-ce que tu fais ici ? demande Sherry. Je te croyais avec Silas.

— Il est malade.

— Ah bon. (Le ton n'est pas convaincu.)

— Pourquoi tu me demandes ça ?

— C'est juste que je viens de le voir. (Elle semble soudain regretter d'être entrée.)

— Où ça ?

— À la soirée dansante. Je peux me tromper. »

Elle ment, je le sens.

« Il y a plein de terminales là-bas, ce soir, ajoute-t-elle.

— Comment ça se fait ?

— Ils s'ennuient ; les routes sont dangereuses.

— C'est bizarre, ce que tu me dis.

— Bon, il faut que j'y aille. »

Je reste sur mon lit, immobile et lourde comme une pierre, le livre toujours à la main. Silas n'est pas malade. Il est allé danser sans moi. Il doit avoir une nouvelle petite amie.

Je me lève et vais me regarder dans le miroir de la porte du placard. Pas le temps de me doucher. Je suis en jean, celui que je mets depuis deux jours, et sweat-shirt d'Avery. Je brosse mes cheveux qui se dressent immédiatement, électriques. Normal, il fait sec et très froid : moins six degrés. J'enfile ma parka et quitte ma chambre.

Les allées sont éclairées par des lanternes, et si je n'étais pas si nerveuse, je trouverais le spectacle splendide : tous ces cônes de lumière sur la neige glacée et le ciel noir plein d'étoiles. De loin, le foyer de l'Association d'élèves, conçu pour ressembler vaguement à un club, avec niveaux multiples, box et piste de danse, fait presque illusion avec ses lumières tamisées. Le jour, il est moche et sale, avec des murs rouge et bleu, une infecte moquette à losanges et des casquettes de base-ball qui traînent partout.

Je suis assez près pour entendre la musique. Le martèlement insistant des basses. Certaines petites nouvelles vont se croire à une rave, ou dans une boîte de Manhattan : elles vont danser les bras en l'air, en agitant des gobelets pleins de Coca light, comme elles ont vu les filles le faire dans les films.

J'aimerais pouvoir entrer sans qu'on me remarque, juste pour voir si Silas est là. Je croise dans l'escalier un groupe d'élèves de troisième ou de seconde qui vont fumer dehors, ou chercher une boisson alcoolisée, ou faire semblant d'aller en chercher une. Ils se déplacent toujours par groupes de trois ou quatre. (Aucune troisième n'est jamais seule.) Je me sens comme leur mère : vieille, mal fagotée et inquiète.

Je repère immédiatement J. Dot et Rob. Ils ont une tête de plus que tout le monde. Je m'étonne un peu de les voir là. Auraient-ils une petite amie de seconde ou de première, et leurs copains de terminale seraient venus faire la claque ? Je fends la foule, marchant soudain dans une substance glissante que je préfère ne pas regarder. Puis, tout à coup, je vois Silas. Il danse, ce qui est déjà étonnant, et, encore plus étonnant, il est déchaîné. Je penche la tête d'un côté et de l'autre derrière un mur de dos pour tenter de le voir mieux. Il évolue face à une petite blonde mince étonnamment agile malgré des talons aiguilles sur lesquels je ne tiendrais même pas debout. Je me demande comment elle a fait pour arriver jusqu'ici dans la neige. Silas, indifférent au rythme, bouge à contretemps avec une frénésie concentrée ; les bras dressés, il fait des pirouettes et des sauts de cosaque. Il est si nul que j'aurais honte pour lui si je n'éprouvais pas un tel choc. Il a l'air d'un fou, mais je note que personne ne se moque de lui.

Je m'approche. Il est en sueur et son regard glisse sur le mien comme s'il ne me reconnaissait pas. Il porte un jean mouillé à l'ourlet et une chemise de flanelle verte sur un tee-shirt. Ses boots Timberland sont boueuses. Il me semble tout d'abord que les autres se sont écartés pour le regarder danser mais, en fait, non. Je suis le seul « projecteur » braqué sur lui.

Lui et la blonde ne se touchent jamais, ils ne se regardent même pas je dirais. Mais la fille est dans son élément : moues et sourires ravageurs, tout y est. Le sourire est pour ses copines, alignées au bord de la piste, gobelet à la main. Elles l'envient ? Peut-être, car cette fille bouge comme une vraie danseuse, sur sa propre orbite, enfermée dans son propre univers, n'interférant que très peu avec la folle trajectoire de Silas. C'est lui qui a invité cette fille ? Que fait-il ici ?

J'ai l'impression de voir un autre Silas, celui du ballon envoyé dans les gradins. Ce Silas qui s'agite comme un derviche tourneur me fait peur.

Je regarde jusqu'à n'en plus pouvoir. On m'a vue le regarder. On doit croire que nous avons rompu. Que la blonde est sa nouvelle petite amie.

Si c'est vrai, on ne m'a pas mise au courant. Je fends de nouveau la foule, vers la sortie cette fois.

Colm

Je reconnais qu'on a créé un monstre. La presse. Ou le public. Ou l'école elle-même. On peut palabrer à l'infini sur cette dernière hypothèse. Mais, sans conteste, c'est la presse qui a soufflé sur les braises.

J'ai soumis mon article le jeudi 26 janvier, pour qu'il paraisse dans l'édition du vendredi matin. Mon instinct ne m'a pas trompé : le rédacteur en chef l'a fait mettre en une. C'était seulement la seconde fois que j'avais un papier en première page du *Boston Globe*, mais la question n'est pas là. Je crois que j'ai réussi à rendre plus ou moins la scène de la vidéo, même si c'est presque impossible pour le lecteur de se figurer les choses qu'il n'a pas vues. Bien sûr, j'ai dû l'édulcorer pour que les gens puissent la digérer en même temps que leur café et leurs toasts. À Avery, je me suis procuré un exemplaire du répertoire des élèves et j'ai commencé à leur téléphoner au hasard. Incroyable le nombre de jeunes qui acceptent de parler à la presse. Ce qui est bien avec eux, c'est qu'ils mentent rarement. Ils exagèrent toujours – il faut décrypter – mais ils mentent peu. Aux journalistes, du moins.

À ce stade de mon enquête, je n'avais pas encore eu les protagonistes au téléphone. Impossible d'approcher la famille Quinney, quant à Rob Leicht, il n'a pas voulu me parler. Mais James Robles, que j'ai pu joindre un peu plus tard, avait beaucoup à dire. Contre l'avis de son avocat, j'ajouterais. Et j'ai eu une conversation incroyable, quoique brève, avec la victime. J'avais obtenu son numéro de portable par une de ses copines. Elle a répondu, et elle m'a tenu des propos contradictoires mais assez ahurissants. Je crois que j'étais le premier à l'avoir directement.

L'histoire est restée un scoop cinq jours durant, puis un demi-scoop pendant tout un mois. Ensuite, pendant un an, jusqu'à la date anniversaire de l'affaire, il y eut régulièrement des articles. Chaque fois qu'un incident similaire surgissait ailleurs, on ressortait celui d'Avery, qui est devenu un cas de figure s'agissant de la consommation d'alcool en milieu scolaire. La démission de Bordwin a fait beaucoup de bruit, ainsi que le procès Robles.

Je dois dire que, dans l'heure qui a suivi ma remise de l'article, diffusé sur Internet avant la distribution du journal papier, chaque télévision locale et chaque canard du Vermont a dépêché quelqu'un là-bas. À la fin de la matinée, les poids lourds avaient rappliqué : CNN, NBC, ABC, CBS, FOX, le *New York Times*, le *Washington Post*, *People*, etc. Tous voulaient leur part du gâteau.

CNN s'est procuré la première séquence, brut de décoffrage, de la bande vidéo. La chaîne ne pouvait pas montrer grand-chose car il fallait masquer les visages et les parties génitales, mais, avec l'autosatisfaction écœurante qui caractérise ce genre de médias, ils ont prétendu agir par éthique. « Nous avons beaucoup hésité avant de vous soumettre ce document vidéo. En définitive, nous l'avons fait dans l'intérêt public. » Quelle foutaise ! Ensuite, pour continuer à se la jouer « responsables », ils ont convoqué des experts de tout poil pour débattre de sujets tels que les méfaits de l'alcool sur les campus, la qualification légale d'*agression sexuelle* dans le Vermont, et la tentative de l'école pour étouffer l'affaire. Chaque soir, quand on allumait la télé, on voyait les Anderson Cooper (CNN) et Brian William (NBC) bivouaquer devant les grilles d'Avery. En étant un tant soit peu observateur, on remarquait qu'ils portaient les mêmes vestes polaires en Goretex que les élèves, pour se fondre dans la masse.

J'ai exploité mon histoire dans le *Boston Globe* aussi longtemps que j'ai pu, et j'ai reçu le prix Pulitzer du journalisme d'investigation. J'aurais pu, moi aussi, me poser des questions d'ordre éthique au sujet de cette récompense dont le sujet n'était, après tout, qu'une histoire sordide d'abus d'alcool et d'abus sexuel chez les gosses de riches, mais si on regarde les lauréats du Pulitzer de ces dix dernières années, on voit que la plupart de leurs reportages sont basés sur le sexe, la cupidité et le meurtre. On peut toujours se raconter, au contraire des tabloïds, qu'on fait un travail scrupuleux et approfondi. En réalité, nous ou eux, c'est pareil : tous des fouille-merde.

Les deux premiers jours, à Avery, c'était la folie totale. Ils ont fini par fermer l'école, mais seulement quand les diverses chaînes ont interviewé les élèves qui dévoilaient toutes les turpitudes de leur école (les mêmes que dans le secteur public, notez). Mettez-vous à la place d'un parent qui regarde la télévision nationale et voit, à l'heure du journal, sa petite Julie, ou son petit Joshua pérorer sur l'art de tailler des pipes, ou de ne pas dégueuler son pack de six.

J'avais trouvé un lit au Mountain View Motel, celui où Robert Leicht était avec sa mère quand il a été arrêté. Je ne crois pas qu'Avery ait jamais connu un matraquage médiatique pareil. Les centaines – je dis bien les centaines – d'envoyés spéciaux, cameramen et techniciens se disputaient les logis de tout ordre. Le propriétaire du motel m'a dit par la suite que, lors de cette première semaine, il avait fait le chiffre de sa vie. Les gens louaient des chambres chez eux, et parfois leur maison tout entière – et eux allaient dormir chez tante Sally en attendant de toucher le pactole. Une présentatrice de journal télévisé, qui créchait chez l'un d'eux, avec toilettes au bout du couloir, a piqué sa crise. Sa chaîne a dû lui envoyer de New York un mobile home – chambre et dressing-room privé.

Une ville de taille aussi modeste ne pouvait pas faire face à une telle affluence. La police, en tout et pour tout, c'était deux gars pour régler la circulation et contrôler les cartes de presse. En fin de compte, quand les gens du cru ont vu le portrait qu'on faisait d'eux et de l'école, ils l'ont bouclée. On ne pouvait plus rien obtenir. Silas était un enfant du pays, et ses parents étaient très estimés. Gary Quinney, le flic, était l'oncle de Silas. Richard Sommers et sa femme, Sally, la sœur d'Owen, ont fermé boutique : ils tenaient le Qwick Stop, le seul lieu de restauration rapide d'Avery, mitoyen à la station-service. Pour se nourrir, tous ces gens dépendaient de ce que pouvait leur livrer la localité voisine. À part les fromages, excellents je dois avouer, les plats à emporter étaient immangeables. Tacos, pizzas ou nouilles chinoises, tout était infect.

Le troisième jour, la presse a été interdite de campus. En visionnant les bandes, on se rend compte que les caméras de télévision ont quitté les grilles d'Avery pour s'installer en face du palais de justice. Anderson Cooper et Brian William avaient troqué leur uniforme contre un costard et une cravate. Périodiquement, quelqu'un de l'école venait faire une déclaration au micro en récusant toute question. Au début, c'était Geoff Coggeshall, à qui on avait demandé d'assumer un intérim de directeur avant de lui attribuer le poste. L'administration d'Avery, probablement soucieuse de se ménager l'appui des anciens élèves, de ne pas compromettre les nouvelles inscriptions et d'assurer l'entrée à l'université de ses terminales, a tenté de limiter la casse. Trop tard. Les dégâts étaient trop importants.

J'ai conservé mes notes, ainsi qu'un certain nombre de bandes vidéo. Plusieurs éditeurs m'ont demandé d'écrire un livre sur l'affaire d'Avery. Je suis surpris que personne n'y ait pensé plus tôt.

Natalie

La ville a explosé, c'est le mot. On s'est retrouvés au journal télévisé dix jours d'affilée et, après, les articles sont tombés. L'affaire avait pris des proportions gigantesques, du genre mineurs victimes d'un coup de grisou, avec les gens du coin et d'ailleurs se bousculant pour savoir qui survivrait. Ou un car plein d'écoliers franchissant le parapet du pont. Bref, l'état de siège.

Les parents étaient accourus, pas nécessairement pour retirer leurs gosses mais pour être avec eux, les protéger. On devait servir toute personne entrant au réfectoire ; c'est la politique de l'école, pour que les parents se sentent les bienvenus le week-end, ou lors de toute autre occasion, comme les matchs, sans compter la visite initiale, celle qui décidera de l'inscription de leur rejeton. Quand le scandale a éclaté, il y avait des dizaines de parents à nourrir. Gratuitement, de plus. Ici, on n'est pas organisés pour la restauration payante – on n'a même pas de caisse. Les cuisiniers ont dû commander d'énormes suppléments de bœuf, de pâtes, de légumes et de lait, et certains parents, croyez-le ou non, se sont plaints du bar à salades. Il a donc fallu commander aussi un surplus d'herbes à brouter, pour les foutus régimes. Ajoutez à ça le fait qu'on n'arrivait pas à distinguer les parents des journalistes, jusqu'à ce qu'on ait fermé les grilles, puis distribué et contrôlé systématiquement les badges. Je parierais qu'en trois jours une cinquantaine de repas ont été avalés en fraude par les resquilleurs de la presse.

Mais il y a eu pire. Certains événements ont changé à jamais la physionomie de la ville. George et Jill Marsh nous ont quittés. Ils sont tout d'abord allés à Ludlow, chez la mère de Jill, parce qu'ils avaient loué leur ruine de douze pièces à CNN. Ils demandaient mille dollars la nuit, et, croyez-moi, ils les ont eus. Ils se sont fait comme ça vingt mille dollars en moins d'un mois. Puis un des techniciens de CNN, qui s'est toqué de la maison, leur a proposé de la leur acheter cent cinquante mille dollars cash « en l'état ». Ils ont vu qu'avec cette somme ils pouvaient s'acheter un « condo », un appart en Floride. Et voilà. Maintenant, ils sont à Tampa. J'ai bien pensé à louer notre mobile home, un F3, figurez-vous, mais Ebbett n'a pas voulu aller chez ma sœur Lily, donc l'affaire était réglée. Moi, à l'école, je gagne quatre cents dollars par mois, bruts en plus. Là, on aurait pu se faire facile quatre cents dollars *la nuit,* car, mobile home ou pas, on a *deux* salles d'eau, et plus modernes que celles de Jill. Pour faire la nique à Ebbett, je lui disais : « Où il est mon condo ? » Cela dit, mon homme a toujours été loyal vis-à-vis de l'école. Quand on a fermé les grilles, il a commencé à traiter de *collabos* ceux qui aidaient la presse, comme en Europe pendant la guerre. Et il n'était pas le seul. C'est drôle, mais cette histoire a, comme qui dirait, coupé la ville en deux. Et le pire, c'est qu'elle l'est restée, coupée. Même aujourd'hui, mon homme ne met plus les pieds au bazar Peet, et il ne parle plus à Fred Greason, qui s'est fait plus de pognon en louant à la presse qu'avec les touristes en octobre.

Ces foules étaient prêtes à tout pour un lit et un repas. La population d'Avery (l'école exclue) est d'un peu plus de mille âmes. Au pic de l'« affaire », Samuel, le postier, a compté qu'elle avait doublé. Dommage que personne n'ait calculé le produit local brut de la ville pendant ce mois-là.

Greason, l'agent immobilier, a bien profité, comme j'ai dit. Il a vendu trois maisons, sinon plus. Comme je l'ai dit aussi, Ebbett ne lui parle plus. Moi, quand je le rencontre à l'église avec sa femme, je leur dit bonjour, comme tout chrétien qui se respecte.

Mais il y a eu pire : le gouffre entre collabos et résistants vis-à-vis des médias et du pognon que se sont fait ceux qui louaient, c'était pas bézef. La vraie rupture, elle vient des prises de position quant aux protagonistes de l'« affaire ». Les trois garçons étaient-ils coupables ? Non, ils n'étaient que des gosses. La fille était-elle une victime ? Non, elle n'était qu'une petite allumeuse, etc.

De fait, personne, je dis bien *personne,* n'a jamais tapé sur Silas. Il était des nôtres, voyez-vous ? Pas un de ces gosses de riches new-yorkais qui nous sont étrangers. Sa famille, comme nous, avait du mal à joindre les deux bouts. Nous étions tous fiers de lui. Nous assistions à tous les matchs de basket pour le voir jouer, *lui*. À propos, celle qui a reçu le ballon sur le coin de la figure, c'est Jill Marsh.

Ce que Silas faisait dans cette galère ce soir-là, je n'en sais rien, et s'il n'y avait pas eu cette fichue bande vidéo pour prouver sa présence, je n'y aurais jamais cru. En tout cas, le bourg ne s'est pas remis de cette affaire. Je n'ai plus vu Anna depuis, oh, plus d'un an. Je vois Owen, mais ce n'est plus le même homme. Une coque vide, voilà ce qu'il est devenu. Plus de chair sur le visage. Même si on veut oublier le scandale, on rencontre Owen à la station-service et là, bingo, le putain de scandale resurgit. On passe en auto devant la ferme Quinney, qui ressemble maintenant aussi peu à une ferme que mon mobile home, et là, rebelote. Tout ça vient vous rappeler que la vie peut prendre un mauvais tour avant même qu'on ait pu faire *ouf*.

Le nombre des inscriptions à Avery School a chuté. Je suis moins surmenée aux heures des repas. On n'a pas encore rogné sur mes gages mais on murmure que ça vient. Ça, plus les compressions de personnel. Ils ont freiné la vente illégale d'alcool, collé dix chaperons à chaque soirée dansante et installé plein de caméras dans les arbres, moins pour la sécurité des élèves que pour être réglo. Michael Bordwin, il y a longtemps qu'il s'est fait la malle. Coggeshall, lui, contrôle tout d'une main de fer. Ils n'arrêtent pas d'inventer des trucs, dans cette école : et je t'innove par-ci, et je t'innove par-là. Résultat : les gosses boivent moins, ça c'est vrai, vu que maintenant, pour se biturer, c'est la galère.

Comment prouver qu'il y a du progrès ? Eh bien, c'est simple : le dimanche, au petit déjeuner, il y a du monde.

J. Dot

Ouais, il m'arrive de penser à Rob et Silas. De me demander pourquoi ils étaient là ce foutu soir. Je me suis même demandé : Pourquoi Silas fait ça ? (Parce que, lui, il a Noelle.) Malheureusement, je n'ai utilisé qu'un seul lobe cérébral car j'aurais dû me poser la même question pour moi : Pourquoi je fais ça ? Et la réponse est... pour le cul, point final. Personne ne le dit, mais cette fille, c'était du feu. Hyperbandante. En plus, on était pétés. C'était fou, sauvage, excitant. Que dire d'autre ?

Ce que Silas faisait là ? Toute la journée, il avait été d'une humeur de chien – une humeur explosive. Quelque chose s'était passé chez lui, ou avec un professeur, je n'ai jamais su au juste quoi. Il était schlass. Je me souviens qu'en plein milieu du match il a lancé de toutes ses forces le ballon dans les gradins. Il a frappé une femme au visage, et tout le monde était scandalisé. L'arbitre l'a chassé du terrain. Vous êtes sans doute au courant de l'histoire. On en a parlé dans la presse, comme si ce scandale expliquait celui qui a suivi. Après avoir quitté le terrain, Silas n'a pas voulu dire pourquoi il avait fait ça. Quand, plus tard, on l'a retrouvé assis dans sa voiture, il était tellement pété qu'il avait tout oublié. Pour résumer : il lui était arrivé quelque chose, on ne sait pas quoi, et Noelle n'avait rien à y voir. Et, paraît-il, elle a été aussi choquée que nous par son comportement durant le match.

Ouais, on aurait dû essayer de lui parler. On aurait dû… bon, il y avait plein de choses qu'on aurait pu faire, mais quand on a dix-sept ou dix-huit ans, ça ne vous vient pas à l'idée. On se défoule quelques heures, et puis c'est marre.

Ouais, j'avais dix-neuf ans. Et alors ?

C'est elle qui est venue nous chercher. Elle avait tout prévu, du début à la fin.

Ce que je pense des étudiants qui consomment de l'alcool ? Vous parlez sérieusement ?

À dix-huit ans, on est un homme. Oui, désolé. Si, d'après le gouvernement, on est assez adulte pour aller à la guerre, on l'est assez pour boire des coups. Un pack de six bières ? Une plaisanterie.

En fait, je reconnais que la fille n'aurait pas dû boire. Je ne sais pas où elle a trouvé l'alcool.

Si je pense que les élèves ont continué à boire après le scandale ? Vous me prenez pour un con ? Alors qu'on était déjà tous aux Alcooliques anonymes ?

Je plaisante. C'est comme ça qu'on surnommait Avery Academy [1].

1. *Academy* : école privée. Synonyme de *school*.

Matthew

Ce baratin shakespearien… Il était furieux rien que d'y penser. Ces grands mots : légitimité (sous-entendu : les enfants gâtés) ; honneur (sous-entendu : d'Avery) ; fleur de l'âge (sous-entendu : les élèves) ; fils chanceux qui vont hériter du trône (les élèves, encore visés) : comment ont-ils osé écrire, ou proférer ces sottises ?

Ce n'était pas une légitimité, un « dû » au sens héraldique du terme, bon sang, c'était de la fierté. Un sentiment d'invulnérabilité, oui. Les victoires de l'équipe de basket reposaient sur son fils. Avait-il tort d'en être fier ? À l'évidence, James était issu d'un milieu privilégié – cultivé, à tout le moins. Michelle et lui baignaient dans le milieu universitaire. Ils avaient édicté les règles : pas de poste de télévision à la maison, par exemple. Quand il était plus jeune, leur fils, selon Matthew, était un lecteur vorace. Michelle était d'avis contraire : elle assurait à son mari qu'il fallait supplier son fils pour qu'il lise. Peut-être, mais quand James s'y mettait, on ne pouvait plus lui arracher le livre des mains. Les devoirs, en revanche, étaient une source de conflits, et Michelle a eu une sainte patience à cet égard. James avait du mal à s'organiser. Dommage de ne pas l'avoir emmené consulter un spécialiste quand il en était encore temps. Peut-être, des années durant, avait-il souffert de légers troubles de l'apprentissage.

James devait beaucoup à sa mère, mais Matthew savait qu'il rêvait de s'émanciper.

Ils ont prétendu que leur fils était le meneur. C'est la presse qui l'a présenté ainsi parce qu'il avait un an de plus que ses deux camarades. Matthew, lui, ne voyait pas les choses ainsi. Il n'avait pas visionné la bande et n'avait aucune intention de le faire. À son sens, c'était confidentiel, et ç'aurait dû le rester.

Ces garçons étaient pleins de sève, voilà tout. Ça, combiné au reste – des hormones en folie, une séduisante petite allumeuse, l'alcool. Résultat : de la nitroglycérine. Quel gosse de dix-huit ou dix-neuf ans aurait pu résister ?

Sienna

Vous payez pas les interviews des fois ? Si c'est non, tant pis, mais il fallait que je vous demande car j'ai genre des frais. Pas énormes, mais mes parents n'ont pas voulu que je prenne un petit boulot cet été. À la place, ils m'ont envoyée dans un camp de formation intensive. Sujet : les arts de la scène et du spectacle. Je me suis bien marrée (c'est une longue histoire !), mais, du coup, j'ai pas un radis pour mes dépenses courantes – le nécessaire, quoi. Bon, ça fait rien, je comprends. Vous êtes, vous aussi, une sorte d'élève, pas vrai ? Sauf que vous êtes une élève diplômée. Ça m'intrigue de savoir comment vous avez eu mon nom, vu que la presse ne l'a jamais donné. Sauf qu'il ne fallait pas être un génie pour le retrouver grâce au répertoire des élèves de l'année suivante : laquelle n'y était plus ? Bingo ! Sauf que vous écrivez juste « Sienna », OK ? Parce que même si votre machin… votre… étude est universitaire, la règle de protection des victimes doit quand même s'appliquer, non ?

Ouais, Rob, J. Dot et Silas, j'y pense encore. J'essaie de me les ôter de la tête car c'est pas bon pour moi. Bon, il faut que j'y aille maintenant, j'ai un cours dans dix minutes. Je regrette que Silas ait participé à ça, mais il s'est juste retrouvé là avec les autres, et il ne savait peut-être pas au juste comment faire – moi non plus d'ailleurs. Je me suis dit que lui et Noelle avaient probablement rompu et qu'il avait perdu les pédales. C'est pour ça que je me sens coupable, mais attention, il m'a violée ; ça, c'est un fait. Sauf que celui qui m'a violée c'était lui sans être lui : c'était bien son corps, mais lui, Silas, il était tellement bourré qu'il n'était plus là. Le lendemain, il avait sans doute tout oublié. Ça m'arrive, à moi aussi, ce genre de black-out. On se souvient de quelques trucs çà et là, mais on ne peut pas les assembler. Vous voyez ce que je veux dire ? S'il n'y avait pas eu la bande vidéo…

Vous vous faites faire des extensions, genre ? Parce que vos cheveux sont réellement épais et beaux. C'est peut-être malpoli de ma part de vous le demander, mais tout le monde s'en fait faire maintenant. J'y ai pensé pour moi. Je pourrais en parler à ma mère. J'ai soif. Je pourrais avoir une bouteille d'eau minérale ? Vous rentrez dans le Vermont ce soir même ? Vous avez fait tout ce chemin pour m'interviewer en personne ? Parce que, vous savez, on aurait pu faire ça par mail. Je suis soufflée qu'ils vous donnent le fric pour l'avion. Ça doit être une grosse étude que vous faites là. Ou bien l'université du Vermont est riche. Moi, en tout cas, j'essaierai jamais d'y entrer. D'abord, parce que je ne veux plus mettre les pieds dans cet État, ensuite, parce que, sans vous offenser, question festivités, tout le monde sait que cette fac est lamentable.

Noelle

Le dimanche, j'appelle chez Silas. Sa mère me dit qu'il est malade et ne peut venir au téléphone. Elle ajoute qu'il est rentré très tard, ivre, et me demande si je sais quelque chose à ce sujet. Je suis un peu surprise de l'absence de sévérité dans sa voix. Son fils rentrant soûl à la maison, ça ne la fâche pas. Elle semble tout simplement triste, et, si je la connaissais mieux, je lui demanderais pourquoi.

« Il a vomi », souffle-t-elle.

Je me dis : Ouf ! Voilà pourquoi il ne m'a pas téléphoné.

Le lundi, Silas ne vient pas à l'école, une absence que j'attribue à une bonne gueule de bois soignée par une bonne mère. Lundi soir, dans mon dortoir, je passe devant une chambre dont la porte est ouverte. Trois filles que je connais sont devant un ordinateur. L'une, debout, presse sa main sur sa bouche comme pour étouffer une exclamation. Une autre est assise devant l'écran, et une troisième, accroupie. C'est elle qui me voit. Elle donne un grand coup de coude à sa copine, et l'écran s'éteint. Elles regardaient une vidéo amateur, j'en jurerais.

La fille accroupie se lève et, tout en me regardant, s'étire avec une nonchalance exagérée. Elle bâille. Elle se prénomme Krystal. Je lui demande :

« Qu'est-ce qui se passe ? »

Elle ne me répond pas, comme si s'étirer la rendait sourde. Je viens de faire mes exercices dans la salle de musique et j'ai mon violon à la main. Je suis en pyjama de flanelle sous ma parka, avec un bonnet tricoté sur la tête. La fille assise se tourne vers moi.

« Salut, Noelle », dit-elle.

Celle avec la main sur la bouche ne se retourne pas. Aucune ne me répond. Il y a un long silence au cours duquel je me demande quelle question poser ensuite.

« Vous regardez un film, les filles ?

— Oh, une stupidité sur Internet, répond Krystal trop vite. Tu as travaillé ton violon ?

— Oui. »

Soudain en sueur, j'ôte mon bonnet de laine.

Le mardi, j'aperçois Silas sur l'esplanade. Il fait comme s'il ne me voyait pas. Je lui laisse cinq messages et trois textos sur son portable. Il est donc sur le campus, mais, d'après mes amies Cynthia et Molly, il a manqué le cours. Je me demande s'il est venu s'entraîner bien qu'il soit suspendu de basket pour quatre matchs. Le coach doit mal supporter d'être privé de l'un de ses meilleurs joueurs.

Le mercredi, tôt le matin, quelqu'un me dit que Silas est au gymnase. Je saute mon premier cours et me pointe là-bas à huit heures. Je le coince à la sortie des vestiaires.

« Il faut qu'on parle », dis-je.

Son visage est blanc comme la craie et il a les yeux rouges. Il sent mauvais – peut-être les affaires de gym pas lavées ?

« Pas maintenant, répond-il.

— Si, tout de suite.

— Je suis déjà en retard au cours. »

Je tiens bon et l'étudie.

Il tourne brusquement le coin d'un couloir vide, puis prend un escalier que personne n'utilise. Je m'accroche :

« Dis-moi ce qui se passe. »

Ses yeux s'embuent. J'ai tellement peur que j'en ai la nausée. Je n'ai jamais vu Silas pleurer. C'est terrible pour moi. Il se détourne. Je sais alors que c'est fini entre nous.

Il le sait aussi. C'est pour cela qu'il pleure.

J'ai l'estomac noué. Je voudrais m'asseoir, mais j'ai peur de bouger. J'espère me tromper, j'espère, idiotement, que Silas s'inquiète pour sa carrière de basketteur, qu'il a perdu quelqu'un qui lui est cher. Je le souhaite presque. Tout plutôt qu'il me quitte.

Le dos tourné, il s'agrippe à la rampe, la tête baissée. Puis il s'essuie les yeux et le nez de la manche.

« C'est fini, nous deux ? »

Je pose la question en le suppliant mentalement de se tourner vers moi pour me dire : « Non, ce n'est pas ça. » Je le prendrais alors dans mes bras et tenterais de l'aider. Mais il ne bouge pas.

« Silas ? »

Il lève la tête et regarde le plafond.

Un prof de sport ouvre une porte, là-haut sur le palier, et se penche vers nous.

« Tout va bien ? » demande-t-il.

J'acquiesce d'un hochement de tête, souhaitant qu'il nous laisse tranquilles, ce qu'il fait, croyant à une querelle d'amoureux.

« Nécessairement, murmure Silas.

— Nécessairement quoi ?

— C'est fini, nous deux.

— Silas, regarde-moi. »

Il se tourne vers moi. Il n'a pas besoin d'en dire plus, je lis sur son visage.

« J'ai fait quelque chose qu'il ne fallait pas ? (Je tremble de tout mon corps.)

— Non, pas toi. Moi.

— Qu'est-ce que tu as fait ? (Je pense à la blonde avec qui il dansait.) Tu as rencontré quelqu'un ? »

Sans répondre, il se frappe la cuisse du poing, plusieurs fois, avec une violence terrible. Je tends la main pour bloquer son bras, pour l'empêcher de se faire du mal, mais il se dérobe, évitant mon contact. Son visage est un masque de pierre.

— Jamais tu ne me… (Il s'interrompt.)

— Jamais je ne te… *quoi* ? (Je ne suis plus qu'affolement.)

Il se prend la tête entre les mains puis il se détourne. Il monte les marches deux à deux.

Je crie son prénom, mais trop tard.

Gary

Le mercredi 25 janvier au soir, je suis retourné à la ferme pour demander aux Quinney s'ils savaient où leur fils pouvait se cacher. Je leur ai laissé entendre qu'il était urgent que je lui parle.

Anna Quinney, bien que bouleversée, s'est efforcée de réfléchir posément. Silas ne répondait pas aux messages qu'elle lui laissait sur son portable, et sa voiture n'était pas dans l'allée. Owen est monté dans le fourgon avec moi. Nous avons tout d'abord ratissé la ville : rien. Nous avons ensuite franchi les grilles d'Avery et avons trouvé la voiture de Silas sur le parking du gymnase. Il s'était remis à neiger – pas énormément mais à intervalles réguliers. Owen n'avait pas de double des clés de voiture de son fils, mais j'ai pu l'ouvrir facilement. Dedans, il y avait des vêtements de gym, et le portable du garçon.

Owen Quinney m'a suggéré de m'entretenir avec la petite amie de Silas. Selon lui, elle devait savoir où il était car ils étaient très proches. Il m'a attendu dans le fourgon tandis que j'allais à Foster Hall, le dortoir où la jeune fille réside. On m'a conduit à sa chambre. Elle était éperdue de chagrin et une de ses amies tentait de la consoler. Elle m'a dit avoir vu Silas pour la dernière fois le matin même, à huit heures. Il avait quitté le gymnase par la porte latérale, côté parking. Il portait sa tenue de gym. Je lui ai demandé pourquoi elle pleurait, sa camarade a répondu à sa place : Silas avait rompu le matin même. J'ai demandé à Noelle de m'avertir au cas où il déciderait de lui faire signe.

De retour au fourgon, j'ai informé Owen Quinney de ce que je venais d'apprendre. Il a suggéré d'appeler tous les numéros stockés dans la mémoire du portable de son fils, et nous avons joint ses copains de l'équipe de basket. Tous ont eu la même réponse : ils n'avaient pas revu Silas depuis le matin huit heures.

Nous sommes retournés à la ferme. Anna Quinney savait fort bien que son fils serait arrêté si on le retrouvait, mais son inquiétude était telle qu'elle le souhaitait autant que nous. La neige tombait plus dru, et la température descendrait dans la nuit bien au-dessous de zéro. Mme Quinney, sachant son fils sans voiture, craignait qu'il tente de rentrer à pied chez lui, d'où qu'il soit. Je les ai quittés en ayant la certitude qu'ils me contacteraient aussitôt qu'ils auraient de ses nouvelles.

J'ai refait une ronde en ville, m'arrêtant au bazar et au Qwick Stop pour demander s'ils avaient vu ou aperçu Silas dans l'après-midi. Puis je suis retourné à Avery School pour dire aux vigiles de passer l'école au peigne fin. Je suis ensuite rentré au poste, où Robert Leicht et James Robles étaient bouclés dans la chambre de sûreté. À vingt heures trente, Mme Ellen Leicht payait la caution qui remettait son fils en liberté provisoire. À vingt et une heures dix, Matthew Robles arrivait à son tour et faisait la même démarche pour James, se déclarant très contrarié que son fils ait signé des aveux hors de la présence de son avocat.

J'allais rentrer me coucher quand les vigiles d'Avery School m'ont téléphoné : les recherches pour retrouver Silas Quinney n'avaient rien donné.

Le jeudi 26, vers trois heures du matin, Anna Quinney m'a appelé, affolée. Elle avait inspecté la garde-robe de Silas et noté que sa parka manquait (il avait dû partir avec à l'école le matin), mais qu'il avait laissé ses gants. Je lui ai dit qu'on allait entreprendre une battue aux premières lueurs du jour.

À six heures et demie, j'avais déjà rassemblé dix volontaires des deux sexes pour retrouver Silas. Comme celui-ci avait laissé sa voiture au parking du gymnase, nous sommes partis de là, disposés en éventail et progressant vers l'est. Le sol était couvert d'une bonne dizaine de centimètres de neige. D'après la météo, elle tomberait toute la journée.

À quinze heures, nous ne l'avions toujours pas trouvé. Owen Quinney m'a alors suggéré de fouiller du côté de leur ferme, Silas connaissant parfaitement le terrain aux alentours. J'ai choisi quatre volontaires. Nous avons eu du mal à empêcher Anna de venir avec nous. Owen a réussi à la convaincre de rester près du téléphone au cas où leur fils appellerait. C'est à ce moment-là qu'Owen a évoqué l'hypothèse d'un meurtre ; je lui ai répondu qu'elle était hautement improbable.

Chaussés de raquettes (il y avait maintenant vingt-cinq centimètres de neige fraîche au sol), nous avons pratiqué de nouveau le déploiement en éventail, mais, cette fois, depuis la maison, Owen Quinney et moi prenant le chemin de la montagne. Une demi-heure plus tard, le chien des Quinney, aboyant comme un fou, bondissait à l'assaut de la montagne dont l'ascension commençait à huit cents mètres de leur terrain, au dos de la ferme. Owen et moi n'avions plus qu'à suivre la piste reniflée par le chien.

Owen

Ce sentier, il le connaissait bien. Il l'avait souvent pris avec Silas, quand il était petit, lui avec un fusil et son fils avec une branche pour faire semblant. Quand il lui a appris à chasser, il grimpait là-haut avec un vrai fusil. Owen ne voyait pas trop pour quelle autre raison il serait monté là-haut, sinon pour faire courir le chien. Justement, l'animal aboyait, sans doute parce qu'il se souvenait de quelque gibier qu'il avait débusqué jadis. Gary et lui risquaient donc de perdre un temps précieux à chercher dans la mauvaise direction.

Il comprenait pourquoi son fils avait voulu s'enfuir, mais qu'il l'ait fait à pied sous la neige plutôt qu'en voiture le dépassait. Gary, la première fois, leur avait dit, à Anna et lui, que si on le retrouvait, il serait arrêté pour agression sexuelle. Owen en était resté interdit, stupéfait. Puis il s'était dit que son fils avait commis cette horreur à cause de l'inconduite de sa mère. Il se demandait si Anna l'avait compris. Il l'avait regardée furtivement, et l'expression de son visage l'avait persuadé que oui.

Tout en grimpant, il a assuré à Gary que Silas saurait survivre à une tempête de neige. Il avait son badge d'Eagle, le plus haut rang du scoutisme. Gary a hoché la tête, taciturne. À quoi pensait-il ? Au cours des années, au fil des sauvetages, il avait vu nombre de scènes terribles, et Owen ne se doutait pas qu'il en avait une à l'esprit au moment où il lui parlait.

Le chien les a quittés brusquement, redescendant, par bonds successifs, quelque cinq cents mètres de chemin. Que faisait-il, ce ballot ? Courait-il après un écureuil ? Owen s'est agenouillé pour balayer doucement une couche de neige fraîche, exposant celle, durcie, de la nuit précédente. Il vit une empreinte à demi effacée. Ce n'était pas celle d'un animal mais d'une botte. Gary s'agenouilla aussi pour l'examiner. Ce qu'il pensait alors, Owen l'a compris quand son frère lui a demandé s'il voulait descendre à la ferme et le laisser continuer seul. Owen a dit non. Ce seul mot : « Non. »

Il estimait qu'ils avaient encore une heure devant eux. Gary affirmait qu'ils n'avaient qu'une demi-heure tout au plus. Owen a fait semblant d'acquiescer. Il ne comptait pas rebrousser chemin tant qu'il n'aurait pas retrouvé son garçon.

Il était poussé maintenant par une urgence extrême, qu'il savait partagée par Gary. La nuit précédente, la température était tombée à moins huit degrés centigrades. Silas aurait pu survivre en s'enterrant, mais pourquoi n'était-il pas redescendu ? C'était mauvais signe. Peut-être était-il blessé, ou simplement affaibli, ou mentalement handicapé par la peur.

Ils ont continué à grimper. Combien de temps, Owen n'aurait pas pu le dire, le sujet de l'heure ou de la demi-heure fatidique n'étant plus abordé.

Il comprit tout de suite que la tache orange sur le sol de la forêt était un morceau de la parka de Silas. Il courut comme un fou jusqu'en haut en priant pour que son fils ne soit pas dedans, pour qu'il l'ait perdue. Ou, s'il était dedans, pour qu'il soit en hypothermie, mais encore vivant. Il n'aimait pas l'idée qu'une partie seulement du tissu soit visible. En s'approchant, il vit le reste de la parka, et son fils. Il s'élança et tomba en avant dans sa hâte de le sauver.

Il brossa de la main la neige sur le visage et dans des plis raidis du vêtement. Il avait déjà vu dans les bois des créatures gelées – oiseaux, écureuils ou renards – et leur rigidité lui faisait toujours un choc. Il cria le nom de son garçon et le serra contre lui pour le réchauffer tout en se balançant d'avant en arrière. C'est ainsi que Gary les a trouvés, Owen en larmes, serrant contre lui son fils mort. Son fils unique. Gary s'est agenouillé près du corps et a sorti son portable.

Si seulement Owen avait pensé la veille, quand Gary était venu à la ferme, à chercher des traces, il aurait trouvé Silas et l'aurait ramené.

« *Pourquoi ?* » a-t-il hurlé aux arbres de la forêt.

Silas semblait peser cinq cents kilos. Owen n'avait plus de force dans les jambes. C'était comme si Gary et lui se déplaçaient au ralenti. Même lorsqu'ils glissaient et tombaient, Owen avait une impression d'irréalité.

Quand ils furent enfin en bas, il vit, de loin, Anna derrière la vitre de la cuisine. Ses mains sur sa bouche n'étouffaient pas son cri. Comme il portait en partie son fardeau, il ne pouvait aller vers sa femme. Elle vint à eux en courant dans la neige, en jupe et bas, sans chaussures, s'enfonçant jusqu'aux cuisses tandis qu'eux continuaient à déraper dans la pente. Owen priait Dieu de le frapper, là, sur place, pour lui épargner la scène terrible qui allait suivre : Anna allait voir le visage de son fils.

Ils ont posé le garçon sur la table de la salle à manger. Anna, sous le regard incrédule des autres hommes de la battue, a entrepris de le ramener à la vie en lui soufflant dans la bouche.

Elle a fini par abandonner. Owen croyait qu'elle allait s'affaisser et rester là, par terre, inerte de chagrin. Mais elle a fait quelque chose qu'il n'oublierait jamais : elle a embrassé Silas et ouvert la fermeture Éclair de sa parka, pour qu'il sente à son aise dans la pièce surchauffée. Owen, planté là, a gémi intérieurement, sur elle, sur son garçon mort et sur lui-même. Puis il a vu la liasse de feuilles glissées contre la poitrine de Silas. Il a cru tout d'abord qu'il avait écrit à sa mère, ce qu'il souhaitait de tout cœur malgré les raisons qu'il avait d'en vouloir à Anna. Il pensait que cela l'aiderait à faire son deuil. Mais les lettres étaient pour Noelle. Plus des divagations que de vraies lettres, se dirait-il plus tard en lisant une page, une seule, car cela ne le regardait pas. Silas n'aurait pas voulu qu'il les lise.

Un fourgon emporta le corps à la morgue. Il allait être autopsié car les causes de sa mort n'étaient pas « naturelles ». Mourir gelé dans la neige n'était pas

« naturel ». Owen était sûr que Silas aurait pu redescendre ce chemin, même dans le noir, mais il ne l'avait pas fait. Il n'avait pas choisi la vie, et c'était surtout cela qui torturait son père. Ce qu'il avait fait de mal n'était rien au regard de l'amour que ses parents lui portaient. Ils lui auraient pardonné, ils l'auraient aimé, soutenu, accompagné. Mais peut-être se dit-on toujours cela trop tard, lorsqu'on a perdu un être cher. C'est ce qui fait le plus mal.

Anna… Anna était devenue une loque. Elle ne quittait plus la ferme de peur de rencontrer des adolescents. Elle voulait émigrer au Canada, mais Owen ne pouvait pas partir à cause des bêtes. Elle n'allumait plus la télévision, ne répondait plus au téléphone. Owen dut dire au jeune livreur de journaux d'arrêter de venir. Il ne savait pas ce que sa femme faisait de ses journées, à part pleurer.

Silas était mort en détestant sa mère. Anna le savait, et elle n'y pouvait rien.

Anna

Laisse le sol de l'étable geler. Tue tous les cochons. Laisse le faîtage de la grange s'écrouler.

Abats les brebis pleines : pourquoi leur prendre leurs petits ?

Où est Silas, où est mon beau petit garçon ? Dans le vent sauvage qui s'engouffre au coin de la maison pour venir cogner les vitres ? Est-ce lui qui cherche à entrer ?

Comment peut-on continuer à recevoir du courrier ? Comment peut-on répondre au téléphone ? Pourquoi les murs ne se sont-ils pas écroulés ?

Pourquoi es-tu resté avec moi ? Crois-tu de ton devoir vis-à-vis de ton fils mort de me garder vivante ?

Depuis combien de temps aucun de nous deux n'a prononcé son nom à voix haute ?

Sienna

C'est moche, pour Silas. Je ne suis pas allée à l'enterrement. Je sais que pratiquement toute l'école y était, toute la ville aussi, mais mes parents m'ont dit que ç'aurait été l'horreur parce que, vous savez, il y a des gens du coin qui ne croient pas que je suis la victime, surtout après la mort de Silas, et ma mère avait peur qu'on me harcèle. Donc c'était non. Mais j'ai senti qu'il aurait fallu que j'y aille. Je l'ai senti le matin des obsèques, et je sais qu'il y a eu des photos dans le journal – du cercueil, des gens sortant de l'église, et tout ça. Il était catholique, hein ? Ouais. J'aurais dû y aller. Pour prier, ou ce genre de truc. Je ne suis pas croyante, mais j'aurais pu venir lui rendre un dernier hommage et penser à lui en silence puisque, si la victime, c'est moi, il l'est peut-être un peu, lui aussi.

Il faut vraiment que j'y aille maintenant, j'ai déjà manqué une partie du cours, oh, et puis zut, c'est pas grave, ma compagne de chambre pourra me passer ses notes et puis, de toute façon, le prof est plutôt nase. Alors, si vous avez encore besoin de moi, vous n'avez qu'à m'appeler au lieu de venir jusqu'ici en avion. L'argent, votre fac pourrait l'utiliser pour me payer les interviews parce que, vous savez, je vous fournis du matériau de premier choix, et, en plus, je vous en réserve presque l'exclusivité. Bon, mais si ça marche pas, j'en ferai pas toute une affaire : je suggère, c'est tout.

Noelle

Mme Gorzynski se pointe dans ma chambre pour me dire que le directeur veut me voir. Elle me fait mettre mes bottes et ma veste. Dans le couloir, je sens la peur me nouer l'estomac. Je sais que Silas a disparu et que des équipes de secours le cherchent. Toute la journée, j'ai écumé en vain les lieux du campus où nous avions nos habitudes. Je demande à Mme Gorzynski à quel sujet je suis convoquée. Elle me dit que je n'ai pas à m'inquiéter. Je ne la crois pas.

Elle me fait entrer dans le bureau de M. Bordwin. Il se lève pour m'accueillir et tente de me sourire. Avant de sortir, Mme Gorzynski me presse la main : ce geste est suffisamment éloquent pour que je comprenne la gravité du moment.

« Je vous en prie, asseyez-vous, me dit le directeur. (Je m'assieds.) Vous savez que Silas a disparu. (Les larmes me montent aux yeux. Je pressens ce qu'il va me dire. *Non !* me dis-je.) On l'a retrouvé il y a une heure. Il est… Il n'est plus.

— Nooon ! (Je crie.) C'est impossible. Impossible.

— Il a pris le sentier derrière la ferme qui monte dans la montagne. Il a dû se perdre dans le noir et passer la nuit dans les bois. Il est mort gelé. »

Mon estomac se retourne. Je vomis, là, sur le tapis. M. Bordwin appelle Mme Gorzynski, qui entre avec des Kleenex et une serpillière. Elle claque la porte derrière elle par souci de discrétion.

Je suffoque. Moi aussi, je vais mourir.

Impossible, c'est impossible.

M. Bordwin me tient fermement par les épaules. Penchée en avant, je sanglote désespérément. Il essaie de me redresser. « C'est terrible, je sais », me dit-il. Il me tend une grosse épaisseur de Kleenex, dans lesquels je me mouche.

« Je voulais vous mettre au courant avant que la nouvelle ne devienne publique, me dit-il en s'éloignant de moi à regret pour regagner son siège. Je ne tenais pas à ce que vous l'appreniez ce soir par une de vos camarades de dortoir ou par le journal télévisé. »

Je baisse de nouveau la tête et l'enfouis entre mes bras croisés. Je voudrais tellement revenir en arrière dans le temps. Être hier, quand Silas a pris le chemin de la montagne. Je l'aurais trouvé et ramené. Ou je l'aurais trouvé et me serais endormie avec lui, nichée dans ses bras.

« Où est-il ? »

M. Bordwin nomme un funérarium.

« Mais tout d'abord, il y aura une autopsie », ajoute-t-il.

L'horreur à l'idée d'un Silas ouvert en deux, charcuté, me laisse bouche bée. Je me ressaisis :

« Pourquoi ?

— Je ne devrais pas vous le dire, mais… pour déterminer les causes de la mort.

— Je croyais que vous aviez mentionné qu'il était… (Je n'arrive pas à prononcer les mots "mort de froid".)

— C'est ce que pense la police. Mais comme son décès est dû à des circonstances inhabituelles… Voulez-vous que j'appelle vos parents pour qu'ils viennent vous chercher ?

— Il faut que je voie la mère de Silas.

— Je ne crois pas que ce soit possible. Du moins pas ce soir. Comme vous pouvez l'imaginer, elle réagit très mal. Je vais appeler vos parents. Vous pouvez les attendre ici, si vous voulez. Je crois qu'il vaudrait mieux que vous quittiez le campus pendant quelques jours. Vous avez besoin de vous reposer.

— Non. Je veux rester ici, près de Silas. Inutile d'appeler mes parents. Je tiendrai le coup. »

M. Bordwin semble sceptique.

« Pourquoi Silas est-il monté là-haut ?

— On ne sait pas. (Pour la première fois, il détourne les yeux.) On ne peut faire que des hypothèses. Ces derniers jours ont été très durs pour lui.

— Pourquoi ? Il avait des ennuis ?

— Oui, on peut dire ça.

— Qu'est-ce qu'il a fait ?

— Ce n'est ni le lieu ni le moment d'en parler », dit-il.

Je lis sur son visage de la détermination, plus quelque chose d'autre. De la peur. De l'incrédulité.

En effet, je ne sais encore rien de l'orgie, ni de la cassette. Rien de rien. Ce n'est que plus tard, quand je rentrerai au dortoir, que j'apprendrai.

Ma compagne de chambre referme la porte derrière moi puis me rejoint dans mon lit. Elle passe ses bras autour de mes épaules et, dans un murmure, elle me raconte tout. Elle reste ensuite avec moi, un long moment, pour me réconforter. Il me semble avoir pleuré des heures. Est-il possible d'être en colère contre un mort ? Est-il possible de mourir de chagrin, en cessant tout simplement de respirer ? Comment Silas, qui m'aimait, a-t-il pu me faire ça puis me quitter sans un adieu ? Est-il possible de se dire, quand on a dix-sept ans, que votre vie est finie ou, tout au moins, qu'elle ne sera plus jamais la même ?

Je ne veux pas que mes parents viennent. Je ne veux pas qu'ils sachent la chose terrible que Silas a faite.

Ils ne comprendront jamais que j'aimais un garçon bien.

Il n'y a pas de veillée funèbre, à cause de la presse. Mais les Quinney sont catholiques, il y aura nécessairement un service religieux. Avec une carte d'étudiant, n'importe qui à Avery peut y assister. Ma compagne de chambre m'accompagne, tenant fermement ma main dans la sienne tandis que nous montons les marches. Je ne suis jamais entrée dans une église catholique. Dehors, sur le parvis, se presse une foule de journalistes qui nous mitraillent avec leurs appareils et nous interpellent. À l'intérieur, le cercueil fermé est placé dans le chœur. Je ne la vois pas, mais j'entends la mère de Silas pleurer dans la première rangée. Mon amie et moi nous plaçons vers le milieu de la nef, mais j'ai tenu à rester à l'extrémité du banc, au bord de l'allée centrale, pour me rapprocher de Silas quand ils l'emmèneront.

Je n'ai aucun souvenir de l'office religieux, de l'oraison du prêtre. C'est par la presse que j'en saurai davantage. Il est sûr que le curé n'a pas mentionné le scandale. Silas aura été évoqué conformément à l'image que ses parents souhaitaient en garder.

À la fin de l'office, les porteurs soulèvent le cercueil, et je sais que le geste que je vais faire est ma dernière chance d'être proche de Silas. Quand il passe à ma hauteur, je tends la main pour en toucher le bois. Puis je me lève pour le suivre, m'interposant entre lui et son père. Il me rattrape pour que nous soyons au même niveau, et c'est ensemble que nous franchissons le seuil, menés par Silas.

Au bas des marches, M. Quinney sort de la poche de son pardessus une liasse de feuilles – des lettres, précise-t-il – qu'il me tend en me disant qu'il comptait me les donner à l'occasion de cette cérémonie car, très probablement, nos chemins ne se croiseront plus. Ces papiers, pliés en quatre, ont des bords irréguliers, comme si on les avait arrachés à un bloc-notes. M. Quinney n'étant pas le genre d'homme qu'on prend dans ses bras, je m'abstiens.

Je me demande sans cesse si on peut maintenir quelqu'un en vie rien que par la pensée et le rêve. Je n'ai que mes souvenirs. Le souvenir des portes que

Silas et moi avons franchies. Une, puis une autre, puis une autre encore… Je m'estime heureuse d'avoir ce journal pour me les rappeler. De la sorte, nous pourrons franchir ensemble de nouvelles portes tant que je serai en vie.

Colm

Les jours qui ont suivi la mort par hypothermie de Silas Quinney, le centre de l'attention publique s'est subtilement déplacé : on s'interrogeait soudain moins sur la culpabilité des garçons que sur la manière déplorablement directive, autocratique même, qu'avait l'école de traiter l'affaire. D'énormes pressions ont commencé à s'exercer sur l'administration d'Avery, en particulier sur Michael Bordwin pour avoir extorqué des aveux et bafoué les droits des deux élèves.

Robert Leicht et James Robles ont été inculpés par la cour fédérale d'Avery pour agression sexuelle. S'ils étaient jugés coupables, les garçons devraient nécessairement être inscrits au registre des délinquants sexuels et ils risquaient trois ans de prison. Les parents et leurs avocats ont judicieusement conseillé aux deux élèves de plaider plutôt coupables pour conduite obscène. Le juge Wycliff leur a ordonné un suivi psychologique et leur a infligé deux cents heures de travaux d'intérêt général en sus de deux années de liberté surveillée. Ils n'ont pas été inscrits au registre des délinquants sexuels.

Robles, que j'en suis pourtant venu à prendre en grippe, a me semble-t-il d'excellents arguments contre l'école s'il l'attaque en justice. Avery School ferait bien de régler au plus tôt l'affaire à l'amiable. L'argument le plus intéressant est de droit civil (et non de droit pénal) : Robles pense qu'il n'aurait pas dû être inculpé au premier chef puisqu'il n'a jamais touché la fille. Il était présent dans la pièce, mais il « s'occupait de ses oignons », selon ses propres termes. D'après la bande vidéo, cependant, une *partie* de James Robles est entrée en contact avec la victime. Selon le point de vue adopté, la séquence exonère ou accuse James Robles. Franchement, ces arguties juridiques, pour moi, c'est du flan. N'empêche que j'aimerais bien être dans la salle quand son avocat exposera l'affaire !

Ellen

Il est cinq heures trente du matin. Du regard, vous inventoriez la cuisine. Considérablement plus petite que la précédente, elle semble donc plus encombrée. Peut-être l'est-elle : vous avez perdu l'habitude de faire la vaisselle le soir car, après une longue journée de travail et les trajets interminables, vous ne vous sentez pas de nettoyer l'évier. Rob le fait parfois, car il se couche plus tard que vous, et vous avez une bonne surprise le lendemain. Vous pouvez déduire son emploi du temps de la veille, ce qu'il a fait et mangé, par les objets qu'il laisse traîner un peu partout : un journal plié à la page du programme télé ; un paquet de pop-corn vide et une canette de coca. Il peut lui arriver d'oublier d'éteindre la lumière dans le séjour en laissant un livre ouvert sur un des gros coussins de sol. Il a trouvé un boulot à temps partiel à la librairie située en face de chez vous. Il en revient souvent les bras chargés d'ouvrages qu'il a désormais le loisir de lire.

Le temps que vous passez ensemble est si réduit que vous pourriez aussi bien vivre séparés. Quand vous partez le matin, il est toujours au lit, où il reste jusqu'à midi. Il travaille de treize heures à vingt heures. Vous lui gardez son dîner au frigo, ou au four. Il vous arrive de préparer deux plateaux-télé ou de dîner assis à la table de la cuisine. Vous le pressez de questions auxquelles il répond de son mieux, mais vous sentez son agacement. Ce qui ne vous empêche pas, quand vous n'y tenez plus, de lui demander s'il a rencontré une fille sympa à la librairie, ou s'il compte reprendre ses études, ou s'il a des projets pour le week-end.

Apparemment, il ne rencontre personne à la librairie, il ne fait aucun projet concernant ses études, quant au week-end, il est trop loin pour y penser. Non, on ne peut pas parler d'impolitesse, ou de manque de respect. Il a dépassé ce stade. Il a mûri, conscient du fait que si vous et lui devez vivre ensemble il vous faut conclure une trêve. Vous vous couchez vers neuf heures du soir et lisez une demi-heure avant de vous endormir. Pour Rob, la journée (la *vraie*) commence. De temps à autre vous entendez la porte claquer et la voiture que vous partagez démarrer dans l'allée. Vous vous demandez : Mais où va-t-il ? Il n'a pas de copains, que vous sachiez. Selon ses dires, il rentre vers quatre heures trente du matin, soit une heure avant que votre réveil sonne.

Ce matin, pas de chance : l'évier est plein de tasses à café et de bols à céréales vides. L'éponge est imprégnée d'un liquide noir qu'il vous faudra identifier. Dans un vase carré muni d'un porte-fleurs en céramique croupit l'eau de celles que vous avez cueillies le week-end dernier dans le petit jardin qui flanque votre appartement. Vous jetterez ces fleurs fanées dans une minute, après votre deuxième tasse de café. Le courrier de la veille et de l'avant-veille est toujours en pile sur la table, et les chaises sont occupées par une semaine de journaux, déjà lus, dont les encarts publicitaires offrant divers services ont été découpés. L'un de ces journaux traîne sur un coin du fourneau. Vous le jetterez quand vous vous lèverez.

Arthur vous a quitté peu après le renvoi de Rob d'Avery School. Vous en avez été peu surprise ; vous le sentiez venir. La vraie stupeur, ce fut la rapidité de sa réaction, comme s'il vous tenait pour responsable du scandale. Vous saviez que, après, votre mari et votre fils ne pourraient plus vivre ensemble, mais votre mari et vous, ça, c'était inédit. La maison familiale a été vendue au cours du divorce et vous avez trouvé cet appartement, dans une ville proche de Boston, où personne n'est au courant de l'affaire, remontant maintenant à deux ans, qui vous a salie, vous tout autant que votre fils. Vous avez trouvé un nouveau boulot au rayon chaussures du grand magasin Macy's. Ce n'est pas un travail abominable si on exclut la lumière artificielle et le temps passé dans les transports en commun. Dans le métro, vous tentez de lire, mais dans cet air confiné et avec les à-coups du train, vous avez un peu mal au cœur. Vous fermez les yeux et tentez de vous reposer.

Arthur a emménagé dans un studio, au sud-est de Boston. Vous ne connaissez pas son appartement, mais d'après Rob, à qui le tribunal a suggéré la fréquence des visites à son père, il est « super », avec murs en briques apparentes et balcons. Vous vous demandez comment, si l'argent a été scrupuleusement partagé entre vous, votre mari a pu s'offrir un tel bien après le divorce. Vous étiez tentée de demander à votre avocat d'investiguer, mais vous y avez renoncé, car vous avez besoin de la pension alimentaire qu'Arthur vous verse chaque mois ; il n'y est pas obligé – Rob a maintenant vingt ans –, et vous trouvez plus sage de ne pas déclencher les hostilités. Vous vous débrouillez. Vous arrivez même à mettre un peu d'argent de côté chaque semaine. Vous avez choisi cette ville car vos sœurs vivent dans des localités voisines, et elles vous ont aidée. Elles ont toujours adoré Rob, et le scandale n'y a rien changé : elles se sont arrangées pour le mettre de côté, pour l'enfermer dans une petite boîte. Quand elles viennent vous voir, les rares fois où Rob est à la maison, elles lui font part de leur souci devant son manque d'ambition actuel : « Tu avais tout pour réussir », ajoutent-elles.

Vous ouvrez le réfrigérateur pour voir ce que vous pourrez faire à dîner ce soir. Ce qui manque, vous l'achèterez. Parfois, vous laissez un mot à Rob pour lui demander de s'occuper des courses – ce que vous êtes tentée de faire aujourd'hui car vous vous sentez inhabituellement fatiguée. La saison, sans doute : il fait nuit noire, et il fera nuit noire quand vous rentrerez du travail. Vous fermez le frigo et décidez de vous occuper du courrier avant que la pile ne s'écroule.

Vous triez : imprimés publicitaires, factures, personnel. Le gros du contingent est constitué par les deux premiers. Du courrier personnel, vous n'en recevez presque pas, ce qui doit être le cas de la plupart des gens. Vous êtes donc surprise de voir, avec votre nom écrit à l'encre, une enveloppe portant le cachet de l'université du Vermont. Un moment, vos idées se brouillent : Rob aurait-il, à votre insu, rempli un formulaire d'inscription ? L'aurait-on admis et vous demanderait-on de payer les frais ? Si cela était, vous le feriez bien volontiers, heureuse qu'il reprenne ses études. Sauf que, de sa part, s'inscrire dans le Vermont, l'État du scandale, vous semble incongru.

Vous lisez avidement la lettre. Une chercheuse souhaite avoir un entretien avec vous au sujet des événements de janvier 2006. Le ton est respectueux, et la confidentialité assurée. Le thème de sa recherche est : « Alcool et comportements des adolescents mâles dans l'enseignement secondaire. » La lettre est signée *Jacqueline Barnard*. Vous la relisez pour être sûre de n'avoir rien omis, puis vous la déchirez méthodiquement, en tout petits morceaux que vous jetez dans la corbeille à papier. Vous ne parlerez pas du fichu scandale. Vous ne répondrez à aucune question. Vous vous demandez si votre fils a reçu la même lettre. En fouillant la corbeille pleine d'autres enveloppes déchirées, vous ne voyez rien émanant de l'université du Vermont adressé à votre fils.

Pendant presque un an après l'affaire, ça a été un crève-cœur de trouver au courrier des brochures de *colleges* et d'universités essayant de susciter l'intérêt de Rob. C'était probablement la corpo étudiante qui lui faisait suivre cette documentation. À l'évidence, personne ne s'était soucié de mettre les listes à jour, car pourquoi envoyer ceci à un élève renvoyé, qui avait plaidé coupable de conduite obscène et été condamné à deux ans de liberté surveillée ? (Il est en train de finir la deuxième.)

Encore une chose qui vous tracasse. Quand votre fils ne sera plus obligé de vivre chez vous pour se présenter régulièrement devant le contrôleur judiciaire, il vous quittera. Il ne vous l'a jamais dit, mais vous le redoutez. Au mieux, il reprendra ses études : Arthur les lui paiera, vous en êtes sûre. Au pire, aucun de vous ne saura plus ce qu'il devient, car il aura coupé les ponts.

Vous allez à la fenêtre. L'éclairage urbain vous permet de voir votre voiture, garée sur son emplacement réservé. Vous repensez à votre vieux fantasme de sauter dedans pour conduire au hasard ; dernièrement, ça vous a hanté. De là où vous habitez, vous savez exactement comment filer vers le nord-ouest – car c'est dans cette direction que vous irez. Vous avez même envisagé le voyage en détail. Vous écrirez une lettre à Rob pour lui expliquer que vous réalisez un vieux rêve, que votre départ n'a rien à voir avec lui, que vous lui ferez bientôt signe. Vous retirerez vos économies de la banque et mettrez quelques vêtements dans un petit sac que vous jetterez sur le siège arrière – n'emporter que très peu de choses. Oui, mais *quid* de vos souvenirs, ceux qui vous sont importants ? Il vous faudra peut-être une valise pour les mettre, ou revenir les chercher plus tard… Sortir en marche arrière de l'impasse, tourner à gauche et filer tout droit. Ne prendre que des routes secondaires jusqu'au nord de l'État de New York, puis direction le Canada. Vous continuerez peut-être au-delà, si votre pulsion de conduire n'est pas entièrement satisfaite. C'est là que vos fantasmes achoppent. Vous n'arrivez pas à visualiser l'endroit où vous arriverez, les motels dans lesquels vous dormirez, les restaurants pour routiers où vous vous nourrirez. Imaginer une autre vie, un autre boulot, d'autres obligations, cela vous dépasse. Seul compte le présent, l'urgence du départ.

Vous examinez de nouveau la cuisine et décidez de passer à la vitesse supérieure : vous allez tout nettoyer avant de partir travailler. Vous minutez très exactement le temps qu'il vous faudra pour le faire avant d'attraper le bus qui vous laissera au métro. Vous vous saisissez de l'éponge et faites couler l'eau chaude tout en regardant fixement le placard vitré qui est sous vos yeux sans voir ce qu'il contient, en vous demandant comment une simple bacchanale d'une heure et quelques a pu changer à jamais la vie de tant de gens, dévier si radicalement leur trajectoire. Ce qui vous a si profondément affectés, votre fils et vous, c'est de savoir que ce changement est non seulement possible, mais immédiat.

En vous brûlant les doigts, vous versez du liquide à vaisselle sur l'éponge pour tenter de la débarrasser de cette substance noire.

Mike

Son manteau sur le bras et sa valise à ses pieds, il regardait la cage de verre dans laquelle il venait de vivre quelque temps. Il neigeait. Un décor animé par les lampadaires, le porche illuminé de l'église d'en face et les petits carrés de lumière des maisons adjacentes. Une scène bucolique, presque parfaite, produit conjoint de l'homme et de mère Nature. Il serait volontiers resté pour cette unique raison, mais il avait décidé de partir. Il avait demandé sa note, ce qui avait surpris le concierge car il devait rester dix jours de plus. De fait, Mike, venu là pour écrire sa version des événements de janvier 2006, en avait soudain assez. Il en avait fini avec cette affaire. Dans la chambre, il avait eu envie de mettre son mince manuscrit à la corbeille. Il s'était abstenu par peur que quelqu'un le lise. Il l'avait donc fourré dans sa valise, où il semblait peser plus que le bagage même et son maigre contenu.

Qu'avait-il pensé trouver ici ? Une lettre d'une chercheuse de l'université du Vermont avait déclenché chez lui le désir de donner sa version du scandale. Qu'espérait-il alors ? Trouver la rédemption dans l'énoncé chronologique des faits et leur enchaînement fatal ? Ou tout simplement comprendre pourquoi ils avaient eu lieu ? Sa liaison avec Anna avait provoqué des dégâts terribles. Si elle n'avait pas existé (ou si son fils ne les avait pas surpris, ce qui, à long terme, était inévitable), Silas n'aurait pas commencé à boire dès le matin ce fameux samedi, il n'aurait pas envoyé le ballon (qui, de fait, avait frappé sa voisine) sur Mike, il ne serait pas allé rejoindre J. Dot le même jour. Il aurait passé la soirée avec Noelle.

Mike avait chiffré le carnage : un garçon mort, deux exclus. Deux occasions universitaires manquées. Une fille au cœur brisé. Une autre qui se terrait quelque part en essayant, disait-on, de s'inventer un avenir. Deux divorces. Un mariage vidé de son sens. Deux mères anéanties. Une troisième hébétée. Un homme qui avait perdu à la fois son fils et sa femme. Une institution jadis honorable, dévalorisée, moribonde. Une ville déchirée, des familles qui ne se parlaient plus. Des habitants partis s'installer ailleurs. Des élèves, étrangers à l'affaire, refusés cette année par plusieurs universités prestigieuses du fait de la réputation exécrable qu'avait désormais Avery School – même si ce n'était pas formulé ainsi. Ceux qui devaient passer leur diplôme cette année-là et avaient été acceptés ailleurs, harcelés de questions de la part de leurs parents et amis, ont dû se dire que le morceau de papier qu'on leur remettait lors de la cérémonie avait déjà perdu beaucoup de son prestige. Le carnage était sans fin.

Il avait donc payé sa note et laissé les pourboires qu'il fallait. Puis, après avoir contemplé son perchoir, il était allé prendre sa voiture au parking. Il neigeait de plus en plus fort. Conduire jusqu'à New York le soir même ne semblait pas une bonne idée. Il décida de tenter le coup, prêt à s'arrêter dans un motel si les conditions météo empiraient.

Le village une fois traversé, il arriva à une intersection. À droite, l'État de New York. À gauche, on s'enfonçait dans le Vermont. Il hésitait quand un camion arrivé derrière lui klaxonna. Sans vraiment le vouloir, il tourna à gauche.

Les routes secondaires, moins fréquentées, étaient moins bien déblayées, et donc dangereuses. Mais il avait des pneus neige et l'habitude de conduire dans ces conditions. Il fallait rouler au pas et ne pas braquer les roues. Avec un peu de chance, il trouverait une sableuse derrière laquelle il resterait tant que ce serait possible. Le trajet serait long, mais il avait tout son temps. Son seul projet : le réveillon de Noël chez son ex-beau-frère dans quinze jours. Paul s'était montré très chic avec lui ; il lui avait même laissé entendre qu'il pourrait lui offrir un boulot. Il cherchait un collecteur de fonds et connaissait l'excellente réputation de Mike dans ce domaine. Ils devaient en parler le soir de la fête. Mike se demandait s'il aurait le courage de lui demander des nouvelles de Meg. Paul et lui s'étaient rencontrés une demi-douzaine de fois depuis le divorce, mais aucun des deux n'avait mentionné son ex-femme. Paul, probablement, ne voulait pas rouvrir une vieille blessure alors que Mike ne trouvait plus le sujet tabou. Il aurait voulu entendre qu'elle s'était calmée, qu'elle avait refait sa vie et conçu avec un autre que lui l'enfant qu'elle désirait. La savoir heureuse et mère aurait allégé son sentiment de culpabilité. Il lui avait fait autant de tort qu'aux Quinney, mais, bizarrement, elle n'avait jamais été au courant de sa liaison avec Anna – du moins le croyait-il.

Apprenant que l'école exigeait la démission de Mike pour avoir tenté d'étouffer l'affaire, Meg avait été à la fois horrifiée et furieuse. Elle avait honte pour lui, déclara-t-elle. Elle l'avait quitté le jour même, sans lui dire au revoir et sans lui laisser ses coordonnées. Il semblait à Mike qu'elle était prête à filer depuis longtemps, qu'elle attendait tout simplement le bon moment. Et celui-ci était idéal, car il lui permettait de le plaquer en catimini tout en lui faisant la morale. Même s'il avait été là quand elle était partie, il ne lui aurait pas demandé de rester. Il n'avait aucune envie de lui parler d'Anna, ce qui aurait blessé son amour-propre (sans lui briser le cœur, cela, il en était sûr). Il ne s'en sentait même pas le devoir : de toute façon, elle l'aurait quitté.

Mike suivit peu après. Lui aussi était prêt. Ce qui lui déplut, ce fut de croiser dans l'allée Coggeshall et son épouse, leur voiture pleine à craquer de vêtements et d'objets personnels. Ils auraient pu avoir la délicatesse d'attendre qu'il ait tourné les talons pour revendiquer la résidence de fonction.

Mike comptait s'installer à New York, où il avait loué un modeste studio dans le West Side (anonymat garanti). Paul, qui demeurait son seul ami, y vivait. S'il lui offrait un boulot, ce serait un vrai soulagement pour Mike qui, depuis le scandale, puisait dans ses économies – ou plutôt ce qu'il lui en restait, car la moitié était passée dans la poche de Meg. Il lui restait tout juste assez pour régler une chambre encore l'équivalent d'un mois dans cet hôtel onéreux qu'il venait de quitter. Après cela, il se retrouverait sans un centime, la moindre facture devenant une catastrophe.

Quant à l'action au civil intentée par Robles, elle ne l'était pas contre Mike Bordwin personnellement (judicieux, l'avocat des Robles ne lui trouvait pas d'assez gros moyens), mais contre l'école en tant qu'institution. Pour défendre ses propres intérêts, il avait pourtant dû engager un avocat dont il allait recevoir sous peu la note d'honoraires.

En s'approchant d'Avery, il crispa ses mains sur le volant, moins pour garder le contrôle de la Volvo que par angoisse de revenir dans une ville qui l'avait répudié. La neige qui tombait de plus en plus dru le rendait moins visible ; à son grand soulagement, il n'y avait pas un chat dans la rue. Il passa lentement devant le bazar Peet, l'agence immobilière Greason, les anciens logements ouvriers, le palais de justice. Comme décorations de Noël, il n'y avait que les guirlandes électriques accrochées dans la grand-rue depuis Halloween. En passant devant les grilles d'Avery, il détourna les yeux. Il ne souhaitait pas non plus s'arrêter à la station-service.

Il emprunta la rue obscure qui menait à la ferme. Une fois arrivé, il se gara sur le bas-côté et éteignit ses phares. Se souvenant de son propre accident et du coup de frein malheureux qu'il avait donné en découvrant soudain une voiture garée devant lui, il veilla à être suffisamment à l'écart pour ne pas effrayer un autre conducteur. Par la vitre passager, il vit la ferme chichement éclairée : la cuisine, et une faible lumière dans une des chambres du haut. La maison avait un aspect désolé de coquille vide. L'estomac soudain noué, il se força à regarder. Ce drame était arrivé par sa faute. Silas y avait contribué, mais le grand responsable, c'était lui. Sans lui, mari et femme auraient tant bien que mal reconstruit leur vie après la perte terrible qu'ils avaient subie. Mais surtout, sans lui, Silas ne serait peut-être pas mort.

Il crut voir une forme se dessiner à la fenêtre du haut. Féminine ou masculine, il ne pouvait dire tant la neige tombait dru. Peut-être avait-il rêvé. La neige s'accumulait à une telle allure que la vitre de l'auto serait bientôt recouverte, ainsi que le pare-brise.

Je suis venu pour réparer, voulait-il crier.

Mais comment réparer pour un fils mort ?

Quatre fois, Mike avait fait du tort à Owen. La première, en démolissant sa barrière et sa boîte aux lettres. La deuxième, en attirant Silas dans une école où il était possible de se conduire comme sur la bande vidéo. La troisième, en lui volant sa femme. La dernière, la pire, en provoquant la chaîne d'événements qui lui prendrait son fils.

Depuis cet instant terrible où Silas les avait surpris, Mike n'avait plus parlé à Anna, et il en souffrait. Il ne savait pas exactement ce qu'il lui aurait dit – il lui aurait exprimé son chagrin, sa confusion, sa certitude qu'il l'avait aimée plus qu'aucune autre femme durant leurs trop courts moments d'intimité. Elle lui aurait sans doute craché au visage, ou lui aurait arraché les yeux. Sa peine lui conférait une sorte de toute-puissance. Il imaginait sa colère contre lui plus aisément que l'expression de son visage lorsqu'ils s'allongeaient enlacés sur le lit. Il lui semblait d'ailleurs indigne d'avoir la nostalgie de ces moments ; il se forçait à chasser de son esprit toute image qu'ils lui évoquaient.

Il fit un demi-tour assez brusque, en dérapant un peu, et repartit vers la ville tassé sur son siège, non de crainte, mais de honte pour sa lâcheté. Il aurait dû frapper, s'asseoir dans la cuisine avec Owen (Anna ne serait pas descendue, il en était sûr), lui présenter ses excuses sincères, ses terribles regrets. Peut-être les aurait-il acceptés, car lui aussi devait se sentir seul. Ou il lui aurait cassé la figure.

La neige tombait maintenant à gros flocons. Il y en avait facilement quinze centimètres de plus que lorsqu'il avait quitté l'hôtel. Les mains tremblantes, il devait se concentrer sur la route qui ne semblait pas avoir été déblayée. La municipalité attendait peut-être, par économie, qu'il cesse de neiger pour ne pas avoir à refaire le boulot.

Arrivé au niveau d'Avery School, il s'arrêta encore, mais cette fois, il descendit de la voiture, s'enfonçant dans la neige jusqu'aux mollets. Il était en chaussures de ville et ses jambes de pantalon étaient trempées. Enfilant les gants qu'il avait dans sa poche, mais oubliant son chapeau sur le siège, il s'avança vers les grilles fermées. Aveuglé par les flocons, il les empoigna pour tenter de voir s'il y avait de la lumière à l'intérieur, tout en espérant ne pas déclencher quelque système d'alarme installé après son départ. Il aurait détesté voir une meute d'hommes accourir vers lui.

Ne voyant rien, il s'adossa contre un des solides montants de pierre. Une nouveauté, cela. Il se demanda quand on les avait construits. Il savait maintenant ce qu'il aurait dit à Owen Quinney, s'il avait eu le courage de le regarder en face : Je suis responsable de la mort de votre fils. Et Owen Quinney ne l'aurait pas nié.

Il ferma les yeux, repensant à la vidéo cent fois diffusée sous diverses formes, numériques ou autres. Dans l'univers flottaient les pixels dont la combinaison avait fait tant de mal. Il se demandait parfois si l'horreur qu'il avait éprouvée en visionnant la bande n'était pas exagérée ; peut-être était-ce une scène sans conséquence, comme la saison des amours, ou les jeux d'une portée de chiots. L'horreur en question n'était peut-être que sa gêne devant l'impudeur, à laquelle s'ajoutait la crainte des répercussions – tout particulièrement pour lui en tant que directeur d'internat. S'il avait visionné cette cassette en tant que simple citoyen, aurait-il été aussi choqué ? *Peut-être,* parce que la fille n'était qu'une enfant.

Il ouvrit les yeux. Il ne reviendrait plus jamais à Avery, il en avait la certitude. L'attendaient New York et le petit studio. Avant de remonter en voiture, il se retourna pour regarder une dernière fois les grilles fermées d'une Avery School obscure, désolée, comme en attente d'un nouveau contingent de jeunesse.

Rob

Chère Mlle Barnard

J'espère pouvoir vous éclairer sur les événements de janvier 2006 en répondant à vos questions. Ce sera ma seule contribution écrite depuis deux ans. Je souhaiterais qu'il y en ait d'autres, mais, pour l'instant, je ne sais pas trop dans quel domaine.

J'avais entamé ma terminale dans un état d'esprit optimiste. En sus de l'avantage qu'a tout bon élève dans toute école réputée, je m'attendais à jouer un rôle dominant dans une équipe de basket-ball exceptionnelle. J'étais impatient de suivre les cours de niveau avancé dispensés par les meilleurs profs de l'institution. Je savais que remplir des formulaires d'inscription pour plusieurs universités privées prendrait un temps fou, mais le défi me stimulait. Je savais que mon dossier scolaire était atypique, panaché comme il l'était de notes excellentes et moyennes (avec une légère prédominance des premières), mais je savais aussi qu'au moins un de mes professeurs me recommanderait très favorablement. Mes tests d'aptitude étaient très bons. J'espérais obtenir de Brown l'accord d'admission précoce pour la rentrée suivante. Je suis allé visiter l'université à deux reprises, au printemps et en été. Comme me l'avaient prédit les enseignants et mon conseiller d'orientation, je m'y étais tout de suite senti chez moi. J'appréciais, de plus, l'absence de tronc commun, ce qui me permettait de ne choisir que les matières qui m'intéressaient. Le jour où j'ai reçu leur lettre d'acceptation a été un grand moment pour moi – et pour ma famille, naturellement.

Une cause de plus à mon euphorie : en terminale, j'aurais davantage de liberté. À Avery, on est un peu plus libre en avançant dans sa scolarité. Par exemple, un interne de terminale peut emprunter la voiture d'un externe pour aller s'acheter une pizza. C'est une petite chose, mais, dans un internat, on se sent parfois prisonnier, et les règles sont forcément strictes. Elles s'assouplissent toutefois pour ceux qui ont une bonne réputation, ceux à qui l'on fait confiance. Certains jours, j'éprouvais un besoin désespéré de fuir. Comme j'étais pensionnaire, je n'avais pas le droit d'avoir de voiture, alors je marchais. Le dimanche, je faisais souvent des randonnées dans la montagne. J'ai toujours aimé marcher. C'est à cette occasion que je réfléchis le mieux.

J'ai fait la connaissance de Silas Quinney en première. James Robles, je ne l'ai connu qu'à mon entrée en terminale. J'avais entendu mon entraîneur dire qu'un postgraduate recruté par Gonzaga allait arriver à Avery. Ça m'inquiétait un peu, car, en général, les P.G. vous font de l'ombre. Ce sont eux qui donnent le la *en matière de vie sociale, et ce sont souvent les stars des équipes sportives. Je comprends que les écoles assurant des prépas adorent les recruter, mais pour les élèves qui ont fait tout leur second cycle dans les écoles en question, c'est une catastrophe.*

Par exemple, un joueur moyen qui, en terminale, après des années passées à ramer dans des équipes scolaires ou municipales, a enfin, comme il se doit, la chance d'intégrer l'équipe principale, risque d'être écarté parce qu'un P.G. a usurpé sa place. De plus, les P.G. tendent à être cyniques vis-à-vis de l'école et de ses activités. De vrais rabat-joie. Ils ne vont pas aux soirées dansantes, ils ne veulent pas être vus aux pep rallies[1] *de l'équipe de football. Partager l'esprit de l'école leur semblerait déchoir. Enfin, et c'est je suppose le point qui vous intéresse, ils tendent à avoir une grande expérience en matière d'alcool et de drogue. Ils savent exactement où se les procurer. Je ne dis pas que sans les P.G. il n'y aurait pas d'alcool sur les campus, mais ils donnent à la chose une dimension plus glamour. Comme ce sont souvent des célébrités, c'est dur de résister à leur influence.*

J. Dot, par exemple. Il était grand et beau gosse, dans son genre « destroy ». De plus, il avait de l'humour – un humour corrosif. Il pouvait épingler (embrocher serait plus exact) n'importe qui en le singeant, surtout la hiérarchie ; il faisait une imitation inénarrable de Bordwin, le directeur, et de Blount, notre coach. Pour des athlètes, c'est quasiment hérétique de ridiculiser leur entraîneur, mais J. Dot pouvait tout se permettre. Le retour de bâton, c'est que, dès qu'on avait tourné les talons, on pouvait soi-même devenir la cible de sa méchanceté. Parfois, en quittant sa chambre, je sentais mille fléchettes traverser mon dos. Le plus bizarre, c'est que J. Dot me considérait vraiment comme son meilleur ami. Ce que signifient amitié, confiance, loyauté, je doute qu'il l'ait su. Ces mots ne

1. Réunion des élèves avant un match interscolaire, pour encourager leurs équipes.

s'inscrivaient pas sur son écran radar. Pourtant, je traînais avec lui, comme toute l'équipe d'ailleurs, même hors de la saison des matchs. Nous étions liés, incontestablement.

J'aimais beaucoup Silas, sauf que, depuis la fin de la première jusqu'à la fin du premier trimestre de terminale, je l'ai moins vu : il était amoureux d'une fille prénommée Noelle. Silas était un chic type. Les secondes et premières de l'équipe l'admiraient. Ils craignaient J. Dot, mais ils adoraient Silas. Ils disséquaient chaque mouvement de Robles, mais c'est Silas qu'ils écoutaient. Il aurait fait un entraîneur formidable. Il se voyait en prof de lycée, mais je suis sûr qu'il ne savait pas vraiment ce qu'il voulait faire plus tard. Ce qu'il ne voulait pas, en revanche, c'était reprendre la ferme de son père. Même s'il aimait le lieu et adorait son père, il savait ce que cela impliquait, et il refusait ce fardeau.

Le matin du 21 janvier, avant le match contre l'équipe de Faye, j'étais arrivé tôt pour bander mon genou qui m'avait posé un problème la veille. Je me croyais seul dans le vestiaire (l'entraîneur s'y trouvait, occupé quelque part), quand j'ai entendu, dans une des allées, quelqu'un donner des coups de pied dans une porte de casier. J'y ai prêté peu d'attention, car les jeunes élèves shootent sans arrêt dans les casiers. Puis j'ai entendu des pleurs de colère, avec grognements et jurons à l'appui.

Je suis allé voir. C'était Silas. Il avait la tête baissée, les yeux fermés, et le visage mouillé, comme s'il avait pleuré ou pleurait encore. Je lui ai demandé : « Ça va pas, mon pote ? » Il a levé les yeux, et je n'oublierai jamais le regard qu'il m'a jeté. Pendant une seconde ou deux, j'ai eu l'impression qu'il ne me reconnaissait pas. Puis il m'a lancé : « Va te faire foutre, Leicht. »

Texto.

Je l'ai laissé, mais j'étais perplexe. Il ne m'avait jamais parlé ainsi. Il était un de mes meilleurs amis. Je me demandais ce qui lui était arrivé pour être dans un tel état. Il s'était peut-être fait jeter de l'équipe pour des raisons que j'ignorais, ou bien sa petite amie l'avait plaqué. C'était un type à l'humeur plutôt égale ; il lui en fallait beaucoup pour sortir de ses gonds. Pas comme J. Dot, qui passait sans transition d'une placidité quasi comateuse à une violence inquiétante. J'étais inquiet pour Silas ce matin-là, et j'aurais dû le dire à l'entraîneur, qui lui aurait parlé et l'aurait sans doute calmé. Si je l'avais fait, rien ne serait arrivé.

Vous avez sans doute entendu parler de l'incident qui a eu lieu ce jour-là en cours de match. La presse l'a rapporté une dizaine de fois, mais personne n'en a donné une explication satisfaisante. Silas a envoyé le ballon dans la tribune, un geste fou, probablement lié à ce qui l'avait fait pleurer au vestiaire.

Une chose est sûre, c'est que son haleine sentait l'alcool. Je m'en suis rendu compte au cours de l'échauffement avant la partie. Je pensais qu'il s'était soûlé la veille au soir et n'avait toujours pas éliminé l'alcool de son système. Cela aussi, j'aurais dû le dire à l'entraîneur. Mais j'ai pensé que ç'aurait été déloyal vis-à-vis de Silas, qui aurait été exclu du jeu. Je pensais aussi que son état s'améliorerait en cours de partie – une erreur de jugement.

Un grand silence régnait dans le vestiaire après le match. J. Dot s'est approché de moi et, sans parler, m'a regardé d'un air interrogateur. J'ai haussé les épaules en signe d'impuissance et il m'a dit alors : « On devrait essayer de le trouver. » Cela m'a surpris, J. Dot n'étant pas du genre à se soucier des autres. Ce qui s'était passé sur le terrain avait dû l'impressionner.

Comme nous étions morts de faim, nous sommes allés dîner avant de partir à sa recherche. Nous étions convaincus que Noelle avait quelque chose à voir avec le comportement de notre copain, mais nous n'avons pas osé l'approcher directement, la croyant, elle aussi, bouleversée. Personne ne se souvenait si elle avait ou non assisté au match. J. Dot a appelé sa compagne de chambre sur son portable, mais elle n'a pas répondu. J'ai appelé chez Silas, et son père m'a dit qu'il n'était pas encore rentré. Bizarrement, il ne m'a pas demandé qui avait gagné, ni quel était le score. Je me suis alors douté que ce qui avait bouleversé Silas s'était passé chez lui.

Nous l'avons trouvé dans sa voiture, sur le parking, dans un sale état. Malgré le froid glacial, il n'avait pas fait tourner son moteur pour ne pas attirer l'attention. J. Dot a ouvert la portière et l'a dévisagé, sans mot dire. Silas, sérieusement bourré, s'est mis à rire comme un maniaque qui aurait voulu garder une bonne blague pour lui seul. J. Dot l'a sorti de la voiture. Il a fermé la portière et a mis les clés dans sa poche – il n'était pas en état de conduire. « Viens, on t'emmène », lui a-t-il dit.

Et c'est là que la bringue a commencé.

À vingt heures, la chambre de J. Dot était pleine de types déjà beurrés. Il avait acheté l'alcool plus tôt dans la semaine, en prévision d'une fête chez un externe qui n'avait jamais eu lieu. Il l'avait caché sous une couverture, dans la voiture de Djamel. Nous sommes allés un par un sur le parking avec nos sacs à dos, qu'on a remplis de bières. N'importe quel professeur doté d'un peu de jugeote aurait pu se douter que le parking des externes abritait une activité clandestine, mais personne ne le surveillait. En début de soirée, on avait déjà apporté l'équivalent de trois caisses de bière dans le dortoir, plus une demi-douzaine de bouteilles de rhum Bacardi. J. Dot avait mis la musique à fond mais personne aux alentours ne s'était plaint. Qui aurait osé ? De plus, même chez les profs en résidence régnait le sentiment que quelque chose de terrible s'était produit le jour même sur le terrain de basket, et qu'il fallait nous laisser décompresser. Djamel était dans la pièce, et August, et Irwin, plus quelques autres.

Naturellement, comme dans toute situation où les garçons s'amusent, il fallait des filles. Il n'y en avait pas sur place, d'où l'obligation d'aller les chercher ailleurs. Avec le verglas, aucune sauterie n'était prévue en dehors du campus : ne restait que la soirée dansante à l'Association. En général, ces soirées, on les trouvait ringardes, mais c'était un réservoir de nanas.

Je ne cesse de me dire : s'il n'avait pas fait si froid ce soir-là, si un prof était entré dans la chambre de J. Dot, si Silas n'avait pas lancé le ballon dans les gradins, si la fille n'avait pas foncé droit sur J. Dot dès qu'il avait passé la porte… Depuis deux ans, je joue au jeu des hypothèses.

Je n'ai pas envie de mentionner ici le vrai nom de la fille, même après tout ce temps, et même si, dans l'optique exclusive de vos recherches universitaires, vous le gardez pour vous. Je l'appellerai donc Sienna, puisque c'est le nouveau prénom qu'elle s'est choisi.

Dès septembre nous savions tous qui était Sienna, à peine dix minutes après son arrivée sur le campus. On repère les élèves de troisième tout de suite, on les jauge, on parle d'elles durant la première semaine, et on se forge une opinion. La concernant, c'était facile : chaude et assez déjantée. Pour être honnête, j'étais un peu surpris que J. Dot ne lui ait pas tout de suite sauté dessus, puisqu'elle n'avait d'yeux que pour les P.G. Pour une raison jamais explicitée, il ne l'a pas fait. Et je peux vous dire une chose : ce n'était pas à cause de la différence d'âge. Nous en étions conscients, bien sûr, mais, comme nous faisons tous partie de la même communauté et qu'on nous permet – bien plus, on nous y encourage –, d'assister aux mêmes soirées dansantes, il ne nous est jamais arrivé de nous dire que telle fille était taboue, et telle autre, non. Personne ne vous tapait sur les doigts si vous sortiez avec une troisième. Et, comme tout le monde le sait, dans une relation qui dure un peu, le problème des rapports sexuels commence inévitablement à se poser. J'ai même connu une terminale qui sortait avec un troisième, un « petit nouveau ». Je trouve ça lamentable, mais, encore une fois, aucune règle ne le proscrit.

Je n'offre pas ceci comme une excuse, car ni moi ni personne n'avons d'excuses pour ce qui s'est passé plus tard dans la soirée. Cela s'est produit, point final. Seulement, je trouve bizarre que personne à l'école n'ait jamais mentionné qu'il était illégal dans l'État du Vermont pour un élève de terminale ou de prépa d'avoir des rapports sexuels avec une élève de troisième. Il me semble que quelqu'un aurait dû nous le dire.

À l'Association étudiante, Sienna a donc foncé droit sur J. Dot. Comme celui-ci se soûlait tous les samedis depuis son entrée à Avery, je ne sais pas au juste ce qui l'a poussé à la prendre par la main pour l'amener sur la piste. Était-il plus ivre que d'habitude ? Avait-il une méga-envie de baiser ? Lui trouvait-il, ce soir-là, un attrait qui lui avait échappé jusqu'alors ? Attirante, elle l'était. Sexy. Torride. Je ne sais pas comment le dire autrement. Elle avait un visage rond et un joli sourire. Des yeux verts. De lourds cheveux blonds, tirés ce soir-là en arrière, ce qui lui donnait l'air plus mûre, plus sophistiquée. Menue, avec un corps de déesse, chaussée de talons aiguilles, elle sortait du lot. Peu de filles portent des talons aiguilles en janvier dans le Vermont. Même maintenant, il m'arrive de rêver d'elle, mais ce rêve est toujours un cauchemar, et je me réveille en sueur.

Je me trouvais à côté de Silas, qui s'est détaché de moi pour aller sur la piste. Il a esquissé un pas curieux laissant présager qu'il rejoignait les deux autres pour danser avec eux. D'une agilité phénoménale sur un terrain de basket, il dansait avec la grâce d'un ours. Je me suis mis à rigoler. Moi aussi j'étais assez ivre, à ce stade, après avoir avalé du Bacardi pur dans la chambre de J. Dot. Je savais par expérience que le rhum rétame, mais j'en avais envie. Je me sentais d'humeur à prendre des risques. Dès le début de la soirée, dans la chambre de J. Dot il y avait de la défonce dans l'air, et ça commençait à transparaître au bal des élèves. Silas et J. Dot dansaient avec Sienna, et Sienna érotisait la danse. Elle était sur un petit nuage car elle tenait maintenant sous son charme, ou du moins le croyait-elle, non seulement un postgraduate mais un terminale. J. Dot avait le sourire en coin de qui fait marcher l'autre. À l'évidence, elle ne pigeait pas, sûre d'avoir la vedette. Cela se voyait à sa façon de bouger, de plus en plus lâchée, mais toujours sexy. On pensait tous qu'elle aurait enlevé ses vêtements si elle n'avait pas été dans un lieu public. Je sais, ça ressemble à un fantasme de mec, mais ce n'en est pas un – pour autant que je sache.

Silas, lui, ne savait même pas où il était, ni avec qui il dansait. Il était passé de l'autre côté.

Je me suis, moi aussi, hasardé sur la piste et je me suis éclaté. Le stroboscope et les bougies sur les tables créaient un éclairage tamisé propice à l'abandon, et je dansais sans trop d'inhibitions. J'adorais. C'était comme conduire à tombeau ouvert pour fuir Avery. On le faisait, et on s'en tirait. Incroyable ! On y a cru un instant. On aurait pu en rester là, et en rire le lendemain matin (de ma nullité comme danseur, par exemple).

Je me souviens m'être étonné que M. Coggeshall, notre chaperon désigné pour la soirée, ne soit pas intervenu pour nous calmer, baisser, ou même changer la musique, car la soirée prenait un tour tribal, incontrôlable, du genre Sa Majesté des mouches. Il y avait maintenant cinq garçons dansant avec une seule fille, tous déchaînés. (Si d'autres filles se sont jointes à nous je ne m'en souviens pas.) Nous faisions tous les cinq partie de l'équipe de basket et nous nous connaissions bien. Certains d'entre nous quittaient la piste pour regarder les autres. Sienna, elle, ne la quittait jamais. Je suis sûr qu'elle vivait le moment de sa vie. En tant que spectateur, j'ai eu la vague impression, qu'en fait de divertissement innocent, nous avions déjà franchi la ligne rouge, ce qui rendait la non-intervention de notre doyen d'autant plus étrange.

Nous sommes revenus au dortoir, titubant en chemin, morts de rire, nous écroulant les uns sur les autres, puis nous nous sommes de nouveau entassés dans la chambre de J. Dot pour faire encore un sort aux bières et au Bacardi, sur un fond de musique techno. Les basses étaient hypnotiques.

Sienna a commencé à onduler, une bière à la main, seule dans sa bulle. Peu à peu, les gros rires se sont tus. Nous la regardions, fascinés. Elle était le rythme, de tout son petit corps animal. Elle nous regardait tous, mais sans vraiment nous voir, sans sourire. Elle faisait son numéro, *elle le faisait avec un talent fou. Aucun de nous n'avait jamais rien vu de pareil. Elle s'était débarrassée de sa veste et de ses talons pour évoluer en petit haut dos nu bleu ciel et jean moulant. On* savait. *On n'avait qu'à la regarder, on savait.*

Le silence s'est fait dans la pièce. Il n'y avait plus que les basses et la fille, une petite beauté qui ondulait lentement, oublieuse de tout sauf de la musique.

J'ai entendu la porte. J'ai vu Djamel et August s'esquiver.

Pourquoi ne pas avoir fait pareil ? Je n'ai cessé de m'interroger tout en connaissant la réponse. Rien n'aurait pu m'inciter à quitter cette pièce. Il s'y passait quelque chose. Tout ce qu'on avait lu, fantasmé, entendu s'y trouvait. Partir, c'était tout perdre. Rester, disons que c'était écrit.

J. Dot a pris une caméra. Un appareil d'occase piqué à ses parents. Il l'utilisait parfois, se filmant pour YouTube. Cette année-là, tout le monde se photographiait, je ne sais pas pourquoi. Pour étoffer ses pages sur Facebook ? Pour avoir ses quinze secondes de célébrité ? Pour illustrer un exploit quelconque, légal ou non ? Je n'ai pas la certitude que ce soit J. Dot qui ait mit la bande en ligne, mais je le suppose. Il savait faire, et il savait aussi flouter les visages. Il s'est sans doute dit que ce serait excitant. Il était comme ça : le flirt avec les extrêmes, la prise de risques.

Je me suis rendu compte qu'il filmait. Sur le moment, je me suis dit que cela faisait partie de cette extraordinaire et scandaleuse expérience que nous vivions. Je n'ai pas pensé aux conséquences. Évidemment.

La section de bande que personne n'a jamais visionnée, c'est Sienna en train de danser. On l'a vue défaire le nœud de son haut bleu, qui a glissé, dévoilant ses seins.

Des seins ravissants, fermes et ronds comme son visage. Voilà, ça y était. On y était. À partir de là, il était trop tard pour partir. Nous l'avons regardée, fascinés, faire un strip-tease. Non, ce n'était pas vraiment un strip-tease, car elle ne tentait pas de nous allumer. C'était simplement beau, comme si on voyait, de la fenêtre d'en face, se déshabiller en musique une fille qui ignore qu'on la regarde. C'était un spectacle délicieux, cette tanagra qui avait en elle quelque chose que personne n'avait su voir : de l'élégance, de la grâce, de la beauté. Une beauté authentique, et non de surface. Je n'avais jamais rien vu de pareil.

Nous étions tous vissés sur place, victimes d'une séduction de groupe extrêmement puissante. Aucun de mes copains n'aurait pu partir à cet instant. Pas J. Dot, malgré son cynisme ; pas Silas, malgré Noelle ; pas Irwin, à qui J. Dot a passé la caméra.

Pourquoi l'a-t-il fait ? Je n'en sais rien. Parce qu'Irwin était noir, et qu'il se disait qu'un réflexe de prudence le ferait se tenir en retrait ? Parce qu'il ne voulait pas *qu'Irwin participe ? Parce qu'Irwin était près de lui à cet instant, et que J. Dot voulait faire partie du tableau vivant ? Je ne sais pas. Mais je sais que personne, par la suite, n'a prononcé le nom d'Irwin. Justement parce qu'il était noir, et que tout lui serait retombé dessus à coup sûr. Les médias auraient bidouillé les faits. On voyait déjà les titres :* Des étudiants noirs forcent une Blanche à danser nue. *Nous ne nous le sommes pas dit en termes aussi explicites, mais nous le pensions. C'est la seule chose que nous avons fait de décent tout au long de cette affaire putride : ne pas avoir donné Irwin. Même Sienna qui, par la suite, ne cessera pas de mentir, a tenu sa langue. Incroyable, non ?*

J'approuve Irwin d'avoir fait le mort. S'il s'était manifesté, sa vie aurait été foutue. Qui voulait ça ?

J. Dot s'est déshabillé. Silas aussi. Et moi ensuite. Je suppose que vous avez vu la bande vidéo. Inutile donc de vous décrire ce qui s'est passé.

Les deux ou trois minutes suivantes, on est tous restés allongés par terre, puis la réalité, brutale, a repris ses droits. J. Dot est retourné vers son lit et s'est couché en remontant sur lui les couvertures. Irwin a posé la caméra et a filé discrètement. Sienna s'est rhabillée en vitesse, elle s'est levée, puis a chaussé ses escarpins. Avant de quitter la chambre, elle s'est retournée et, du bout des doigts, nous a envoyé un baiser. Un geste aberrant, hideux. On ne met pas un terme à une situation aussi lourde en soufflant un baiser. Partir, fermer la porte et ne plus jamais en parler, oui. Mais ça, non. Comme si on allait se revoir le samedi suivant et tout recommencer ?

Silas s'est mis à vomir dans la corbeille à papier. Des nausées très fortes le secouaient. Je me suis habillé et j'ai posé ma main sur son dos. Il a battu l'air avec son bras pour me chasser.

« Fous le camp, laisse-moi.

— Silas… »

Il s'est retourné et m'a jeté un regard haineux. Un regard terrible. Puis il a encore vomi. J. Dot s'était endormi comme une masse. Plus tard, je me suis dit qu'il faisait semblant, pour éviter d'avoir à se présenter devant le responsable de dortoir à l'heure du couvre-feu.

J'ai quitté la pièce.

C'était la chose la plus stupide que j'aie jamais faite. Pire que celle qui précédait. J'avais laissé un copain qui aurait pu ne jamais se réveiller d'un coma éthylique. L'autre, mon meilleur ami, je l'avais laissé devant son seau : il aurait pu perdre conscience et s'étouffer avec son vomi. Enfin, stupidement, j'avais laissé la caméra sur le bureau, là ou Irwin l'avait posée.

J'étais déjà dans mon dortoir, de l'autre côté de l'esplanade, quand je me suis rappelé la caméra. J'ai composé sur mon mobile le numéro de J. Dot, mais il n'a pas répondu. Je commençais, moi aussi, à me sentir mal, incapable de refaire le chemin en sens inverse. Je me suis dit que je le rappellerais le lendemain matin, ou bien qu'au réveil il verrait la caméra et détruirait la bande. La pièce s'est mise à tourner autour de moi et j'ai été pris de haut-le-cœur. Je savais que, si je me levais, je n'arriverais jamais jusqu'aux toilettes. Je me suis penché en avant et j'ai vomi par terre. Mon camarade de chambre s'est réveillé et a piqué une crise. Il m'a hurlé : « Qu'est-ce que tu fais ! », et m'a obligé à aller chercher un seau et une serpillière pour nettoyer mes saletés. J'ai passé le reste de la nuit couché par terre dans les toilettes, enroulé dans ma couverture. Je ne crois pas avoir fermé l'œil.

Le pire était à venir. Le pire moment de ma vie, je l'ai vécu non en découvrant la bande vidéo sur Internet, non quand le directeur, M. Bordwin, m'a dit être en possession de la cassette, non quand ma mère est entrée dans la salle de conférences et qu'il m'a fallu la regarder, pas même quand la police a frappé à la porte du motel pour m'arrêter. Non. Le pire moment, ça a été après, quand, de retour au motel avec ma mère qui avait payé la caution, je suis allé ouvrir car on tapait de nouveau à la porte. C'était M. Taylor, venu m'apprendre, avec ménagement, qu'on avait trouvé le corps de Silas.

Rien n'effacera jamais ce moment.

Par la suite, je me suis souvent demandé pourquoi nous avions fait ça – l'orgie –, puis j'ai compris que le pourquoi, *c'était l'acte même. Un acte qui se passait d'explications.*

Je n'essaie pas de me trouver une excuse, de me dédouaner. J'exprime tout simplement mon sentiment. Ce que nous avons fait, c'était mal. C'était immoral. C'était peut-être même délictueux. Et les conséquences de ce moment ont été dramatiques. Au début, quand je pensais à Silas, à ses parents et à Noelle, j'avais envie de prendre à mon tour le chemin de la montagne pour me laisser mourir de froid.

Mes parents ont divorcé peu après le scandale. Je sais que leur couple battait de l'aile, mais, arrivé en terminale et doté d'un avenir à Brown, je m'étais persuadé que ça allait mieux entre eux. Je l'espérais, du moins. Quand ma mère est venue me voir à l'automne, elle semblait plus heureuse. Peut-être tout simplement parce qu'elle était avec moi.

Je vois le souci qu'elle se fait pour moi, et je déteste cette situation. Il vaudrait mieux vivre chacun de son côté, ce que nous allons bientôt pouvoir faire. Je passe beaucoup de temps sur Internet à chercher un travail bénévole. Pas un boulot bidon, comme enseigner pendant une quinzaine aux gamins des lycées comment rédiger une dissertation. Ou comme cette activité à la Mickey Mouse consistant à corriger les pratiques fautives des équipes de basket-ball de ma région. (Être payé pour jouer au basket, vous parlez d'une punition !) Non, je cherche un vrai travail, un engagement à long terme avec une ONG : la construction d'une clinique en Ouganda, par exemple. Ou en Thaïlande ; je suis en contact avec Médecins sans frontières, qui cherchent à y établir un programme de vaccination. Il faut que je m'en aille. J'ai l'impression, fausse bien sûr, d'avoir passé ces deux dernières années derrière les barreaux. Jadis, les têtes brûlées s'engageaient dans la marine marchande – je lis beaucoup Eugene O'Neill en ce moment, vous voyez !

À la fin de ma liberté surveillée, je parle à ma mère et je file, c'est sûr. Je ne crois pas avoir gâché sa vie. Si c'était le cas, je resterais auprès d'elle. De son côté, elle a des fantasmes de départ. Je m'en doute depuis longtemps.

Contrairement à ce que pensent nombre de gens, je ne crois pas non plus avoir gâché ma propre vie. J'ai eu largement le temps d'y réfléchir depuis mon renvoi d'Avery et, comme je vous l'ai dit, j'ai beaucoup lu. Je ne suis plus le même, c'est sûr, mais mon existence n'est pas détruite. Peut-être est-ce une aubaine pour moi d'être tombé du wagon, ou d'en avoir sauté, si vous préférez. (Serait-ce, inconsciemment, la raison pour laquelle, contrairement à deux de mes copains, je n'ai pas quitté la chambre de J. Dot ce soir-là ?) L'aspect positif, dans cette histoire, c'est que j'ai changé. Je ne pourrai plus suivre la voie toute tracée que suivent nombre de jeunes de ma génération. Il me faudra inventer mon avenir, et c'est tant mieux.

Honnêtement, à part Silas, cette douloureuse, cette terrible exception, je ne crois pas que la vie des personnes impliquées, ou éclaboussées par l'affaire soit foutue – celle de J. Dot et Sienna, par exemple. Celle des Quinney l'est probablement. Mais les autres, tous les autres, survivront.

Pour répondre à votre dernière question : oui, je crois que l'alcool a déclenché, ou du moins facilité ces événements fatidiques. Mais leur cause profonde était en nous.

En espérant avoir été de quelque utilité dans vos recherches,

Bien à vous,

Robert Leicht

Remerciements

Je remercie du fond du cœur mon éditeur, Asya Muchnick, mon agent, Jennifer Rudolph-Walsh, ma fille, Katherine Clemans, et mon mari, John Osborn.

Composition et mise en pages : FACOMPO, LISIEUX

Achevé d'imprimer par GGP Media GmbH, Pößneck
en Juillet 2011
pour le compte de France Loisirs,
Paris

N° d'éditeur : 64651
Dépôt légal : août 2011
Imprimé en Allemagne